藏書

珍藏版

三言二拍

李楠 主编

肆

民主与建设出版社

第六卷　钝秀才一朝交泰

　　蒙正窑中怨气，买臣担上书声。丈夫失意惹人轻，才入荣华称庆。　　红日偶然阴翳，黄河尚有澄清。浮云眼底总难凭，牢把脚跟立定。

　　这首《西江月》，大概说人穷通有时，固不可以一时之得意，而自夸其能；亦不可以一时之失意，而自坠其志。唐朝甘露年间，有个王涯丞相，官居一品，权压百僚，僮仆千数，日食万钱，说不尽荣华富贵。其府第厨房与一僧寺相邻，每日厨房中涤锅净碗之水，倾向沟中，其水从僧寺中流出。一日寺中老僧出行，偶见沟中流水中有白物，大如雪片，小如玉屑。近前观看，乃是上白米饭，王丞相厨下锅里碗里洗刷下来的。长老合掌念声"阿弥陀佛，罪过，罪过！"随口吟诗一首：

春时耕种夏时耘，粒粒颗颗费力勤。

春去细糠如剖玉，炊成香饭似堆银。

三餐饱食无余事，一口饥时可疗贫。

堪叹沟中狼藉贱，可怜天下有穷人！

长老吟诗已罢，随唤火工道人，将笊篱笊起沟内残饭，向清水河中涤去污泥，摊于筛内，日色晒干，用磁缸收贮，且看几时满得一缸。不勾三四个月，其缸已满。两年之内，共积得六大缸有余。那王涯丞相只道千年富贵，万代奢华；谁知乐极生悲，一朝触犯了朝廷，阖门待勘，未知生死。其时宾客散尽，僮仆逃亡，仓廪尽为仇家所夺。王丞相至亲二十三口，米尽粮绝，担饥忍饿，啼哭之声，闻于邻寺。长老听得，心怀不忍。只是一墙之隔，除非穴墙可以相通。长老将缸内所积饭干浸软，蒸而馈之。王涯丞相吃罢，甚以为美，遣婢子问老僧，他出家之人，何以有此精食？老僧道："此非贫僧家常之饭，乃府上涤釜洗碗之余，流出沟中，贫僧可惜有用之物，弃之无用，将清水洗尽，日色晒干，留为荒年贫丐之食，今日谁知仍济了尊府之急。正是一饮一啄，莫非前定。"王涯丞相听罢，叹道："我平昔暴殄天物如此，安得不败？今日之祸，必然不免。"其夜遂伏毒而死。当初富贵时节，怎知道有今日！正是：贫贱常思富贵，富贵又履危机。此乃福过灾生，自取其咎。假如今人贫贱之时，那知后日富贵？即如荣华之日，岂信后来苦楚？如今在下再说个先忧后乐的故事。列位看官们，内中倘有胯下忍辱的韩信，妻不下机的苏秦，听在下说这段评话，各人回去硬挺着头颈过日，以待时来，不要先坠了志气。有诗四句：

　　秋风衰草定逢春，尺蠖泥中也会伸。

　　画虎不成君莫笑，安排牙爪始惊人。

　　话说国朝天顺年间，福建延平府将乐县，有个宦家，姓马，名万群，官拜吏科给事中。因论太监王振专权误国，削籍为民。夫人早丧，单生一子，名曰马任，表字德称；十二岁游庠，聪明饱学。说起他聪明，就如颜子渊闻一知十；论起他饱学，就如虞世南五车腹笥。真个文章盖世，名誉过人。马给事爱惜如良金美玉，自不必言。里中那些富家儿郎，一来为他是黄门的贵公子，二来道他经解之才，早晚飞黄腾达，无不争先奉承。其中更有两个人奉承得要紧，真个是：

　　冷中送暖，闲里寻忙。出外必称弟兄，使钱那问尔我。偶话店中酒美，请饮三杯；才夸妓馆容娇，代包一月。掇臀捧屁，犹云手有余香；随口蹋痰，惟恐人先着脚。说不尽谄笑胁肩，只少个出妻献子。

一个叫黄胜，绰号黄病鬼；一个叫顾祥，绰号飞天炮仗。他两个祖上也曾出仕，都是富厚之家，目不识丁，也顶个读书的虚名。把马德称做个大菩萨供养，扳他日后富贵往来。那马德称是忠厚君子，彼以礼来，此以礼往，见他殷勤，也遂与之为友。黄胜就把亲妹六媖，许与德称为婚。德称闻此女才貌双全，不胜之喜，但从小立个誓愿：

若要洞房花烛夜，必须金榜挂名时。

马给事见他立志高明，也不相强，所以年过二十，尚未完娶。

时值乡试之年，忽一日，黄胜、顾祥邀马德称向书铺中去买书，见书铺隔壁有个算命店，牌上写道：

要知命好丑，只问张铁口！

马德称道："此人名为'铁口'，必肯直言。"买完了书，就过间壁，与那张先生拱手道："学生贱造，求教！"先生问了八字，将五行生克之数，五星虚实之理，推算了一回，说道："尊官若不见怪，小子方敢直言。”马德称道：“君子问灾不问福，何须隐讳！”黄胜、顾祥两个在傍，只怕那先生不知好歹，说出话来冲撞了公子。黄胜便道：“先生仔细看看，不要轻谈！”顾祥道：“此位是本县大名士，你只看他今科发解，还是发魁？”先生道：“小子只据理直讲，不知准否，贵造‘偏才归禄’，父主峥嵘，论理必生于贵宦之家。”黄顾二人拍手大笑道：“这就准了。”先生道：“五星中‘命缠奎壁’，文章冠世。”二人又大笑道：“好先生，算得准，算得准！”先生道：“只嫌二十二岁交这运不好，官煞重重，为祸不小。不但破家，亦防伤命。若过得三十一岁，后来到有五十年荣华。只怕一丈阔的水缺，双脚跳不过去。”黄胜就骂起来道：“放屁，那有这话！”顾祥伸出拳来道：“打这厮，打歪他的铁嘴！”马德称双手拦住道：“命之理微，只说他算不准就罢了，何须计较。”黄顾二人，口中还不干净，却得马德称抵死劝回。那先生只求无事，也不想算命钱了。正是：阿谀人人喜，直言个个嫌。

那时连马德称也只道自家唾手功名，虽不深怪那先生，却也不信。谁知三场得意，榜上无名。自十五岁进场，到今二十一岁，三科不中。若论年纪还不多，只为进场屡次了，反觉不利。又过一年，刚刚二十二岁。马给事一个门生，又参了王振一本。王振疑心座主指使而然，再理前仇，密唆朝中心腹，寻马万群当初做有司时罪过，坐赃万两，着本处抚按追解。马万群本是个清官，闻知此信，一口气得病数日身死。马德称哀戚尽礼，此心无穷。却被有司逢迎上意，逼要万两赃银交纳。此时只得变卖家产，但是有税契可查者，有司径自估价官卖。只有续置一个小小田庄，未曾起税，官府不知。马德称恃顾祥平昔至交，只说顾家产业，央他暂时承认。又有古董书籍等项，约数百金，寄与黄胜家中去讫。却说有司官将马给事家房产田业尽数变卖，未足其数，兀自吹毛求疵不已。马德称扶枢在坟堂屋内暂住。忽一日，顾祥遣人来言，府上余下田庄，官府已知，瞒不得了。马德称无可奈何，只得入官。后来闻得反是顾祥举首，一则恐后连累，二则博有司的笑脸。德称知人情奸险，付之一笑。过了岁余，马德称往黄胜家索取寄顿物件，连走数次，俱不相接，结末遣人送一封帖来。马德称拆开看时，没有书柬，止封帐目一纸。内开某月某日某事用银若干，某该合认，某该独认。如此非一次，随将古董书籍等项估计扣除，不还一件。德称大怒，当了来人之面，将帐目扯碎，大骂一场："这般狗彘之辈，再休相见！"从此亲事亦不题起。黄胜巴不得杜绝马家，正中其怀。正合着西汉冯公的四句，道是：

> 一贵一贱，交情乃见；

> 一生一死，乃见交情。

马德称在坟屋中守孝，弄得衣衫蓝缕，口食不周。"当初父亲存日，也曾周济过别人，今日自己遭困，却谁人周济我？"守坟的老王撺掇他把坟上树木倒卖与人，德称不肯。老王指着路上几棵大柏树道："这树不在冢傍，卖之无妨。"德称依允，讲定价钱，先倒一棵下来，中心都是虫蛀空的，不值钱了。再倒一棵，亦复如此。德称叹道："此乃命也！"就教住手。那两棵树只当烧柴，卖不多钱，不两日用完了。身边只剩得十二岁一个家生小厮，央老王作中，也卖与人，得银五两。这小厮过门之后，夜夜小遗起来，主人不要了，退还老王处，索取原价。德称不得已，情愿减退了二两身价卖了。好奇怪！第二遍去就不小遗了。这几夜小遗，分明是打落德称这二两银子，不在话下。

光阴似箭，看看服满。德称贫困之极，无门可告，想起有个表叔在浙江杭州府做二府，湖州德清县知县也

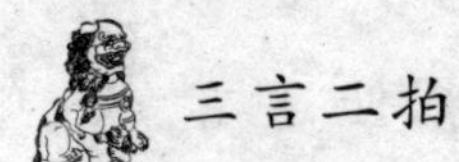

是父亲门生，不如去投奔他，两人之中，也有一遇。当下将几件什物家火，托老王卖充路费。浆洗了旧衣旧裳，收拾做一个包裹，搭船上路，直至杭州。问那表叔，刚刚十日之前，已病故了。随到德清县投那个知县时，又正遇这几日为钱粮事情，与上司争论不合，使性要回去，告病关门，无由通报。正是：

时来风送滕王阁，运去雷轰荐福碑！

德称两处投人不着，想得南京衙门做官的多有年家。又趁船到京口，欲要渡江，怎奈连日大西风，上水船寸步难行，只得往句容一路步行而去，径往留都。且数留都那几个城门：

神策、金川、仪凤门，怀远、清凉到石城；三山、聚宝连通济，洪武、朝阳定太平。

马德称由通济门入城，到饭店中宿了一夜。次早往部科等各衙门打听，往年多有年家为官的，如今升的升了，转的转了，死的死了，坏的坏了，一无所遇。乘兴而来，却难尽兴而返。流连光景，不觉又是半年有余，盘缠俱已用尽，虽不学伍大夫吴门乞食，也难免吕蒙正僧院投斋。忽一日，德称投斋到大报恩寺，遇见个相识乡亲，问其乡里之事。方知本省宗师按临岁考，德称在先服满时因无礼物送与学里师长，不曾动得起复文书及游学呈子，也不想如此久客于外。如今音信不通，教官径把他做避考申黜。千里之遥，无由辨复。真是：

> 屋漏更遭连夜雨，船迟又遇打头风。

德称闻此消息，长叹数声，无面回乡，意欲觅个馆地，权且教书糊口，再作道理。谁知世人眼浅，不识高低，闻知异乡公子如此形状，必是个浪荡之徒；便有锦心绣肠，谁人信他，谁人请他！又过了几时，和尚们都怪他蒿恼。语言不逊，不可尽说。幸而天无绝人之路，有个运粮的赵指挥，要请个门馆先生同往北京，一则陪话，二则代笔，偶与承恩寺主持商议。德称闻知，想道："乘此机会，往北京一行，岂不两便。"遂央僧举荐。那俗僧也巴不得遣那穷鬼起身，就在指挥面前称扬德称好处，且是束修甚少。赵指挥是武官，不管三七二十一，只要省，便约德称在寺，投刺相见，择日请了下船同行。德称口如悬河，宾主颇也得合。不一日到黄河岸口，德称偶然上岸登东。忽听发一声响，犹如天崩地裂之形。慌忙起身看时，吃了一惊，原来河口决了。赵指挥所统粮船三分四散，不知去向。但见水势滔滔，一望无际。

　　德称举目无依，仰天号哭，叹道："此乃天绝我命也，不如死休！"方欲投入河流，遇一老者相救，问其来历。德称诉罢，老者恻然怜悯，道："看你青春美质，将来岂无发迹之期！此去短盘至北京，费用亦不多，老夫带得有三两荒银，权为程敬。"说罢，去摸袖里，却摸个空，连呼"奇怪！"仔细看时，袖底有一孔，那老者赶早出门，不知在那里遇着剪绺的剪去了。老者嗟叹道："古人云：'得咱心肯日，是你运通时。'今日看起来，就是心肯，也有个天数。非是老夫吝惜，乃足下命运不通所致耳。欲屈足下过舍下，又恐路远不便。"乃邀德称到市心里，向一个相熟的主人家借银五钱为赠。德称深感其意，只得受了，再三称谢而别。

　　德称想这五钱银子，如何盘缠得许多路。思量一计，买下纸笔，一路卖字。德称写作俱佳，争奈时运未利，不能讨得文人墨士赏鉴，不过村坊野店胡乱买几张糊壁，此辈晓得什么好歹，那肯出钱。德称有一顿没一顿，半饥半饱，直捱到北京城里，下了饭店。问店主人借缙绅看查，有两个相厚的年伯，一个是兵部尤侍郎，一个是左卿曹光禄。当下写了名刺，先去谒曹公。曹公见其衣衫不整，心下不悦，又知是王振的仇家，不敢招架，送下小小程仪就辞了。再去见尤侍郎，那尤公也是个没意思的，自家一无所赠，写一封柬帖荐在边上陆总兵处。店主人见有这封书，料有际遇，将五两银子借为盘缠。谁知正值北虏也先为寇，大掠人畜，陆总兵失机，扭解来京问罪，连尤侍郎都罢官去了。德称在塞外耽搁了三四个月，又无所遇，依旧回到京城旅寓。

店主人折了五两银子，没处取讨，又欠下房钱饭钱若干，索性做个宛转，倒不好推他出门，想起一个主意来。前面胡同有个刘千户，其子八岁，要访个下路先生教书，乃荐德称。刘千户大喜，讲过束修二十两。店主人先支一季束修自己收受，准了所借之数。刘千户颇尽主道，送一套新衣服，迎接德称到彼坐馆。自此饔餐不缺，且训诵之暇，重温经史，再理文章。刚刚坐馆三个月，学生出起痘来，太医下药不效，十二朝身死。刘千户单只此子，正在哀痛，又有刻薄小人对他说道："马德称是个降祸的太岁，耗气的鹤神，所到之处，必有灾殃。赵指挥请了他就坏了粮船，尤侍郎荐了他就坏了官职。他是个不吉利的秀才，不该与他亲近。"刘千户不想自儿死生有命，到抱怨先生带累了。

各处传说，从此京中起他一个异名，叫做"钝秀才"。凡钝秀才街上过去，家家闭户，处处关门。但是早行遇着钝秀才的一日没采，做买卖的折本，寻人的不遇，告官的理输，讨债的不是厮打定是厮骂，就是小学生上学也被先生打几下手心。有此数项，把他做妖物相看，倘然狭路相逢，一个个吐口涎沫，叫句吉利方走。可怜马德称衣冠之胄，饱学之才，今日时运不利，弄得日无饱餐，夜无安宿。同时有个浙中吴监生，性甚硬直，闻知钝秀才之名，不信有此事，特地寻他相会。延至寓所，叩其胸中所学，甚有接待之意。坐席犹未暖，忽得家书报家中老父病故，踉跄而别，转荐与同乡吕鸿胪。吕公请至寓所，待以盛馔，方才举箸，忽然厨房中火起，举家惊慌逃奔。德称因腹馁缓行了几步，被地方拿他做火头，解去官司，不由分说，下了监铺。幸吕鸿胪是个有天理的人，替他使钱，免其枷责。从此钝秀才其名益著，无人招接，仍复卖字为生：

> 惯与裱家书寿轴，喜逢新岁写春联。

夜间常在祖师庙、关圣庙、五显庙这几处安身。或与道人代写疏头，趁几文钱度日。

话分两头，却说黄病鬼黄胜，自从马德称去后，初时还怕他还乡，到宗师行黜，不见回家，又有人传信，道是随赵指挥粮船上京，被黄河水决，已覆没矣。心下坦然无虑，朝夕逼勒妹子六娘改聘。六娘以死自誓，决不二夫。到天顺晚年乡试，黄胜夤缘贿赂，买中了秋榜，里中奉承者填门塞户。闻知六娘年长未嫁，求亲者日不离门。六娘坚执不从，黄胜也无可奈何。到冬底，打叠行囊往北京会试。马德称见了乡试录，已知黄胜得意，必然到京，想起旧恨，羞与相见，预先出京躲避。谁知黄胜不耐功名，若是自家学问上挣来的前程，倒也理之当然，不放在心里。他原来买来的举人，小人乘君子之器，不觉手之舞之，足之蹈之。又将银五十两买了个勘合，驰驿到京，寻了个大大的下处，且不去温习经史，终日穿花街过柳巷，在院子里表子家行乐。常言道："乐极悲生"，嫖出一身广疮。科场渐近，将白金百两送太医，只求速愈。太医用轻粉劫药，数日之内，身体光鲜，草草完场而归。不够半年，疮毒大发，医治不痊，呜呼哀哉，死了。

既无兄弟，又无子息，族间都来抢夺家私。其妻王氏又没主张，全赖六娘一身，内支丧事，外应亲族，按谱立嗣，众心俱悦服无言。六娘自家也分得一股家私，不下数千金。想起丈夫覆舟消息，未知真假，费了多少盘缠，各处遣人打听下落。有人自北京来，传说马德称未死，落莫在京，京中都呼为"钝秀才"。六娘是个女中丈夫，甚有劈着，收拾起辎重银两，带了丫鬟僮仆，雇下船只，一径来到北京寻取丈夫。访知马德称在真定府龙兴寺大悲阁写《法华经》，乃将白金百两，新衣数套，亲笔作书，缄封停当，差老家人王安赍去，迎接丈夫。分付道："我如今便与马相公援例入监，请马相公到此读书应举，不可迟滞。"王安到龙兴寺，见了长老，问："福建马相公何在？"长老道："我这里只有个'钝秀才'，并没有什么马相公。"王安道："就是了，烦引相见。"和尚引到大悲阁下，指道："傍边桌上写经的，不是钝秀才？"王安在家时曾见过马德称几次，今日虽然蓝缕，如何不认得？一见德称便跪下磕头。马德称却在贫贱患难之中，不料有此，一时想不起来，慌忙扶住，问道："足下何人？"王安道："小的是将乐县黄家，奉小姐之命，特来迎接相公，小姐有书在此。"德称便问："你小姐嫁归何宅？"王安道："小姐守志至今，誓不改适。因家相公近故，小姐亲到京中来访相公，要与相公入粟北雍，请相公早办行期。"德称方才开缄而看，原来是一首诗，诗曰：

何事萧郎恋远游？应知乌帽未笼头。

图南自有风云便，且整双箫集凤楼。

德称看罢，微微而笑。王安献上衣服银两，且请起程日期。德称道："小姐盛情，我岂不知？只是我有言在先：'若要洞房花烛夜，必须金榜挂名时。'向因贫困，学业久荒。今幸有余资可供灯火之费，且待明年秋试得意之后，方敢与小姐相见。"王安不敢相逼，求赐回书。德称取写经余下的茧丝一幅，答诗四句：

逐逐风尘已厌游，好音刚喜见伻头。

嫦娥夙有攀花约，莫遣箫声出凤楼。

德称封了诗，付与王安。王安星夜归京，回复了六媖小姐。开诗看毕，叹惜不已。

其年天顺爷爷正遇"土木之变"，皇太后权请郕王摄位，改元景泰。将奸阉王振全家抄没，凡参劾王振吃亏的加官赐荫。黄小姐在寓中得了这个消息，又遣王安到龙兴寺报与马德称知道。德称此时虽然借寓僧房，图书满案，鲜衣美食，已不似在先了。和尚们晓得是马公子马相公，无不钦敬。其年正是三十二岁，交逢好运，正应张铁口先生推算之语。可见：

万般皆是命，半点不由人。

德称正在寺中温习旧业，又得了王安报信，收拾行囊，别了长老赴京，另寻一寓安歇。黄小姐拨家僮二人伏侍，一应日用供给，络绎馈送。德称草成表章，叙先臣马万群直言得祸之由，一则为父亲乞恩昭雪，一则为自己辨复前程。圣旨倒下，准复马万群原官，仍加三级；马任复学复廪；所抄没田产，有司追给。德称差家僮报与小姐知道。黄小姐又差王安送银两到德称寓中，叫他廪例入粟。明春就考了监元，至秋会魁，就于寓中整备喜筵，与黄小姐成亲。来春又中了第十名会魁，殿试二甲，考选庶吉士。上表给假还乡，焚黄谒墓，圣旨准了。夫妻衣锦还乡，府县官员出郭迎接。往年抄没田宅，俱用官价赎还，造册交割，分毫不少。宾朋一向疏失者，此日奔走其门如市。只有顾祥一人自觉羞惭，迁往他郡去讫。时张铁口先生尚在，闻知马公子得第荣归，特来拜贺，德称厚赠之而去。后来马任直做到礼、兵、刑三部尚书，六媖小姐封一品夫人。所生二子，俱中甲科，簪缨不绝。至今延平府人，说读书人不得第者，把"钝秀才"为比。后人有诗叹云：

十年落魄少知音，一日风云得称心。

秋菊春桃时各有，何须海底去捞针。

第七卷　老门生三世报恩

买只牛儿学种田，结间茅屋向林泉。

也知老去无多日，且向山中过几年。

为利为官终幻客，能诗能酒总神仙。

世间万物俱增价，老去文章不值钱。

这八句诗，乃是达者之言，末句说："老去文章不值钱"，这一句，还有个评论。大抵功名迟速，莫逃乎命，也有早成，也有晚达。早成者未必有成，晚达者未必不达。不可以年少而自恃，不可以年老而自弃。这老少二字，也在年数上，论不得的。假如甘罗十二岁为丞相，十三岁上就死了，这十二岁之年，就是他发白齿落、背曲腰弯的时候了，后头日子已短，叫不得少年。又如姜太公八十岁还在渭水钓鱼，遇了周文王以后车载之，拜为师尚父；文王崩，武王立，他又秉钺为军师，佐武王伐纣，定了周家八百年基业，封于齐国。又教其子丁公治齐，自己留相周朝，直活到一百二十岁方死。你说八十岁一个老渔翁，谁知日后还有许多事业，日子正长哩！这等看将起来，那八十岁上还是他初束发，刚顶冠，做新郎，应童子试的时候，叫不得老年。世人只知眼前贵贱，那知去后日长日短？见个少年富贵的奉承不暇，多了几年年纪，蹉跎不遇，就怠慢他，这是短见薄识之辈。譬如农家，也有早谷，也有晚稻，正不知那一种收成得好？不见古人云：

东园桃李花，早发还先萎。

迟迟涧畔松，郁郁含晚翠。

闲话休提。却说国朝正统年间，广西桂林府兴安县有一秀才，复姓鲜于，名同，字大通。八岁时曾举神童，十一岁游庠，超增补廪。论他的才学，便是董仲舒、司马相如也不看在眼里；真个是胸藏万卷，笔扫千军。论他的志气，便像冯京、商辂连中三元，也只算他便袋里东西；真个是足蹑风云，气冲牛斗。何期才高而数奇，志大而命薄。年年科岁，岁岁观场，不能得朱衣点额，黄榜标名。到三十岁上，循资该出贡了。他是个有才有志的人，贡途的前程是不屑就的。思量穷秀才家，全亏学中年规这几两廪银，做个读书本钱。若出了学门，少了这项来路，又去坐监，反费盘缠。况且本省比监里又好中，算计不通。偶然在朋友前露了此意，那下首该贡的秀才，就来打话要他让贡，情愿将几十金酬谢。鲜于同又得了这个利息，自以为得计。第一遍是个情，第二遍是个例，人人要贡，个个争先。

鲜于同自三十岁上让贡起，一连让了八遍，到四十六岁兀自沉埋于泮水之中，驰逐于青衿之队。也有人笑他的，也有人怜他的，又有人劝他的。那笑他的他也不睬，怜他的他也不受，只有那劝他的，他就勃然发怒起来道："你劝我就贡，止无过道俺年长，不能个科第了；却不知龙头属于老成，梁皓八十二岁中了状元，也替天下有骨气肯读书的男子争气。俺若情愿小就时，三十岁上就了，肯用力钻刺，少不得做个府佐县正，昧着心田做去，尽可荣身肥家。只是如今是个科目的世界，假如孔夫子不得科第，谁说他胸中才学？若是三家村一个小孩子，粗粗里记得几篇烂旧时文，遇了个盲试官，乱圈乱点，睡梦里偷得个进士到手，一般有人拜门生，称老师，谭天说地，谁敢出个题目将带纱帽的再考他一考么？不止于此，做官里头还有多少不平处，进士官就是个铜打铁铸的，撒漫做去，没有敢说他不字；科贡官，兢兢业业，捧了卵子过桥，上司还要寻趁他。此乃按院复命，参论的但是进士官，凭你叙得极贪极酷，公道看来，拿问也还透头，说到结末，生怕断绝了贪酷种子，道：'此一臣者，官箴虽玷，但或念初任，或念年青，尚可望其自新，策其末路，姑照浮躁或不及例降调。'不勾几年工夫，依旧做起。倘拼得些银子央要道挽回，不过对调个地方，全然没事。科贡的官一分不是，就当做十分。悔气遇着别人有势有力，没处下手，随你清廉贤宰，少不得借重他替进士顶缸。有这许多不平处，所以不中进士，再做不得官。俺宁可老儒终身，死去到阎王面前高声叫屈，还博个来世出头。岂可屈身小就，终日受人懊恼，吃顺气丸度日！"遂吟诗一首，诗曰：

从来资格困朝绅，只重科名不重人。

楚士凤歌诚恐殆，叶公龙好岂求真。

若还黄榜终无分，宁可青衿老此身。

铁砚磨穿豪杰事，春秋晚遇说平津。

汉时有个平津侯，复姓公孙名弘，五十岁读《春秋》，六十岁对策第一，做到丞相封侯。鲜于同后来六十一岁登第，人以为诗谶，此是后话。

却说鲜于同自吟了这八句诗，其志愈锐。怎奈时运不利，看看五十齐头，"苏秦还是旧苏秦"，不能勾改换头面。再过几年，连小考都不利了。每到科举年份，第一个拦场告考的就是他，讨了多少人的厌贱。到天顺六年，鲜于同五十七岁，鬓发都苍然了，兀自挤在后生家队里，谈文讲艺，娓娓不倦。那些后生见了他，或以为怪物，望而避之；或以为笑具，就而戏之。这都不在话下。

却说兴安县知县，姓蒯名遇时，表字顺之，浙江台州府仙居县人氏。少年科甲，声价甚高。喜的是谈文讲艺，商古论今。只有件毛病，爱少贱老，不肯一视同仁。见了后生英俊，加意奖借；若是年长老成的，视为朽物，口呼"先辈"，甚有戏侮之意。其年乡试届期，宗师行文，命县里录科。蒯知县将合县生员考试，弥封阅卷，自恃眼力，从公品第，黑暗里拔了一个第一，心中十分得意，向众秀才面前夸奖道："本县拔得个首卷，其文大有吴越中气脉，必然连捷，通县秀才，皆莫能及。"众人拱手听命，却似汉皇筑坛拜将，正不知拜那一个有名的豪杰。比及拆号唱名，只见一人应声而出，从人丛中挤将上来。你道这人如何？

> 一矮又矮，胖又胖，须鬓黑白各一半。破儒巾，欠时样，蓝衫补孔重重绽。你也瞧，我也看，若还冠带像胡判。不枉夸，不枉赞，"先辈"今朝说嘴惯。休羡他，莫自叹，少不得大家做老汉。不须营，不须干，序齿轮流做领案。

那案首不是别人，正是那五十七岁的怪物、笑具，名叫鲜于同。合堂秀才哄然大笑，都道："鲜于'先辈'，又起用了。"连蒯公也自羞得满面通红，顿口无言。一时间看错文字，今日众人属目之地，如何番悔！忍着一肚子气，胡乱将试卷拆完。喜得除了第一名，此下一个个都是少年英俊，还有些嗔中带喜。是日蒯公发放诸生事毕，回衙闷闷不悦，不在话下。

却说鲜于同少年时本是个名士，因淹滞了数年，虽然志不曾灰，却也是：

> 泽畔屈原吟独苦，洛阳季子面多惭。

今日出其不意，考个案首，也自觉有些兴头。到学道考试，未必爱他文字，亏了县家案首，就搭上一名科举，喜孜孜去赴省试。众朋友都在下处看经书，温后场。只有鲜于同平昔饱学，终日在街坊上游玩。旁人看见，都猜道："这位老相公，不知是送儿子孙儿进场的？事外之人，好不悠闲自在！"若晓得他是科举的秀才，少不得要笑他几声。

日居月诸，忽然八月初七日，街坊上大吹大擂，迎试官进贡院。鲜于同观看之际，见兴安县蒯公，正征聘做《礼记》房考官。鲜于同自想，我与蒯公同经，他考过我案首，必然爱我的文字，今番遇合，十有八九。谁知蒯公心里不然，他又是一个见识道："我取个少年门生，他后路悠远，官也多做几年，房师也靠得着他。那些老师宿儒，取之无益。"又道："我科考时不合昏了眼，错取了鲜于'先辈'，在众人前老大没趣。今番再取中了他，却不又是一场笑话。我今阅卷，但是三场做得齐整的，多应是夙学之士，年纪长了，不要取他。只拣嫩嫩的口气，乱乱的文法，歪歪的四六，怯怯的策论，惯惯的判语，那定是少年初学。虽然学问未充，养他一两科，年还不长，且脱了鲜于同这件干纪。"算计已定，如法阅卷，取了几个不整不齐，略略有些笔资的，大圈大点，呈上主司。主司都批了"中"字。到八月廿八日，主司同各经房在至公堂上拆号填榜。《礼记》房首卷是桂林府兴县学生，复姓鲜于，名同，习《礼记》，又是那五十七的怪物、笑具侥幸了。蒯公好生惊异。主司见蒯公有不乐之色，问其缘故。蒯公道："那鲜于同年纪已老，恐置之魁列，无以压服后生，情愿把一卷换他。"主司指堂上匾额，道："此堂既名为'至公堂'，岂可以老少而私爱憎乎？自古龙头属于老成，也好把天下读书人的志气鼓舞一番。"遂不肯更换，判定了第五名正魁，蒯公无可奈何。正是：

> 饶君用尽千般力，命里安排动不得。

> 本心拣取少年郎，依旧取将老怪物。

蒯公立心不要中鲜于"先辈"，故此只拣不整齐的文字才中。那鲜于同是宿学之士，文字必然整齐，如何反投其机？原来鲜于同为八月初七日看了蒯公入帘，自谓遇合十有八九。回归寓中多吃了几杯生酒，坏了脾胃，破腹起来。勉强进场，一头想文字，一头泄泻，泻得一丝两气，草草完篇。二场三场，仍复如此，十分才学，不曾用得一分出来。自谓万无中式之理，谁知蒯公到不要整齐文字，以此竟占了个高魁。也是命里否极泰来，颠之倒之，自然凑巧。那兴安县刚刚只中他一举人。当日鹿鸣宴罢，众同年序齿，他就居了第一。各房考官见了门生，俱各欢喜，惟蒯公闷闷不悦。鲜于同感蒯公两番知遇之恩，愈加殷勤，蒯公愈加懒散。上京会试，只照常规，全无作兴加厚之意。明年鲜于同五十八岁，会试，又下第了。相见蒯公，蒯公更无别语，只劝他选了官罢。鲜于同做了四十余年秀才，不肯做贡生官，今日才得一年乡试，怎肯就举人职，回家读书，愈觉有兴。每闻里中秀才会文，他就袖了纸墨笔砚，捱入会中同做。凭众人耍他，笑他，嗔他，厌他，总不在意。做完了文字，将众人所作看一遍，欣然而归，以此为常。

光阴荏苒，不觉转眼三年，又当会试之期。鲜于同时年六十有一，年齿虽增，矍铄如旧。在北京第二遍会试，在寓所得其一梦。梦见中了正魁，会试录上有名，下面却填做《诗经》，不是《礼记》。鲜于同本是个宿学之士，那一经不通？他功名心急，梦中之言，不由不信，就改了《诗经》应试。事有凑巧，物有偶然。蒯知县这官清正，行取到京，钦授礼科给事中之职。其年又进会试经房。蒯公不知鲜于同改经之事，心中想到："我两遍错了主意，取了鲜于'先辈'做了首卷，今番会试，他年纪一发长了。若《礼记》房里又中了他，这才是终身之玷。我如今不要看《礼记》，改看了《诗经》卷子，那鲜于'先辈'中与不中，都不干我事。"比及入帘阅卷，遂请看《诗》五房卷。蒯公又想道："天下举子像鲜于'先辈'的，谅也非止一人，我不中鲜于同，又中了别的老儿，可不是'躲了雷公，遇了霹雳'！我晓得了，但凡老师宿儒，经旨必然十分透彻，后生家专工四书，经义必然不精。如今到不要取四经整齐，但是有些笔资的，不妨题旨影响，这定是少年之辈了。"阅卷进呈，等到揭晓，《诗》五房头卷，列在第十名正魁。拆号看时，却是桂林府兴安县学生，复姓鲜于，名同，习《诗经》，刚刚又是那六十一岁的怪物、笑具！气得蒯遇时目睁口呆，如槁木死灰模样。

　　早知富贵生成定，悔却从前枉用心。

　　蒯公又想道："论起世上同名姓的尽多，只是桂林府兴安县却没有两个鲜于同，但他向来是《礼记》，不知何故又改了《诗经》，好生奇怪？"候其来谒，叩其改经之故。鲜于同将梦中所见，说了一遍。蒯公叹息连声道："真命进士，真命进士！"自此蒯公与鲜于同师生之谊，比前反觉厚了一分。殿试过了，鲜于同考在二甲头上，得选刑部主事。人道他晚年一第，又居冷局，替他气闷，他欣然自如。

却说蒯遇时在礼科衙门直言敢谏，因奏疏里面触突了大学士刘吉，被吉寻他罪过，下于诏狱。那时刑部官员，一个个奉承刘吉，欲将蒯公置之死地。却好天与其便，鲜于同在本部一力周旋看觑，所以蒯公不致吃亏。又替他纠合同年，在各衙门恳求方便，蒯公遂得从轻降处。蒯公自想道："'着意种花花不活，无心栽柳柳成阴。'若不中得这个老门生，今日性命也难保。"乃往鲜于"先辈"寓所拜谢。鲜于同道："门生受恩师三番知遇，今日小小效劳，止可少答科举而已，天高地厚，未酬万一！"当日师生二人欢饮而别。自此不论蒯公在家在任，每年必遣人问候，或一次或两次，虽俸金微薄，表情而已。

光阴荏苒，鲜于同只在部中迁转，不觉六年，应升知府。京中重他才品，敬他老成，吏部立心要寻个好缺推他，鲜于同全不在意。偶然仙居县有信至，蒯公的公子蒯敬共与豪户查家争坟地疆界，嚷骂了一场。查家走失了个小厮，赖蒯公子打死，将人命事告官。蒯敬共无力对理，一径逃往云南父亲任所去了。官府疑蒯公子逃匿，人命真情，差人雪片下来提人，家属也监了几个，阖门惊惧。鲜于同查得台州正缺知府，乃央人讨这地方。吏部知台州原非美缺，既然自己情愿，有何不从，即将鲜于同推升台州府知府。鲜于同到任三日，豪家已知新太守是蒯公门生，特讨此缺而来，替他解纷，必有偏向之情。先在衙门谣言放刁，鲜于同只推不闻。蒯家家属诉冤，鲜于同亦佯为不理。密差的当捕人访缉查家小厮，务在必获。约过两月有余，那小厮在杭州拿到。鲜于太守当堂审明，的系自逃，与蒯家无干。当将小厮责取查家领状。蒯氏家属，即行释放。期会一日，亲往坟所踏看疆界。查家见小厮已出，自知所讼理虚，恐结讼之日必然吃亏。一面央大分上到太守处说方便，一面又央人到蒯家，情愿把坟界相让讲和。蒯家事已得白，也不愿结冤家。鲜于太守准了和息，将查家薄加罚治，申详上司，两家莫不心服。正是：

> 只愁堂上无明镜，不怕民间有鬼奸。

鲜于太守乃写书信一通，差人往云南府回覆房师蒯公。蒯公大喜，想道："'树荆棘得刺，树桃李得荫'，若不曾中得这个老门生，今日身家也难保。"遂写恳切谢启一通，遣儿子蒯敬共赍回，到府拜谢。鲜于同道："下官暮年淹蹇，为世所弃，受尊公老师三番知遇，得掇科目，常恐身先沟壑，大德不报。今日恩兄被诬，理当暴白。下官因风吹火，小效区区，止可少酬老师乡试提拔之德，尚欠情多多也！"因为蒯公子经纪家事，劝他闭户读书，自此无话。

鲜于同在台州做了三年知府，声名大振，升在徽宁道做兵宪，累升河南廉使，勤于官职。年至八旬，精力比少年兀自有余，推升了浙江巡抚。鲜于同想道："我六十一岁登第，且喜儒途淹蹇，仕途到顺溜，并不曾有风波。今官至抚台，恩荣极矣。一向清勤自矢，不负朝廷。今日急流勇退，理之当然。但受蒯公三番知遇之恩，报之未尽，此任正在房师地方，或可少效涓埃。"乃择日起程赶任。一路迎送荣耀，自不必说。不一日，到了浙江省城。此时蒯公也历任做到大参地位，因病目不能理事，致政在家。闻得鲜于"先辈"又做本省开府，乃领了十二岁孙儿，亲到杭州谒见。蒯公虽是房师，到小于鲜于公二十余岁。今日蒯公致政在家，又有了目疾，龙钟可怜。鲜于公年已八旬，健壮如牛，位至开府。可见发达不在于迟早，蒯公叹息了许多。正是：

> 松柏何须羡桃李，请君点检岁寒枝。

　　且说鲜于同到任以后，正拟遣人问候蒯公，闻说蒯参政到门，喜不自胜，倒屣而迎，直请到私宅，以师生礼相见。蒯公唤十二岁孙儿："见了老公祖。"鲜于公问："此位是老师何人？"蒯公道："老夫受公祖活命之恩，犬子昔日难中，又蒙昭雪，此恩直如覆载。今天幸福星又照吾省。老夫衰病，不久于世，犬子读书无成，只有此孙，名曰蒯悟，资性颇敏，特携来相托，求老公祖青目一二。"鲜于公道："门生年齿，已非仕途人物，正为师恩酬报未尽，所以强颜而来。今日承老师以令孙相托，此乃门生报德之会也。鄙思欲留令孙在敝衙同小孙辈课业，未审老师放心否？"蒯公道："若蒙老公祖教训，老夫死亦瞑目！"遂留两个书童服事蒯悟在都抚衙内读书，蒯公自别去了。那蒯悟资性过人，文章日进。就是年之秋，学道按临，鲜于公力荐神童，进学补廪，依旧留在衙门勤学。三年之后，学业已成。鲜于公道："此子可取科第，我亦可以报老师之恩矣。"乃将俸银三百两赠与蒯悟为笔砚之资，亲送到台州仙居县。适值蒯公三日前一病身亡，鲜于公哭奠已毕。问："老师临终亦有何言？"蒯敬共道："先父遗言，自己不幸少年登第，因而爱少贱老，偶尔暗中摸索，得了老公祖大人。

后来许多年少的门生，贤愚不等，升沉不一，俱不得其气力，全亏了老公祖大人一人，始终看觑。我子孙世世不可怠慢老成之士！"鲜于公呵呵大笑道："下官今日三报师恩，正要天下人晓得扶持了老成人也有用处，不可爱少而贱老也！"说罢，作别回省，草上表章，告老致仕。得旨予诰，驰驿还乡，优悠林下。每日训课儿孙之暇，同里中父老饮酒赋诗。后八年，长孙鲜于涵乡榜高魁，赴京会试，恰好仙居县蒯悟是年中举，也到京中。两人三世通家，又是少年同窗，并在一寓读书。比及会试揭晓，同年进士，两家互相称贺。

鲜于同自五十七岁登科，六十一岁登甲，历仕二十三年，腰金衣紫，锡恩三代。告老回家，又看了孙儿科第，直活到九十七岁，整整的四十年晚运。至今浙江人肯读书，不到六七十岁还不丢手，往往有晚达者。后人有诗叹云：

> 利名何必苦奔忙，迟早须臾在上苍。
>
> 但学蟠桃能结果，三千余岁未为长。

第八卷　宋小官团圆破毡笠

不是姻缘莫强求，姻缘前定不须忧。

任从波浪翻天起，自有中流稳渡舟。

话说正德年间，苏州府昆山县大街，有一居民，姓宋，名敦，原是宦家之后。浑家卢氏，夫妻二口，不做生理，靠着祖遗田地，见成收些租课为活。年过四十，并不曾生得一男半女。宋敦一日对浑家说："自古道'养儿待老，积谷防饥'。你我年过四旬，尚无子嗣，光阴似箭，眨眼头白。百年之事，靠着何人？"说罢，不觉泪下。卢氏道："宋门积祖善良，未曾作恶造业；况你又是单传，老天决不绝你祖宗之嗣。招子也有早晚，若是不该招时，便是养得长成，半路上也抛撇了，劳而无功，枉添许多悲泣。"宋敦点头道是。方才拭泪未干，只听得坐启中有人咳嗽，叫唤道："玉峰在家么？"原来苏州风俗，不论大家、小家，都有个外号，彼此相称。玉峰就是宋敦的外号。宋敦侧耳而听，叫唤第二句，便认得声音，是刘顺泉。那刘顺泉双名有才，积祖驾一只大船，揽载客货，往各省交卸。趁得好些水脚银两，一个十全的家业，团团都做在船上。就是这只船本也值几百金，浑身是香楠木打造的。江南一水之地，多有这行生理。那刘有才是宋敦最契之友，听得是他声音，连忙趋出坐启，彼此不须作揖，拱手相见，分坐看茶，自不必说。宋敦道："顺泉今日如何得暇？"刘有才道："特来与玉峰借件东西。"宋敦笑道："宝舟缺什么东西，到与寒家相借？"刘有才道："别的东西不来干渎，只这件是宅上有余的，故此敢来启口。"宋敦道："果是寒家所有，决不相吝。"刘有才不慌不忙，说出这件东西。正是：

> 背后并非擎诏，当前不是围胸，鹅黄细布密针缝，净手将来借奉。　　还愿曾装冥钞，祈神并衬威容，名山古刹几相从，染下炉香浮动。

原来宋敦夫妻二口，因难于得子，各处烧香祈嗣，做成黄布袱、黄布袋，装裹佛马楮钱之类。烧过香后，悬挂于家中佛堂之内，甚是志诚。刘有才长于宋敦五年，四十六岁了，阿妈徐氏亦无子息。闻得徽州有盐商求嗣，新建陈州娘娘庙于苏州阊门之外，香火甚盛，祈祷不绝，刘有才恰好有个方便，要驾船往枫桥接客，意欲进一炷香，却不曾做得布袱布袋，特特与宋家告借。其时说出缘故，宋敦沉思不语。刘有才道："玉峰莫非有吝惜之心么？若污坏时，一个就赔两个。"宋敦道："岂有此理！只是一件，既然娘娘庙灵显，小子亦欲附舟一往，只不知几时去？"刘有才道："即刻便行。"宋敦道："布袱布袋，拙荆另有一副，共是两副，尽可分用。"刘有才道："如此甚好。"宋敦入内，与浑家说知欲往郡城烧香之事，刘氏也欢喜。宋敦于佛堂挂壁上取下两副布袱布袋，留下一副自用，将一副借与刘有才。刘有才道："小子先往舟中伺候，玉峰可快来。船在北门大坂桥下，不嫌怠慢时，吃些见成素饭，不消带米。"宋敦应允。当下忙忙的办下些香烛、纸马、阡张、定段，打叠包裹，穿了一件新联就的洁白湖绸道袍，赶出北门下船。趁着顺风，不勾半日，七十里之程，等闲到了，舟泊枫桥，当晚无话。有诗为证：

月落乌啼霜满天，江枫渔火对愁眠。

姑苏城外寒山寺，夜半钟声到客船。

　　次日起个黑早，在船中洗盥罢，吃了些素食，净了口手，一对儿黄布袱驮了冥财，黄布袋安插纸马、文疏，挂于项上，步到陈州娘娘殿前，刚刚天晓，庙门虽开，殿门还关着。二人在两廊游绕，观看了一遍，果然造得齐整。正在赞叹，"呀"的一声，殿门开了，就有庙祝出来迎接进殿。其时香客未到，烛架尚虚，庙祝放下琉璃灯来，取火点烛，讨文疏替他通陈祷告。二人焚香礼拜已毕，各将几十文钱，酬谢了庙祝，化纸出门。刘有才再要邀宋敦到船，宋敦不肯。当下刘有才将布袱、布袋交还宋敦，各各称谢而别，刘有才自往枫桥接客去了。宋敦看天色尚早，要往娄门趁船回家。刚欲移步，听得墙下呻吟之声，近前看时，却是矮矮一个芦席棚，搭在庙垣之侧，中间卧着个有病的老和尚，恹恹欲死，呼之不应，问之不答。宋敦心中不忍，停眸而看。傍边一人走来说道："客人，你只管看他则甚？要便做个好事了去。"宋敦道："如何做个好事？"那人道："此僧是陕西来的，七十八岁了。他说一生不曾开荤，每日只诵《金刚经》。三年前在此募化建庵，没有施主。搭这个芦席棚儿住下，诵经不辍。这里有个素饭店，每日只上午一餐，过午就不用了。也有人可怜他，施他些钱米，他就把来还了店上的饭钱，不留一文。近日得了这病，有半个月不用饮食了。两日前还开口说得话，我们问他：'如此受苦，何不早去罢？'他说：'因缘未到，还等两日。'今早连话也说不出了，早晚待死。客人若可怜他时，买一只薄薄棺材，焚化了他，便是做好事。他说'因缘未到'，或者这因缘就在客人身上。"宋敦想道："我今日为求嗣而来，做一件好事回去，也得神天知道。"便问道："此处有棺材店么？"那人道："出巷陈三郎家就是。"宋敦道："烦足下同往一看。"

那人引路到陈家来，陈三郎正在店中支分解匠锯木。那人道："三郎，我引个主顾作成你。"三郎道："客人若要看寿板，小店有真正婺源加料双柿的在里面。若要见成的，就店中但凭拣择。"宋敦道："要见成的。"陈三郎指着一副道："这是头号，足价三两。"宋敦未及还价，那人道："这个客官是买来舍与那芦席棚内老和尚做好事的，你也有一半功德，莫要讨虚价。"陈三郎道："既是做好事的，我也不敢要多，照本钱一两六钱罢，分毫少不得了。"宋敦道："这价钱也是公道了。"想起汗巾角上带得一块银子，约有五六钱重，烧香剩下，不上一百铜钱，总凑与他，还不勾一半。"我有处了，刘

顺泉的船在枫桥不远。"便对陈三郎道："价钱依了你，只是还要到一个朋友处借办，少顷便来。"陈三郎到罢了，说道："任从客便。"那人怫然不乐道："客人既发了个好心，却又做脱身之计，你身边没有银子，来看则甚？……"说犹未了，只见街上人纷纷而过，多有说这老和尚，可怜半月前还听得他念经之声，今早呜呼了。正是：

> 三寸气在千般用，一旦无常万事休。

那人道："客人不听得说么？那老和尚已死了，他在地府睁眼等你断送哩！"宋敦口虽不语，心下复想道："我既是看定了这具棺材，倘或往枫桥去，刘顺泉不在船上，终不然呆坐等他回来。况且常言得'价一不择主'，倘别有个主顾，添些价钱，这副棺木买去了，我就失信于此僧了。罢罢！"便取出银子，刚刚一块，讨等来一称，叫声惭愧！原来是块元宝，看时像少，称时便多，到有七钱多重，先教陈三郎收了。将身上穿的那一件新联就的洁白湖绸道袍脱下，道："这一件衣服，价在一两之外，倘嫌不值，权时相抵，待小子取赎。若用得时，便乞收算。"陈三郎道："小店大胆了，莫怪计较。"将银子、衣服收过了。宋敦又在髻上拔下一根银簪，约有二钱之重，交与那人，道："这枝簪，相烦换些铜钱，以为殡殓杂用。"当下店中看的人都道："难得这位做好事的客官，他担当了大事去。其余小事，我们地方上也该凑出些钱钞相助。"众人都凑钱去了。宋敦又复身到芦席边，看那老僧，果然化去，不觉双眼垂泪，分明如亲戚一般，心下好生酸楚，正不知什么缘故，不忍再看，含泪而行。到娄门时，航船已开，乃自唤一只小船，当日回家。

浑家见丈夫黑夜回来，身上不穿道袍，面又带忧惨之色，只道与人争竞，忙忙的来问。宋敦摇首道："话长哩！"一径走到佛堂中，将两副布袱布袋挂起，在佛前磕了个头，进房坐下，讨茶吃了，方才开谈，将老和尚之事备细说知。浑家道："正该如此！"也不嗔怪。宋敦见浑家贤慧，到也回愁作喜。是夜夫妻二口睡到五更，宋敦梦见那老和尚登门道谢，道："檀越命合无子，寿数亦止于此矣！因檀越心田慈善，上帝命延寿半纪。老僧与檀越又有一段因缘，愿投宅上为儿，以报盖棺之德。"卢氏也梦见一个金身罗汉走进房里，梦中叫喊起来，连丈夫也惊醒了。各言其梦，似信似疑，嗟叹不已。正是：

种瓜还得瓜，种豆还得豆。

劝人行好心，自作还自受。

从此卢氏怀孕，十月满足，生下一个孩儿。因梦见金身罗汉，小名金郎，官名就叫宋金。夫妻欢喜，自不必说。此时刘有才也生一女，小名宜春。各各长成，有人撺掇两家对亲，刘有才到也心中情愿，宋敦却嫌他船户出身，不是名门旧族，口虽不语，心中有不允之意。那宋金方年六岁，宋敦一病不起，呜呼哀哉了。自古道：家中百事兴，全靠主人命。十个妇人，敌不得一个男子。自从宋敦故后，卢氏掌家，连遭荒歉，又里中欺他孤寡，科派户役，卢氏撑持不定，只得将田房渐次卖了，赁屋而居。初时，还是诈穷，以后坐吃山崩，不上十年，弄做真穷了，卢氏亦得病而亡。断送了毕，宋金只剩得一双赤手，被房主赶逐出屋，无处投奔。且喜从幼学得一件本事，会写会算。偶然本处一个范举人选了浙江衢州府江山县知县，正要寻个写算的人。有人将宋金说了，范公就教人引来。见他年纪幼小，又生得齐整，心中甚喜。叩其所长，果然书通真草，算善归除。当日就留于书房之中，取一套新衣与他换过，同桌而食，好生优待。择了吉日，范知县与宋金下了官船，同往任所。正是：

冬冬画鼓催征棹，习习和风荡锦帆。

却说宋金虽然贫贱，终是旧家子弟出身，今日做范公门馆，岂肯卑污苟贱，与童仆辈和光同尘，受其戏侮。那些管家们欺他年幼，见他做作，愈有不然之意。自昆山起程，都是水路，到杭州便起旱了。众人撺掇家主道："宋金小厮家，在此写算服事老爷，还该小心谦逊，他全不知礼。老爷优待他忒过分了，与他同坐同食。舟中还可混帐，到陆路中火歇宿，老爷也要存个体面。小人们商议，不如教他写一纸靠身文书，方才妥贴。到衙门时，他也不敢放肆为非。"范举人是棉花做的耳朵，就依了众人言语，唤宋金到舱，要他写靠身文书。宋金如何肯写？逼勒了多时，范公发怒，喝教剥去衣服，喝出船去。众苍头拖拖拽拽，剥的干干净净，一领单布衫，赶在岸上，气得宋金半晌开口不得。只见轿马纷纷伺候范知县起陆，宋金噙着双泪，只得回避开去。身边并无财物，受饿不过，少不得学那两个古人：

伍相吹箫于吴门，韩王寄食于漂母。

日间街坊乞食，夜间古庙栖身。还有一件，宋金终是旧家子弟出身，任你十分落泊，还存三分骨气，不肯随那叫街丐户一流，奴言婢膝，没廉没耻。讨得来便吃了，讨不来忍饿，有一顿没一顿。过了几时，渐渐面黄肌瘦，全无昔日丰神。正是：

好花遭雨红俱褪，芳草经霜绿尽凋。

时值暮秋天气，金风催冷，忽降下一场大雨，宋金食缺衣单，在北新关关王庙中担饥受冻，出头不得。这雨自辰牌直下至午牌方止。宋金将腰带收紧，挪步出庙门来，未及数步，劈面遇着一人。宋金睁眼一看，正是父亲宋敦的最契之友，叫做刘有才，号顺泉的。宋金无面目见"江东父老"，不敢相识，只得垂眼低头而走。那刘有才早已看见，从背后一手挽住，叫道："你不是宋小官么？为何如此模样？"宋金两泪交流，叉手告道："小侄衣衫不齐，不敢为礼了。承老叔垂问。"如此如此，这般这般，将范知县无礼之事，告诉了一遍。刘翁道："'恻隐之心，人皆有之。'你肯在我船上相帮，管教你饱暖过日。"宋金便下跪，道："若得老叔收留，便是重生父母。"当下刘翁引着宋金到于河下，刘翁先上船，对刘妪说知其事。刘妪道："此乃两得其便，有何不美。"刘翁就在船头上招宋小官上船。于自身上脱下旧布道袍，教他穿了，引他到后艄，见了妈妈徐氏，女儿宜春在傍，也相见了。

宋金走出船头，刘翁道："把饭与宋小官吃。"刘妪道："饭便有，只是冷的。"宜春道："有热茶在锅内。"宜春便将瓦罐子舀了一罐滚热的茶。刘妪便在厨柜内取了些腌菜，和那冷饭，付与宋金道："宋小官，船上买卖，比不得家里，胡乱用些罢！"宋金接得在手。又见细雨纷纷而下，刘翁叫女儿："后艄有旧毡笠，取下来与宋小官戴。"宜春取旧毡笠看时，一边已自绽开。宜春手快，就盘髻上拔下针线将绽处缝了，丢在船篷之上，叫道："拿毡笠去戴。"宋金戴了破毡笠，吃了茶淘冷饭。刘翁教他收拾船上家火，扫抹船只，自往岸上接客，至晚方回，一夜无话。次日，刘翁起身，见宋金在船头上闲坐，心中暗想："初来之人，莫惯了他。"便吆喝道："个儿郎吃我家饭，穿我家衣，闲时搓些绳，打些索，也有用处，如何空坐？"宋金连忙答应道："但凭驱使，不敢有违！"刘翁便取一束麻皮，付与宋金，教他打索子。正是：

> 在他矮檐下，怎敢不低头。

宋金自此朝夕小心，辛勤做活，并不偷懒。兼之写算精通，凡客货在船，都是他记帐，出入分毫不爽。别船上交易，也多有央他去拿算盘，登帐簿，客人无不敬而爱之，都夸道："好个宋小官，少年伶俐。"刘翁、刘妪见他小心得用，另眼相待，好衣好食的管顾他，在客人面前，认为表侄。宋金亦自以为得所，心安体适，貌日丰腴，凡船户中无不欣羡。光阴似箭，不觉二年有余。刘翁一日暗想："自家年纪渐老，止有一女，要求个贤婿以靠终身。似宋小官一般，到也十全之美。但不知妈妈心下如何？"是夜与妈妈饮酒半醺，女儿宜春在傍，刘翁指着女儿对妈妈道："宜春年纪长成，未有终身之托，奈何？"刘妪道："这是你我靠老的一桩大事，你如何不上紧？"刘翁道："我也日常在念，只是难得个十分如意的。像我船上宋小官恁般本事人才，千中选一，也就不能勾了。"刘妪道："何不就许了宋小官？"刘翁假意道："妈妈说那里话！他无家无倚，靠着我船上吃饭，手无分文，怎好把女儿许他？"刘妪道："宋小官是宦家之后，况系故人之子。当初他老子存时，也曾有人议过亲来，你如何忘了？今日虽然落薄，看他一表人才，又会写，又会算，招得这般女婿，须不辱了门面，我两口儿老来也得所靠。"刘翁道："妈妈，你主意已定否？"刘妪道："有什么不定？"刘翁道："如此甚好！"原来刘有才平昔是个怕婆的，久已看上了宋金，只愁妈妈不肯；今见妈妈慨然，十分欢喜，当下便唤宋金，对着妈妈面许了他这头亲事。宋金初时也谦逊不当，见刘翁夫妇一团美意，不要他费一分钱钞，只索顺从刘翁。往阴阳生家选择周堂吉日，回复了妈妈，将船驾回昆山。先与宋小官上头，做一套绸绢衣服与他穿了，浑身新衣、新帽、新鞋、新袜，妆扮得宋金一发标致：

虽无子建才八斗，胜似潘安貌十分。

刘妪也替女儿备办些衣饰之类。吉日已到，请下两家亲戚，大设喜筵，将宋金赘入船上为婿。次日，诸亲作贺，一连吃了三日喜酒。宋金成亲之后，夫妻恩爱，自不必说。从此船上生理，日兴一日。

光阴似箭，不觉过了一年零两个月。宜春怀孕日满，产下一女。夫妻爱惜如金，轮流怀抱。期岁方过，此女害了痘疮，医药不效，十二朝身死。宋金痛念爱女，哭泣过哀，七情所伤，遂得个痨瘵之疾。朝凉暮热，饮食渐减，看看骨露肉消，行迟走慢。刘翁、刘妪初时还指望他病好，替他迎医问卜。延至一年之外，病势有加无减，三分人，七分鬼，写也写不动，算也算不动。到做了眼中之钉，巴不得他死了干净，却又不死。两个老人家懊悔不迭，互相抱怨起来。当初只指望半子靠老，如今看这货色，不死不活，分明一条烂死蛇缠在身上，摆脱不下。把个花枝般女儿，误了终身，怎生是了？为今之计，如何生个计较，送开了那冤家，等女儿另招个佳婿，方才称心。两口儿商量了多时，定下个计策，连女儿都瞒过了，只说有客货在于江西，移船往载。行至池州五溪地方，到一个荒僻的所在，但见孤山寂寂，远水滔滔，野岸荒崖，绝无人迹。是日小小逆风，刘公故意把舵使歪，船便向沙岸上阁住，却教宋金下水推舟。宋金手迟脚慢，刘公就骂道："痨病鬼！没气力使船时，岸上野柴也砍些来烧烧，省得钱买。"宋金自觉惶愧，取了砟刀，挣扎到岸上砍柴去了。刘公乘其未回，把舵用力撑动，拨转船头，挂起满风帆，顺流而下。

　　　　不愁骨肉遭颠沛，且喜冤家离眼睛。

　　且说宋金上岸打柴，行到茂林深处，树木虽多，那有气力去砍伐，只得拾些儿残柴，割些败棘，抽取枯藤，束做两大捆，却又没有气力背负得去。心生一计，再取一条枯藤，将两捆野柴穿做一捆，露出长长的藤头，用手挽之而行，如牧童牵牛之势。行了一时，想起忘了砟刀在地，又复身转去，取了砟刀，也插入柴捆之内，缓缓的拖下岸来。到于泊舟之处，已不见了船。但见江烟沙岛，一望无际。宋金沿江而上，且行且看，并无踪影。看看红日西沉，情知为丈人所弃。上天无路，入地无门，不觉痛切于心，放声大哭，哭得气咽喉干，闷绝于地，半晌方苏。忽见岸上一老僧，正不知从何而来，将拄杖卓地，问道："檀越伴侣何在？此非驻足之地也！"宋金忙起身作礼，口称姓名："被丈人刘翁脱赚，如今孤苦无归，求老师父提挈，救取微命。"老僧道："贫僧茅庵不远，且同往暂住一宵，来日再做道理。"宋金感谢不已，随着老僧而行。约莫里许，果见茅庵一所。老僧敲石取火，煮些粥汤，把与宋金吃了，方才问道："令岳与檀越有何仇隙？愿问其详。"宋金将入赘船上，及得病之由，备细告诉一遍。老僧道："老檀越怀恨令岳乎？"宋金道："当初求乞之时，蒙彼收养婚配；今日病危见弃，乃小生命薄所致，岂敢怀恨他人？"老僧道："听子所言，真忠厚之士也。尊恙乃七情所伤，非药饵可治，惟清心调摄可以愈之。平日间曾奉佛法诵经否？"宋金道："不曾。"老僧于袖中取出一卷相赠，道："此乃《金刚般若经》，我佛心印。贫僧今教授檀越，若日诵一遍，可以息诸妄念，却病延年，有无穷利益。"宋金原是陈州娘娘庙前老和尚转世来的，前生专诵此经。今日口传心受，一遍便能熟诵，此乃是前因不断。宋金和老僧打坐，闭眼诵经，将次天明，不觉睡去。及至醒来，身坐荒草坡间，并不见老僧及茅庵在那里，《金刚经》却在怀中，开卷能诵。宋金心下好生诧异，遂取池水净口，将经朗诵一遍，觉万虑消释，病体顿然健旺，方知圣僧显化相救，亦是夙因所致也。宋金向空叩头，感谢龙天保佑。然虽如此，此身如大海浮萍，没有着落，信步行去，早觉腹中饥馁。望见前山林木之内，隐隐似有人家，不免再温旧稿，向前乞食。只因这一番，有分教宋小官凶中化吉，难过福来。正是：

> 路逢尽处还开径，水到穷时再发源。

宋金走到前山一看，并无人烟，但见枪、刀、戈、戟，遍插林间。宋金心疑不决，放胆前去，见一所败落土地庙，庙中有大箱八只，封锁甚固，上用松茅遮盖。宋金暗想："此必大盗所藏，布置枪刀，乃惑人之计。来历虽则不明，取之无碍。"心生一计，乃折取松枝插地，记其路径，一步步走出林来，直至江岸。也是宋金时亨运泰，恰好一只大船，因逆浪冲坏了舵，停泊于岸下修舵。宋金假作慌张之状，向船上人说道："我陕西钱金也，随吾叔父走湖广为商，道经于此，为强贼所劫，叔父被杀，我只说是随跟的小主郎，久病乞哀，暂容残喘。

贼乃遣伙内一人，与我同住土地庙中，看守货物，他又往别处行劫去了。天幸同伙之人，昨夜被毒蛇咬死，我得脱身在此，幸方便载我去。"舟人闻言，不甚信。宋金又道："见有八巨箱在庙内，皆我家财物。庙去此不远，多央几位上岸，抬归舟中，愿以一箱为谢。必须速往，万一贼徒回转，不惟无及于事，且有祸患！"众人都是千里求财的，闻说有八箱货物，一个个欣然愿往。当时聚起十六筹后生，准备八副绳索杠棒，随宋金往土地庙来。果见巨箱八只，其箱甚重，每二人抬一箱，恰好八杠。宋金将林子内枪刀收起藏于深草之内，八个箱子都下了船。舵已修好了，舟人问宋金道："老客今欲何往？"宋金道："我且往南京省亲。"舟人道："我的船正要往瓜州，却喜又是顺便。"当下开船，约行五十余里，方歇。众人奉承陕西客有钱，到凑出银子，买酒买肉，与他压惊称贺。次日西风大起，挂起帆来，不几日，到了瓜州停泊。那瓜州到南京只隔十来里江面，宋金召唤了一只渡船。将箱笼只拣重的抬下七个，把一个箱子送与舟中众人，以践其言。众人自去开箱分用，不在话下。宋金渡到龙江关口，寻了店主人家住下。唤铁匠对了钥匙，打开箱看时，其中充牣，都是金玉珍宝之类。原来这伙强盗积之有年，不是取之一家，获之一时的。宋金先把一箱所蓄，鬻之于市，已得数千金。恐主人生疑，迁寓于城内，买家奴伏侍，身穿罗绮，食用膏粱。余六箱，只拣精华之物留下，其他都变卖，不下数万金。就于南京仪凤门内买下一所大宅，改造厅堂园亭，制办日用家火，极其华整。门前开张典铺，又置买田庄数处，家僮数十房，出色管事者千人。又畜美童四人，随身答应。满京城都称他为钱员外，出乘舆马，入拥金资。自古道：居移气，养移体。宋金今日财发身发，肌肤充悦，容采光泽，绝无向来枯瘠之容，寒酸之气。正是：

> 人逢运至精神爽，月到秋来光彩新。

话分两头。且说刘有才那日哄了女婿上岸，拨转船头，顺风而下，瞬息之间，已行百里，老夫妇两口暗暗欢喜。宜春女犹然不知，只道丈夫还在船上，煎好了汤药，叫他吃时，连呼不应。还道睡着在船头，自要去唤他。却被母亲劈手夺过药瓯，向江中一泼，骂道："痨病鬼在那里？你还要想他！"宜春道："真个在那里？"母亲道："你爹见他病害得不好，恐沾染他人，方才哄他上岸打柴，径自转船来了。"宜春一把扯住母亲，哭天哭地叫道："还我宋郎来。"刘公听得艄内啼哭，走来劝道："我儿，听我一言，妇道家嫁人不着，一世之苦。那害痨的死在早晚，左右要拆散的，不是你因缘了，到不如早些开交干净，免致担误你青春。待做爹的另拣个好郎君，完你终身，休想他罢！"宜春道："爹做的是什么事！都是不仁不义、伤天理的勾当。宋郎这头亲事，原是二亲主张。既做了夫妻，同生同死，岂可翻悔？就是他病势必死，亦当待其善终，何忍弃之于无人之地？宋郎今日为奴而死，奴决不独生。爹若可怜见孩儿，快转船上水，寻取宋郎回来，免被傍人讥谤。"刘公道："那害痨的不见了船，定然转往别处村坊乞食去了，寻之何益？况且下水顺风，想去已百里之遥，一动不如一静，劝你息了心罢！"

宜春见父亲不允，放声大哭，走出船舷，就要跳水，喜得刘妈手快，一把拖住。宜春以死自誓，哀哭不已。两个老人家不道女儿执性如此，无可奈何，准准的看守了一夜，次早只得依顺他，开船上水。风水俱逆，弄了一日，不勾一半之路，这一夜啼啼哭哭又不得安稳。第三日申牌时分，方到得先前阁船之处。宜春亲自上岸寻取丈夫，只见沙滩上乱柴二捆，砟刀一把，认得是船上的刀。眼见得这捆柴，是宋郎驮来的，物在人亡，愈加疼痛，不肯心死，定要往前寻觅，父亲只索跟随同去。走了多时，但见树黑山深，杳无人迹。刘公劝他回船，又啼哭了一夜。第四日黑早，再教父亲一同上岸寻觅，都是旷野之地，更无影响，只得哭下船来，想道："如此荒郊，教丈夫何处乞食？况久病之人，行走不动，他把柴刀抛弃沙崖，一定是赴水自尽了。"哭了一场，望着江心又跳，早被刘公拦住。宜春道："爹妈养得奴的身，养不得奴的心。孩儿左右是要死的，不如放奴早死，以见宋郎之面。"两个老人家见女儿十分痛苦，甚不过意，叫道："我儿，是你爹妈不是了，一时失于计较，干出这事。差之在前，懊悔也没用了。你可怜我年老之人，止生得你一人，你若死时，我两口儿性命也都难保。愿我儿恕了爹妈之罪，宽心度日，待做爹的写一招子，于沿江市镇各处粘贴。倘若宋郎不死，见我招帖，定可相逢；若过了三个月无信，凭你做好事，追荐丈夫，做爹的替你用钱，并不吝惜。"宜春方才收泪谢道："若得如此，孩儿死也瞑目。"刘公即时写个寻婿的招帖，粘于沿江市镇墙壁触眼之处。

过了三个月，绝无音耗。宜春道："我丈夫果然死了。"即忙制备头梳麻衣，穿着一身重孝，设了灵位祭奠，请九个和尚，做了三昼夜功德。自将簪珥布施，为亡夫祈福。刘翁、刘妪爱女之心无所不至，并不敢一些违拗，闹了数日方休。兀自朝哭五更，夜哭黄昏。邻船闻之，无不感叹。有一班相熟的客人，闻知此事，无不可惜宋小官，可怜刘小娘者。宜春整整的哭了半年六个月方才住声。刘公对阿妈道："女儿这几日不哭，心下渐渐冷了，好劝他嫁人，终不然我两个老人家守着个孤孀女儿，缓急何靠？"刘妪道："阿老见得是，只怕女儿不肯，须是缓缓的偎他。"又过了月余，其时十二月二十四日，刘翁回船到昆山过年，在亲戚家吃醉了酒，乘其酒兴来劝女儿道："新春将近，除了孝罢。"宜春道："丈夫是终身之孝，怎样除得？"刘翁睁着眼道："什么终身之孝！做爹的许你带时便带，不许你带时，就不容你带。"刘妪见老儿口重，便来收科道："再等女儿带过了残岁，除夜做碗羹饭起了灵，除孝罢。"宜春见爹妈话不投机，便啼哭起来，道："你两口儿合计害了我丈夫，又不容我带孝，无非要我改嫁他人。我岂肯失节以负宋郎，宁可带孝而死，决不除孝而生。"刘翁又待发作，被婆子骂了几句，劈颈的推向船舱睡了。宜春依先又哭了一夜。到月尽三十日，除夜，宜春祭奠了丈夫，哭了一会。婆子劝住了，三口儿同吃夜饭，爹妈见女儿荤酒不闻，心中不乐，便道："我儿！你孝是不肯除了，略吃点荤腥，何妨得？少年人不要弄弱了元气。"宜春道："未死之人，苟延残喘，连这碗素饭也是多吃的，还吃甚荤菜？"刘妪道："既不用荤，吃杯素酒儿，也好解闷。"宜春道："一滴何曾到九泉，想着死者，我何忍下咽。"说罢，又哀哀的哭将起来，连素饭也不吃就去睡了。刘公夫妇料想女儿志不可夺，从此再不强他。后人有诗赞宜春之节，诗曰：

闺中节烈古今传，船女何曾阅简编？

誓死不移金石志，《柏舟》端不愧前贤。

话分两头，再说宋金住在南京一年零八个月，把家业挣得十全了，却教管家看守门墙，自己带了三千两银子，领了四个家人，两个美童，雇了一只航船，径至昆山来访刘翁、刘妪。邻舍人家说道："三日前往仪真去了。"宋金将银两贩了布匹，转至仪真，下个有名的主家，上货了毕。次日，去河口寻着了刘家船只，遥见浑家在船艄麻衣素妆，知其守节未嫁，伤感不已。回到下处，向主人王公说道："河下有一舟妇，带孝而甚美，我已访得是昆山刘顺泉之船，此妇即其女也。吾丧偶已将二年，欲求此女为继室。”遂于袖中取出白金十两奉与王公，道：“此薄意权为酒资，烦老翁执伐。成事之日，更当厚谢。若问财礼，虽千金吾亦不吝。”王公接银欢喜，径往船上邀刘翁到一酒馆，盛设相款，推刘翁于上坐。刘翁大惊，道：“老汉操舟之人，何劳如此厚待？必有缘故。”王公道：“且吃三杯，方敢启齿。”刘翁心中愈疑，道：“若不说明，必不敢坐。”王公道：“小店有个陕西钱员外，万贯家财，丧偶将二载，慕令爱小娘子美貌，欲求为继室。愿出聘礼千金，特央小子作伐，望勿见拒。”刘翁道：“舟女得配富室，岂非至愿！但吾儿守节甚坚，言及再婚，便欲寻死。此事不敢奉命，盛意亦不敢领。”便欲起身。王公一手扯住，道：“此设亦出钱员外之意，托小子做个主人。既已费了，不可虚之，事虽不谐，无害也。”刘翁只得坐了。饮酒中间，王公又说起：“员外相求，出于至诚，望老翁回舟，从容商议。”刘翁被女儿几遍投水吓坏了，只是摇头，略不统口，酒散各别。

王公回家，将刘翁之语，述与员外。宋金方知浑家守志之坚，乃对王公说道：“姻事不成也罢了，我要雇他的船载货往上江出脱，难道也不允？”王公道：“天下船载天下客，不消说，自然从命。”王公即时与刘翁说了雇船之事，刘翁果然依允。宋金乃分付家童，先把铺陈行李发下船来，货且留岸上，明日发也未迟。宋金锦衣貂帽，两个美童，各穿绿绒直身，手执熏炉如意跟随。刘翁夫妇认做陕西钱员外，不复相识。到底夫妇之间，与他人不同，宜春在艄尾窥视，虽不敢便信是丈夫，暗暗地惊怪，道："有七八分厮像。"只见那钱员外才上得船，便向船艄说道："我腹中饥了，要饭吃，若是冷的，把些热茶淘来罢！"宜春已自心疑。那钱员外又吆喝童仆道："个儿郎吃我家饭，穿我家衣，闲时搓些绳，打些索，也有用处，不可空坐！"这几句分明是宋小官初上船时刘翁分付的话，宜春听得，愈加疑心。少顷，刘翁亲自捧茶奉钱员外，员外道："你船艄上有一破毡笠，借我用之。"刘翁愚蠢，全不省事，径与女儿讨那破毡笠。宜春取毡笠付与父亲，口中微吟四句：

> 毡笠虽然破，经奴手自缝。
>
> 因思戴笠者，无复旧时容。

钱员外听艄后吟诗，嘿嘿会意，接笠在手，亦吟四句：

> 仙凡已换骨，故乡人不识。
>
> 虽则锦衣还，难忘旧毡笠。

　　是夜宜春对翁姬道："舱中钱员外，疑即宋郎也。不然何以知吾船有破毡笠？且面庞相肖，语言可疑，可细叩之。"刘翁大笑道："痴女子！那宋家痨病鬼，此时骨肉俱消矣！就使当年未死，亦不过乞食他乡，安能致此富盛乎？"刘姬道："你当初怪爹娘劝你除孝改嫁，动不动跳水求死。今见客人富贵，便要认他是丈夫，倘你认他不认，岂不可羞？"宜春满面羞惭，不敢开口。刘翁便招阿妈到背处道："阿妈你休如此说，姻缘之事，莫非天数。前日王店主请我到酒馆中饮酒，说陕西钱员外，愿出千金聘礼，求我女儿为继室。我因女儿执性，不曾统口。今日难得女儿自家心活，何不将机就机，把他许配钱员外，落得你我下半世受用。"刘姬道："阿老见得是。那钱员外来雇我家船只，或者其中有意。阿老明日可往探之。"刘翁道："我自有道理。"

　　次早，钱员外起身，梳洗已毕，手持破毡笠于船头上翻覆把玩。刘翁启口而问道："员外，看这破毡笠则甚？"员外道："我爱那缝补处，这行针线，必出自妙手。"刘翁道："此乃小女所缝，有何妙处。前日王店主传员外之命，曾有一言，未知真否？"钱员外故意问道："所传何言？"刘翁道："他说员外丧了孺人，已将二载，未曾继娶，欲得小女为婚。"员外道："老翁愿也不愿？"刘翁道："老汉求之不得，但恨小女守节甚坚，誓不再嫁，所以不敢轻诺。"员外道："令婿为何而死？"刘翁道："小婿不幸得了个痨瘵之疾，其年因上岸打柴未还，老汉不知，错开了船，以后曾出招帖寻访了三个月，并无动静，多是投江而死了。"员外道："令婿不死，他遇了个异人，病都好了，反获大财致富。老翁若要会令婿时，可请令爱出来！"此时宜春侧耳而听，一闻此言，便哭将起来，骂道："薄幸钱郎！我为你带了二年重孝，受了千辛万苦，今日还不说实话，待怎么？"宋金也堕泪道："我妻！快来相见！"夫妻二人抱头大哭。刘翁道："阿妈，眼见得不是什么钱员外了，我与你须索去谢罪！"刘翁、刘妪走进舱来，施礼不迭。宋金道："丈人、丈母，不须恭敬，只是小婿他日有病痛时，莫再脱赚。"两个老人家羞惭满面。

宜春便除了孝服，将灵位抛向水中。宋金便唤跟随的童仆来与主母磕头。翁、妪杀鸡置酒，管待女婿，又当接风，又是庆贺筵席。安席已毕，刘翁叙起女儿自来不吃荤酒之意，宋金惨然下泪，亲自与浑家把盏，劝他开荤。随对翁、妪道："据你们设心脱赚，欲绝吾命，恩断义绝，不该相认了。今日勉强吃你这杯酒，都看你女儿之面。"宜春道："不因这番脱赚，你何由发迹？况爹妈日前也有好处，今后但记恩，莫记怨。"宋金道："谨依贤妻尊命。我已立家于南京，田园富足，你老人家可弃了驾舟之业，随我到彼，同享安乐，岂不美哉！"翁、妪再三称谢，是夜无话。

次日，王店主闻知此事，登船拜贺，又吃了一日酒。宋金留家童三人于王店主家发布取帐，自己开船先往南京大宅子，住了三日，同浑家到昆山故乡扫墓，追荐亡亲。宗族亲党各有厚赠。此时范知县已罢官在家，闻知宋小官发迹还乡，恐怕街坊撞见没趣，躲向乡里，有月余不敢入城。宋金完了故乡之事，重回南京，阖家欢喜，安享富贵，不在话下。

再说宜春见宋金每早必进佛堂拜佛诵经，问其缘故。宋金将老僧所传《金刚经》却病延年之事，说了一遍。宜春亦起信心，要丈夫教会了，夫妻同诵，到老不衰，后享寿各九十余，无疾而终。子孙为南京世富之家，亦有发科第者。后人评云：

刘老儿为善不终，宋小官因祸得福。

《金刚经》消除灾难，破毡笠团圆骨肉。

第九卷　玉堂春落难逢夫

公子初年柳陌游，玉堂一见便绸缪。

黄金数万皆消费，红粉双眸枉泪流。

财货拐，仆驹休，犯法洪同狱内囚。

按临骢马冤愆脱，百岁姻缘到白头。

话说正德年间，南京金陵城有一人，姓王，名琼，别号思竹；中乙丑科进士，累官至礼部尚书。因刘瑾擅权，劾了一本，圣旨发回原籍。不敢稽留，收拾轿马和家眷起身。王爷暗想：有几两俸银，都借在他人名下，一时取讨不及。况长子南京中书，次子时当大比，踌躇半晌，乃呼公子三官前来。那三官双名景隆，字顺卿，年方一十七岁；生得眉目清新，丰姿俊雅；读书一目十行，举笔即便成文，元是个风流才子。王爷爱惜胜如心头之气、掌上之珍。当下王爷唤至，分付道："我留你在此读书，叫王定讨帐，银子完日，作速回家，免得父母牵挂。我把这里帐目，都留与你。"叫王定过来，"我留你与三叔在此读书讨帐，不许你引诱他胡行乱为。吾若知道，罪责非小。"王定叩头说："小人不敢。"次日收拾起程，王定与公子送别，转到北京，另寻寓所安下。公子谨依父命，在寓读书。王定讨帐，不觉三月有余，三万银帐，都收完了。公子把底帐扣算，分厘不欠。分付王定，选日起身。公子说："王定，我们事体俱已完了，我与你到大街上各巷口闲耍片时，来日起身。"王定遂即锁了房门，分付主人家用心看着生口。房主说："放心，小人知道。"二人离了寓所，至大街观看皇都景致。但见：

> 人烟凑集，车马喧阗。人烟凑集，合四山五岳之音；车马喧阗，尽六部九卿之辈。做买做卖，总四方土产奇珍；闲荡闲游，靠万岁太平洪福。处处胡同铺锦绣，家家杯罍醉笙歌。

公子喜之不尽，忽然又见五七个宦家子弟，各拿琵琶、弦子，欢乐饮酒。公子道："王定，好热闹去处！"王定说："三叔，这等热闹，你还没到那热闹去处哩！"

二人前至东华门，公子睁眼观看，好锦绣景致。只见门彩金凤，柱盘金龙。王定道："三叔，好么？"公子说："真个好所在！"又走前面去，问王定："这是那里？"王定说："这是紫金城。"公子往里一视，只见城内瑞气腾腾，红光闪闪。看了一会，果然富贵无过于帝王，叹息不已。离了东华门往前，又走多时，到一个所在，见门前站着几个女子，衣服整齐。公子便问："王定，此是何处？"王定道："此是酒店。"乃与王定进到酒楼上，公子坐下。看那楼上有五七席饮酒的，内中一席有两女子坐着同饮。公子看那女子，人物清楚，比门前站的更胜几分。公子正看中间，酒保将酒来，公子便问："此女是那里来的？"酒保说："这是一秤金家丫头翠香、翠红。"三官道："生得清气。"酒保说："这等就说标致？他家里还有一个粉头，排行三姐，号玉堂春，有十二分颜色。鸨儿索价太高，还未梳栊。"公子听说留心，叫王定还了酒钱，下楼去，说："王定，我与你春院胡同走走。"王定道："三叔不可去，老爷知道怎了？"公子说："不妨，看一看就回。"乃走至本司院门首。果然是：

> 花街柳巷，绣阁朱楼。家家品竹弹丝，处处调脂弄粉。黄金买笑，无非公子王孙；红袖邀欢，都

是妖姿丽色。正疑香雾弥天霭，忽听歌声别院娇。

总然道学也迷魂，任是真僧须破戒。

公子看得眼花撩乱，心内踌躇，不知那是一秤金的门。正思中间，有个卖瓜子的小伙叫做金哥走来，公子便问："那是一秤金的门？"金哥说："大叔莫不是要耍？我引你去。"王定便道："我家相公不嫖，莫错认了。"公子说："但求一见。"那金哥就报与老鸨知道，老鸨慌忙出来迎接，请进待茶。王定见老鸨留茶，心下慌张，说："三叔可回去罢！"老鸨听说，问道："这位何人？"公子说："是小价。"鸨子道："大哥，你也进来吃茶去，怎么这等小器！"公子道："休要听他。"跟着老鸨往里就走。王定道："三叔不要进去，俺老爷知道，可不干我事。"在后边自言自语，公子那里听他，竟到了里面坐下。老鸨叫丫头看茶。茶罢，老鸨便问："客官贵姓？"公子道："学生姓王，家父是礼部正堂。"老鸨听说，拜道："不知贵公子，失瞻休罪。"公子道："不碍，休要计较。久闻令爱玉堂春大名，特来相访。"老鸨道："昨有一位客官，要梳栊小女，送一百两财礼，不曾许他。"公子道："一百两财礼小哉！学生不敢夸大话，除了当今皇上，往下也数家父。就是家祖，也做过侍郎。"老鸨听说，

914

心中暗喜。便叫："翠红，请三姐出来见尊客！"翠红去不多时，回话道："三姐身子不健，辞了罢。"老鸨起身带笑说："小女从幼养娇了，直待老婢自去唤他。"王定在傍喉急，又说："他不出来就罢了，莫又去唤。"老鸨不听其言，走进房中，叫："三姐，我的儿，你时运到了！今有王尚书的公子特慕你而来。"玉堂春低头不语，慌得那鸨儿便叫："我儿，王公子好个标致人物，年纪不上十六七岁，囊中广有金银。你若打得上这个主儿，不但名声好听，也勾你一世受用。"玉姐听说，即时打扮，来见公子。临行，老鸨又说："我儿，用心奉承，不要怠慢他。"玉姐道："我知道了。"公子看玉堂春果然生得好：

> 鬓挽乌云，眉弯新月；肌凝瑞雪，脸衬朝霞。袖中玉笋尖尖，裙下金莲窄窄。雅淡梳妆偏有韵，不施脂粉自多姿。便数尽满院名姝，总输他十分春色。

玉姐偷看公子，眉清目秀，面白唇红，身段风流，衣裳清楚，心中也是暗喜。当下玉姐拜了公子。老鸨就说："此非贵客坐处，请到书房小叙。"公子相让，进入书房，果然收拾得精致，明窗净几，古画古炉。公子却无心细看，一心只对着玉姐。鸨儿帮衬，教女儿揸着公子肩下坐了，分付丫鬟摆酒。王定听见摆酒，一发着忙，连声催促三叔回去。老鸨丢个眼色与丫头："请这大哥到房里吃酒。"翠香、翠红道："姐夫请进房里，我和你吃钟喜酒。"王定本不肯去，被翠红二人，拖拖拽拽扯进去坐了，甜言美语，劝了几杯酒。初时还是勉强，以后吃得热闹，连王定也忘怀了，索性放落了心，且偷快乐。

正饮酒中间，听得传语公子叫王定。王定忙到书房，只见杯盘罗列，本司自有答应乐人，奏动乐器，公子开怀乐饮。王定走近身边，公子附耳低言："你到下处取二百两银子，四匹尺头，再带散碎银二十两，到这里来。"王定道："三叔要这许多银子何用？"公子道："不要你闲管。"王定没奈何，只得来到下处，开了皮箱，取出五十两元宝四个，并尺头、碎银，再到本司院说："三叔，有了。"公子看也不看，都教送与鸨儿，说："银两、尺头，权为令爱初会之礼。这二十两碎银，把做赏人杂用。"王定只道公子要讨那三姐回去，用许多银子；听说只当初会之礼，吓得舌头吐出三寸。却说鸨儿一见许多东西，就叫丫头转过一张空桌。王定将银子、尺头，放在桌上，鸨儿假意谦让了一回，叫玉姐："我儿，拜谢了公子。"又说："今日是王公子，明日就是王姐夫了。"叫丫头收了礼物进去："小女房中还备得有小酌，请公子开怀畅饮。"公子与玉姐肉手相搀，同至香房，只见围屏小桌，果品珍羞，俱已摆设完备。公子上坐，鸨儿自弹弦子，玉堂春清唱侑酒。弄得三官骨松筋痒，神荡魂迷。王定见天色晚了，不见三官动身，连催了几次。丫头受鸨儿之命，不与他传。王定又不得进房，等了一个黄昏，翠红要留他宿歇，王定不肯，自回下处去了。公子直饮到二鼓方散。玉堂春殷勤伏侍公子上床，解衣就寝，真个男贪女爱，倒凤颠鸾，彻夜交情，不在话下。

天明，鸨儿叫厨下摆酒煮汤，自进香房，追红讨喜，叫一声："王姐夫，可喜！可喜！"丫头、小厮都来磕头。公子分付王定，每人赏银一两。翠香、翠红各赏衣服一套，折钗银三两。王定早晨本要来接公子回寓，见他撒漫使钱，有不然之色。公子暗想："在这奴才手里讨针线，好不爽利，索性将皮箱搬到院里，自家便当。"鸨儿见皮箱来了，愈加奉承。真个朝朝寒食，夜夜元宵，不觉住了一个多月。老鸨要生心科派，设一大席酒，搬戏演乐，专请三官、玉姐二人赴席。鸨子举杯敬公子说："王姐夫，我女儿与你成了夫妇，地久天长，凡家中事务，望乞扶持。"那三官心里只怕鸨子心里不自在，看那银子犹如粪土，凭老鸨说谎，欠下许多债负，都替他还。又打若干首饰酒器，做若干衣服，又许他改造房子。又造百花楼一座，与玉堂春做卧房。随其科派，件件许了。正是：

　　酒不醉人人自醉，色不迷人人自迷。

急得家人王定手足无措，三回五次，催他回去。三官初时含糊答应，以后逼急了，反将王定痛骂。王定没奈何，只得到求玉姐劝他。玉姐素知虔婆利害，也来苦劝公子道："'人无千日好，花有几时红？'你一日无钱，他番了脸来，就不认得你。"三官此时手内还有钱钞，那里信他这话。王定暗想："心爱的人还不听他，我劝他则甚？"又想："老爷若知此事，如何了得！不如回家报与老爷知道，凭他怎么裁处，与我无干。"王定乃对三官说："我在北京无用，先回去罢！"三官正厌王定多管，巴不得他开身，说："王定，你去时，我与你十两盘费，你到家中禀老爷，只说帐未完，三叔先使我来问安。"玉姐也送五两，鸨子也送五两。王定拜别三官而

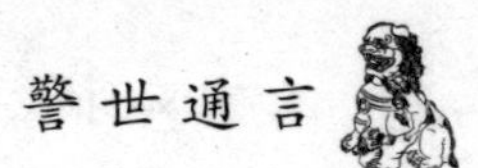

去。正是：

> 各人自扫门前雪，莫管他家瓦上霜。

且说三官被酒色迷住，不想回家，光阴似箭，不觉一年。亡八淫妇，终日科派。莫说上头、做生、讨粉头、买丫鬟，连亡八的寿圹都打得到，三官手内财空。亡八一见无钱，凡事疏淡，不照常答应奉承。又住了半月，一家大小作闹起来。老鸨对玉姐说："'有钱便是本司院，无钱便是养济院。'王公子没钱了，还留在此做甚！那曾见本司院举了节妇，你却呆守那穷鬼做甚？"玉姐听说，只当耳边之风。一日三官下楼往外去了，丫头来报与鸨子。鸨子叫玉堂春下来："我问你，几时打发王三起身？"玉姐见话不投机，复身向楼上便走。鸨子随即跟上楼来，说："奴才，不理我么？"玉姐说："你们这等没天理，王公子三万两银子，俱送在我家。若不是他时，我家东也欠债，西也欠债，焉有今日这等足用？"鸨子怒发，一头撞去，高叫："三儿打娘哩！"亡八听见，不分是非，便拿了皮鞭，赶上楼来，将玉姐堂跌在楼上，举鞭乱打，打得鬓偏发乱，血泪交流。

且说三官在午门外，与朋友相叙，忽然面热肉颤，心下怀疑，即辞归，径走上百花楼。看见玉姐如此模样，心如刀割，慌忙抚摩，问其缘故。玉姐睁开双眼，看见三官，强把精神挣着说："俺的家务事，与你无干！"三官说："冤家，你为我受打，还说无干？明日辞去，免得累你受苦。"玉姐说："哥哥，当初劝你回去，你却不依我。如今孤身在此，盘缠又无，三千余里，怎生去得？我如何放得心？你若不能还乡，流落在外，又不如忍气且住几日。"三官听说，闷倒在地。玉姐近前抱住公子，说："哥哥，你今后休要下楼去，看那亡八、淫妇怎么样行来？"三官说："欲待回家，难见父母兄嫂；待不去，又受不得亡八冷言热语。我又舍不得你，待住，那亡八、淫妇只管打你。"玉姐说："哥哥，打不打你休管他，我与你是从小的儿女夫妻，你岂可一旦别了我！"看看天色又晚，房中往常时丫头秉灯上来，今日火也不与了。玉姐见三官痛伤，用手扯到床上睡了，一递一声长吁短气。三官与玉姐说："不如我去罢！再接有钱的客官，省你受气。"玉姐说："哥哥，那亡八、淫妇，任他打我，你好歹休要起身。哥哥在时，奴命在，你真个要去，我只一死。"二人直哭到天明。起来，无人与他碗水。玉姐叫丫头："拿钟茶来与你姐夫吃。"鸨子听见，高声大骂："大胆奴才，少打。叫小三自家来取。"

那丫头、小厮都不敢来。玉姐无奈，只得自己下楼，到厨下盛碗饭，泪滴滴自拿上楼去，说："哥哥，你吃饭来。"公子才要吃，又听得下边骂，待不吃，玉姐又劝。公子方才吃得一口，那淫妇在楼下说："小三，大胆奴才，那有巧媳妇做出无米粥？"三官分明听得他话，只索隐忍。正是：

囊中有物精神旺，手内无钱面目惭。

却说亡八恼恨玉姐，待要打他，倘或打伤了，难教他挣钱；待不打他，他又恋着王小三。十分逼的小三极了，他是个酒色迷了的人，一时他寻个自尽，倘或尚书老爷差人来接，那时把泥做也不干。左思右算，无计可施。鸨子说："我自有妙法，叫他离咱们去。明日是你妹子生日，如此如此，唤做'倒房计'。"亡八说："到也好。"鸨子叫丫头楼上问："姐夫吃了饭还没有？"鸨子上楼来说："休怪！俺家务事，与姐夫不相干。"又照常摆上了酒。吃酒中间，老鸨忙陪笑道："三姐，明日是你姑娘生日，你可禀王姐夫，封上人情，送去与他。"玉姐当晚封下礼物。第二日清晨，老鸨说："王姐夫早起来，趁凉可送人情到姑娘家去。"大小都离司院，将半里，老鸨故意吃一惊，说："王姐夫，我忘了锁门，你回去把门锁上。"公子不知鸨子用计，回来锁门不题。

且说亡八从那小巷转过来，叫："三姐，头上吊了簪子。"哄的玉姐回头，那亡八把头口打了两鞭，顺小巷流水出城去了。三官回院，锁了房门，忙往外赶，看不见玉姐，遇着一伙人，公子躬身便问："列位曾见一起男女，往那里去了？"那伙人不是好人，却是短路的。见三官衣服齐整，心生一计，说："才往芦苇西边去了。"三官说："多谢列位。"公子往芦苇里就走。这人哄的三官往芦苇里去了，即忙走在前面等着。三官至近，跳起来喝一声，却去扯住三官，齐下手剥去衣服帽子，拿绳子捆在地上。三官手足难挣，昏昏沉沉，捱到天明，还只想了玉堂春，说："姐姐，你不知在何处去，那知我在此受苦！"

不说公子有难，且说亡八、淫妇拐着玉姐，一日走了一百二十里地，野店安下。玉姐明知中了亡八之计，路上牵挂三官，泪不停滴。

再说三官在芦苇里，口口声声叫救命。许多乡老近前看见，把公子解了绳子，就问："你是那里人？"三官害羞，不说是公子，也不说嫖玉堂春，浑身上下又无衣服，眼中吊泪说："列位大叔，小人是河南人，来此小买卖，不幸遇着歹人，将一身衣服尽剥去了，盘费一文也无。"众人见公子年少，舍了几件衣服与他，又与了他一顶帽子。三官谢了众人，拾起破衣穿了，拿破帽子戴了。又不见玉姐，又没了一个钱，还进北京来，顺着房檐，低着头，从早至黑，水也没得口，三官饿的眼黄，到天晚寻宿，又没人家下他。有人说："想你这个模样子，谁家下你？你如今可到总铺门口去，有觅人打梆子，早晚勤谨，可以度日。"三官径至总铺门首，只见一个地方来雇人打更。三官向前叫："大叔，我打头更。"地方便问："你姓甚么？"公子说："我是王小三。"地方说："你打二更罢！失了更，短了筹，不与你钱，还要打哩！"三官是个自在惯了的人，贪睡了，晚间把更失了。地方骂："小三，你这狗骨头，也没造化吃这自在饭，快着走。"三官自思无路，乃到孤老院里去存身。正是：

> 一般院子里，苦乐不相同。

却说那亡八、鸨子，说："咱来了一个月，想那王三必回家去了，咱们回去罢。"收拾行李，回到本司院。只有玉姐每日思想公子，寝食俱废。鸨子上楼来，苦苦劝说："我的儿，那王三已是往家去了，你还想他怎么？北京城内多少王孙公子，你只是想着王三不接客，你可知道我的性子，自讨分晓，我再不说你了。"说罢自去了。玉姐泪如雨滴，想王顺卿手内无半文钱，不知怎生去了？"你要去时，也通个信息，免使我苏三常常挂牵。不知何日再得与你相见。"

不说玉姐想公子，且说公子在北京院讨饭度日。北京大街上有个高手王银匠，曾在王尚书处打过酒器。公子在虔婆家打首饰物件，都用着他。一日往孤老院过，忽然看见公子，唬了一跳，上前扯住，叫："三叔！你怎么这等模样？"三官从头说了一遍，王银匠说："自古狠心亡八！三叔，你今到寒家，清茶淡饭，暂住几日，等你老爷使人来接你。"三官听说大喜，随跟至王匠家中。王匠敬他是尚书公子，尽礼管待，也住了半月有余。他媳妇见短，不见尚书家来接，只道丈夫说谎，乘着丈夫上街，便发说话："自家一窝子男女，那有闲饭养他人；好意留吃几日，各人要自达时务，终不然在此养老送终。"三官受气不过，低着头，顺着房檐往外出来，信步而行。走至关王庙，猛省关圣最灵，何不诉他？乃进庙，跪于神前，诉以亡八、鸨儿负心之事。拜祷良久，起来闲看两廊画的三国功劳。

却说庙门外街上，有一个小伙儿叫云："本京瓜子，

一分一桶；高邮鸭蛋，半分一个。"此人是谁？是卖瓜子的金哥。金哥说道："原来是年景消疏，买卖不济。当时本司院有王三叔在时，一时照顾二百钱瓜子，转的来，我父母吃不了。自从三叔回家去了，如今谁买这物？二三日不曾发市，怎么过？我到庙里歇歇再走。"金哥进庙里来，把盘子放在供桌上，跪下磕了头。三官却认得是金哥，无颜见他，双手掩面，坐于门限侧边。金哥磕了头，起来，也来门限上坐下。三官只道金哥出庙去了，放下手来，却被金哥认出，说："三叔！你怎么在这里？"三官含羞带泪，将前事道了一遍。金哥说："三叔休哭，我请你吃些饭。"三官说："我得了饭。"金哥又问："你这两日，没见你三婶来？"三官说："久不相见了！金哥，我烦你到本司院密密的与三婶说，我如今这等穷，看他怎么说，回来复我。"金哥应允，端起盘，往外就走。三官又说："你到那里看风色，他若想我，你便题我在这里如此。若无真心疼我，你便休话，也来回我。他这人家有钱的另一样待，无钱的另一样待。"金哥说："我知道。"辞了三官，往院里来，在于楼外边立着。

说那玉姐手托香腮，将汗巾拭泪，声声只叫："王顺卿，我的哥哥！你不知在那里去了？"金哥说："呀，真个想三叔哩！"咳嗽一声，玉姐听见问："外边是谁？"金哥上楼来，说："是我。我来买瓜子与你老人家磕哩！"玉姐眼中吊泪，说："金哥，纵有羊羔美酒，吃不下，那有心绪磕瓜仁！"金哥说："三婶，你这两日怎么淡了？"玉姐不理。金哥又问："你想三叔，还想谁？你对我说，我与你接去。"玉姐说："我自三叔去后，朝朝思想，那里又有谁来？我曾记得一辈古人。"金哥说："是谁？"玉姐说："昔有个亚仙女，郑元和为他黄金使尽，去打莲花落。后来收心勤读诗书，一举成名。那亚仙风月场中显大名。我常怀亚仙之心，怎得三叔他像郑元和方好。"金哥听说，口中不语，心内自思："王三到也与郑元和相像了，虽不打莲花落，也在孤老院讨饭吃。"金哥乃低低把三婶叫了一声，说："三叔如今在庙中安歇，叫我密密的报与你，济他些盘费，好上南京。"玉姐唬了一惊："金哥休要哄我。"金哥说："三婶，你不信，跟我到庙中看看去。"玉姐说："这里到庙中有多少远？"金哥说："这里到庙中有三里地。"玉姐说："怎么敢去？"又问："三叔还有甚话？"金哥说："只是少银子钱使用，并没甚话。"玉姐说："你去对三叔说，十五日在庙里等我。"金哥去庙里回复三官，就送三官到王匠家中，"倘若他家不留你，就到我家里去。"幸得王匠回家，又留住了公子不题。

却说老鸨又问："三姐！你这两日不吃饭，还是想着王三哩！你想他，他不想你。我儿好痴，我与你寻个比王三强的，你也新鲜些。"玉姐说："娘！我心里一件事不得停当。"鸨子说："你有甚么事？"玉姐说："我当初要王三的银子，黑夜与他说话，指着城隍爷爷说誓，如今待我还了愿，就接别人。"老鸨问："几时去还愿？"玉姐道："十五日去罢。"老鸨甚喜，预先备下香烛纸马。等到十五日，天未明，就叫丫头起来："你与姐姐烧下水洗脸。"玉姐也怀心，起来梳洗，收拾私房银两，并钗钏首饰之类，叫丫头拿着纸马，径往城隍庙里去。进的庙来，天还未明，不见三官在那里。那晓得三官却躲在东廊下相等。先已看见玉姐，咳嗽一声。玉姐就知，叫丫头烧了纸马，"你先去，我两边看看十帝阎君。"玉姐叫了丫头转身，径来东廊下寻三官。三官见了玉姐，羞面通红。玉姐叫声："哥哥王顺卿，怎么这等模样？"两下抱头而哭。玉姐将所带有二百两银子东西，付与三官，叫他置办衣帽，买骡子，再到院里来，"你只说是从南京才到，休负奴言。"二人含泪各别。玉姐回至家中，鸨子见了，欣喜不胜，说："我儿还了愿了？"玉姐说："我还了旧愿，发下新愿。"鸨子说："我儿，你发下甚么新愿？"玉姐说："我要再接王三，把咱一家子死的灭门绝户，天火烧了。"鸨子说："我儿这愿，忒发得重了些。"从此欢天喜地不题。

且说三官回到王匠家，将二百两东西，递与王匠。王匠大喜，随即到了市上，买了一身衲帛衣服，粉底皂靴，绒袜，瓦楞帽子，青丝绦，真川扇，皮箱，骡马，办得齐整。把砖头瓦片，用布包裹，假充银两，放在皮箱里面。收拾打扮停当，雇了两个小厮跟随，就要起身。王匠说："三叔！略停片时，小子置一杯酒饯行。"公子说："不劳如此，多蒙厚爱，异日须来报恩。"三官遂上马而去。

妆成圈套入衔衖，鸨子焉能不强从。

亏杀玉堂垂念永，固知红粉亦英雄。

却说公子辞了王匠夫妇，径至春院门首。只见几个小乐工，都在门首说话。忽然看见三官气象一新，唬了一跳，飞风报与老鸨。老鸨听说，半晌不言："这等事怎么处？向日三姐说，他是宦家公子，金银无数，我却不信，逐他出门去了。今日到带有金银，好不惶恐人也！"左思右想，老着脸走出来见了三官，说："姐夫从何而至？"一手扯住马头。公子下马唱了半个喏，就要行，说："我伙计都在船中等我。"老鸨陪笑道："姐夫好狠心也。就是寺破僧丑，也看佛面，纵然要去，你也看看玉堂春。"公子道："向日那几两银子值甚的，学生岂肯放在心上？我今皮箱内，见有五万银子，还有几船货物，伙计也有数十人。有王定看守在那里。"鸨子一发不肯放手了。公子恐怕掣脱了，将机就机，进到院门坐下。鸨儿分付厨下忙摆酒席接风。三官茶罢，就要走，故意搠出两锭银子来，都是五两头细丝。三官检起，袖而藏之。鸨子又说："我到了姑娘家，酒也不曾吃，就问你，说你往东去了，寻不见你，寻了一个多月，俺才回家。"公子乘机便说："亏你好心，我那时也寻不见你。王定来接我，我就回家去了。我心上也欠挂着玉姐，所以急急而来。"老鸨忙叫丫头去报玉堂春。丫头一路笑上楼来，玉姐已知公子到了，故意说："奴才笑甚么？"丫头说："王姐夫又来了。"玉姐故意唬了一跳，说："你不要哄我！"不肯下楼。老鸨慌忙自来，玉姐故意回脸往里睡。鸨子说："我的亲儿！王姐夫来了，你知道么？"玉姐也不语，连问了四五声，只不答应。这一时待要骂，又用着他。扯一把椅子拿过来，一直坐下，长吁了一声气。玉姐见他这模样，故意回过头起来，双膝跪在楼上，说："妈妈！今日饶我这顿打。"老鸨忙扯起来说："我儿！你还不知道，王姐夫又来了，拿有五万两花银，船上又有货物并伙计数十人，比前加倍。你可去见他，好心奉承。"玉姐道："发下新愿了，我不去接他。"鸨子道："我儿！发愿只当取笑。"一手挽玉姐下楼来，半路就叫："王姐夫，三姐来了。"三官见了玉姐，冷冷的作了一揖，全不温存。老鸨便叫丫头摆桌，取酒斟上一钟，深深万福，递与王姐夫："权当老身不是。可念三姐之情，休走别家，教人笑话。"三官微微冷笑，叫声："妈妈，还是我的不是。"老鸨殷勤劝酒，公子吃了几杯，叫声多扰，抽身就走。翠红一把扯住，叫："玉姐，与俺姐夫陪个笑脸。"老鸨说："王姐夫，你忒做绝了。丫头，把门顶了，休放你姐夫出去。"叫丫头把那行李抬在百花楼去。就要楼下重设酒席，笙琴细乐，又来奉承。吃了半更，老鸨说："我先去了，让你夫妻二人叙话。"三官、玉姐正中其意，携手登楼。

如同久旱逢甘雨，好似他乡遇故知。

　　二人一晚叙话，正是：欢娱嫌夜短，寞寂恨更长。不觉鼓打四更，公子爬将起来，说："姐姐！我走罢！"玉姐说："哥哥！我本欲留你多住几日，只是留君千日，终须一别。今番作急回家，再休惹闲花野草。见了二亲，用意攻书。倘或成名，也争得这一口气。"玉姐难舍王公子，公子留恋玉堂春。玉姐说："哥哥，你到家，只怕娶了家小不念我。"三官说："我怕你在北京另接一人，我再来也无益了。"玉姐说："你指着圣贤爷说了誓愿。"两人双膝跪下。公子说："我若南京再娶家小，五黄六月害病死了我。"玉姐说："苏三再若接别人，铁锁长枷永不出世。"就将镜子拆开，各执一半，日后为记。玉姐说："你败了三万两银子，空手而回，我将金银首饰器皿，都与你拿去罢。"三官说："亡八、淫妇知道时，你怎打发他？"玉姐说："你莫管我，我自有主意。"玉姐收拾完备，轻轻的开了楼门，送公子出去了。

　　天明，鸨儿起来，叫丫头烧下洗脸水，承下净口茶，"看你姐夫醒了时，送上楼去。问他要吃甚么，我好做去。若是还睡，休惊醒他。"丫头走上楼去，见摆设的器皿都没了，梳妆匣也出空了，撇在一边。揭开帐子，床上空了半边。跑下楼，叫："妈妈罢了！"鸨子说：

"奴才，慌甚么？惊着你姐夫。"丫头说："还有甚么姐夫？不知那里去了。俺姐姐回脸往里睡着。"老鸨听说，大惊，看小厮、骡脚都去了，连忙走上楼来，喜得皮箱还在。打开看时，都是砖头瓦片。鸨儿便骂："奴才！王三那里去了？我就打死你！为何金银器皿他都偷去了？"玉姐说："我发过新愿了，今番不是我接他来的。"鸨子说："你两个昨晚说了一夜说话，一定晓得他去处。"亡八就去取皮鞭，玉姐拿个首帕，将头扎了，口里说："待我寻王三还你。"忙下楼来，往外就走。鸨子、乐工恐怕走了，随后赶来。玉姐行至大街上，高声叫屈："图财杀命！"只见地方都来了。鸨子说："奴才，他到把我金银首饰尽情拐去，你还放刁！"亡八说："由他，咱到家里算帐。"玉姐说："不要说嘴，咱往那里去？那是我家？我同你到刑部堂上讲讲，恁家里是公侯宰相，朝郎驸马，你那里的金银器皿？万物要平个理。一个行院人家，至轻至贱，那有甚么大头面，戴往那里去坐席？王尚书公子在我家，费了三万银子，谁不知道？他去了，就开手；你昨日见他有了银子，又去哄到家里，图谋了他行李，不知将他下落在何处？列位做个证见。"说得鸨子无言可答。亡八说："你叫王三拐去我的东西，你反来图赖我。"玉姐舍命就骂:"亡八、淫妇,你图财杀人,还要说嘴?见今皮箱都打开在你家里,银子都拿过了。那王三官不是你谋杀了是那个?"鸨子说:"他那里有甚么银子?都是砖头瓦片哄人。"玉姐说:"你亲口说带有五万银子,如何今日又说没有?"两下厮闹。众人晓得三官败过三万银子是真的,谋命的事未必,都将好言劝解。玉姐说:"列位,你既劝我不要到官,也得我骂他几句,出这口气。"众人说:"凭你骂罢!"玉姐骂道:

你这亡八是喂不饱的狗,鸨子是填不满的坑。不肯思量做生理,只是排局骗别人。奉承尽是天罗网,说话皆是陷人坑。只图你家长兴旺,那管他人贫不贫。八百好钱买了我,与你挣了多少银。我父叫做周彦亨,大同城里有名人。买良为贱该甚罪?兴贩人口问充军。哄诱良家子弟犹自可,图财杀命罪非轻!你一家万分无天理,我且说你两三分。

众人说:"玉姐,骂得勾了。"鸨子说:"让你骂许多时,如今该回去了。"玉姐说:"要我回去,须立个文书执照与我。"众人说:"文书如何写?"玉姐说:"要写'不合买良为娼,及图财杀命'等话。"亡八那里肯写。玉姐又叫起屈来。众人说:"买良为娼,也是门户常事。那人命事不的实，却难招认。我们只主张写个赎身文书与你罢！"亡八还不肯。众人说："你莫说别项，只王公子三万银子也勾买三百个粉头了。玉姐左右心不向你了，舍了他罢！"众人都到酒店里面，讨了一张绵纸，一人念，一人写，只要亡八、鸨子押花。玉姐道："若写得不公道，我就扯碎了。"众人道："还你停当。"写道："立文书本司乐户苏淮，同妻一秤金，向将钱八百文，讨大同府人周彦亨女玉堂春在家，本望接客靠老，奈女不愿为娼……"写到"不愿为娼"，玉姐说："这句就是了。须要写收过王公子财礼银三万两。"亡八道："三儿，你也拿些公道出来，这一年多费用去了，难道也算？"众人道："只写二万罢。"又写道：

> 有南京公子王顺卿，与女相爱，淮得过银二万两，凭众议作赎身财礼。今后听凭玉堂春嫁人，并与本户无干。立此为照。

后写"正德年月日，立文书乐户苏淮同妻一秤金"。见人有十余人，众人 先押了花。苏淮只得也押了，一秤金也画个十字。玉姐收讫。又说："列位老爹！我还有一件事，要先讲个明。"众人曰："又是甚事？"玉姐曰："那百花楼，原是王公子盖的，拨与我住。丫头原是公子买的，要叫两个来伏侍我。以后米面、柴薪、菜蔬等项，须是一一供给，不许揸勒短少，直待我嫁人方止。"众人说："这事都依着你。"玉姐辞谢先回。亡八又请众人吃过酒饭方散。正是：

　　周郎妙计高天下，赔了夫人又折兵。

　　话说公子在路，夜住晓行，不数日，来到金陵自家门首下马。王定看见，唬了一惊。上前把马扯住，进的里面。三官坐下，王定一家拜见了。三官就问："我老爷安么？"王定说："安。""大叔、二叔、姑爷、姑娘何如？"王定说："俱安。"又问："你听得老爷说我家来，他要怎么处？"王定不言，长吁一口气，只看看天。三官就知其意："你不言语，想是老爷要打死我。"王定说："三叔，老爷誓不留你，今番不要见老爷了，私去看看老奶奶和姐姐、兄嫂，讨些盘费，他方去安身罢！"公子又问："老爷这二年，与何人相厚？央他来与我说个人情。"王定说："无人敢说。只除是姑娘、姑爹，意思间稍题题，也不敢直说。"三官道："王定，你去请姑爹来，我与他讲这件事。"王定即时去请刘斋长、何上舍到来。叙礼毕，何、刘二位说："三舅，你在此，等俺两个与咱爷讲过，使人来叫你。若不依时，捎信与你，作速逃命。”

  二人说罢，竟往潭府来见了王尚书。坐下，茶罢，王爷问何上舍：“田庄好么？”上舍答道：“好！”王爷又问刘斋长：“学业何如？”答说：“不敢，连日有事，不得读书。”王爷笑道：“‘读书过万卷，下笔如有神。’秀才将何为本？‘家无读书子，官从何处来？’今后须宜勤学，不可将光阴错过。”刘斋长唯唯谢教。何上舍问：“客位前这墙几时筑的？一向不见。”王爷笑曰：“我年大了，无多田产，日后恐怕大的二的争竞，预先分为两分。”二人笑说：“三分家事，如何只做两分？三官回来，叫他那里住？”王爷闻说，心中大恼：“老夫平生两个小儿，那里又有第三个？”二人齐声叫：“爷，你如何不疼三官王景隆？当初还是爷不是，托他在北京讨帐，无有一个去接寻。休说三官十六七岁，北京是花柳之所；就是久惯江湖，也迷了心。”二人双膝跪下，吊下泪来。王爷听说：“没下稍的狗畜生，不知死在那里了，再休题起了！”正说间，二位姑娘也到。众人都知三官到家，只哄着王爷一人。王爷说：“今日不请都来，想必有甚事情？”即叫家奴摆酒。何静庵欠身打一躬曰：“你闺女昨晚作一梦，梦三官王景隆身上蓝缕，叫他姐姐救他性命。三更鼓做了这个梦，半夜捶床捣枕哭到天明，埋怨着我不接三官，今日特来问问三舅的信音。"刘心斋亦说："自三舅在京，我夫妇日夜不安，今我与姨夫凑些盘费，明日起身去接他回来。"王爷含泪道："贤婿，家中还有两个儿子，无他又待怎生？"何、刘二人往外就走。王爷向前扯住问："贤婿何故起身？"二人说："爷撒手，你家亲生子还是如此，何况我女婿也？"大小儿女放声大哭，两个哥哥一齐下跪，女婿也跪在地上，奶奶在后边吊下泪来。引得王爷心动，亦哭起来。

王定跑出来说："三叔，如今老爷在那里哭你，你好过去见老爷，不要待等恼了。"王定推着公子进前厅跪下说："爹爹！不孝儿王景隆今日回了。"那王爷两手擦了泪眼，说："那无耻畜生，不知死的往那里去了。北京城街上最多游食光棍，偶与畜生面庞厮像，假充畜生来家，哄骗我财物，可叫小厮拿送三法司问罪！"那公子往外就走。二位姐姐赶至二门首拦住，说："短命的，你待往那里去？"三官说："二位姐姐，开放条路与我逃命罢！"二位姐姐不肯撒手，推至前来双膝跪下，两个姐姐手指说："短命的！娘为你痛得肝肠碎，一家大小为你哭得眼花，那个不牵挂！"众人哭在伤情处，王爷一声喝住众人不要哭，说："我依着二位姐夫，收了这畜生，可叫我怎么处他？"众人说："消消气再处。"王爷摇头。奶奶说："凭我打罢。"王爷说："可打多少？"众人说："任爷爷打多少。"王爷道："须依我说，不可阻我，要打一百。"大姐、二姐跪下说："爹爹严命，不敢阻当，容你儿代替罢！"大哥、二哥每人替上二十，大姐、二姐每人亦替二十。王爷说："打他二十。"大姐、二姐说："叫他姐夫也替他二十，只看他这等黄瘦，一棍打在哪里？等他膘满肉肥，那时打他不迟。"王爷笑道："我儿，你也说得是。想这畜生，天理已绝，良心已丧，打他何益？我问你：'家无生活计，不怕斗量金。'我如今又不做官了，无处挣钱，作何生意以为糊口之计？要做买卖，我又无本钱与你。二位姐夫问他那银子还有多少？"何、刘便问："三舅银子还有多少？"王定抬过皮箱打开，尽是金银首饰器皿等物。王爷大怒，骂："狗畜生！你在哪里偷的这东西？快写首状，休要玷辱了门庭。"三官高叫："我爹爹息怒，听不肖儿一言。"遂将初遇玉堂春，后来被鸨儿如何哄骗尽了，如何亏了王银匠收留，又亏了金哥报信，玉堂春私将银两赠我回乡，这些首饰器皿，皆玉堂春所赠，备细述了一遍。王爷说，骂道:"无耻狗畜生!自家三万银子都花了,却要娼妇的东西,可不羞杀了人。"三官说:"儿不曾强要他的,是他情愿与我的。"王爷说:"这也罢了,看你姐夫面上,与你一个庄子,你自去耕地布种。"公子不言。王爷怒道:"王景隆,你不言怎么说?"公子说:"这事不是孩儿做的。"王爷说:"这事不是你做的,你还去嫖院罢!"三官说:"儿要读书。"王爷笑曰:"你已放荡了,心猿意马,读甚么书?"公子说:"孩儿此回笃志用心读书。"王爷说:"既知读书好,缘何这等胡为?"何静庵立起身来说:"三舅受了艰难苦楚,这下来改过迁善,料想要用心读书。"王爷说:"就依你众人说,送他到书房里去,叫两个小厮去伏侍他。"即时就叫小厮送三官往书院里去。两个姐夫又来说:"三舅久别,望老爷留住他,与小婿共饮则可。"王爷说:"贤婿,你如此乃非教子之方,休要纵他。"二人道:"老爷言之最善。"于是翁婿大家痛饮,尽醉方归。这一出父子相会,分明是:

月被云遮重露彩,花遭霜打又逢春。

却说公子进了书院,清清独坐,只见满架诗书,笔山砚海。叹道:"书呵!相别日久,且是生涩。欲待不看,焉得一举成名,却不辜负了玉姐言语;欲待读书,心猿放荡，意马难收。"公子寻思一会，拿着书来读了一会，心下只是想着玉堂春。忽然鼻闻甚气，耳闻甚声，乃问书童道："你闻这书里甚么气？听听甚么响？"书童说："三叔，俱没有。"公子道："没有？呀，原来鼻闻乃是脂粉气，耳听即是筝板声。"公子一时思想起来："玉姐当初嘱付我，是甚么话来？叫我用心读书。我如今未曾读书，心意还丢他不下，坐不安，寝不宁，茶不思，饭不想，梳洗无心，神思恍忽。"公子自思："可怎么处他？"走出门来，只见大门上挂着一联对子："十年受尽窗前苦，一举成名天下闻。""这是我公公作下的对联。他中举会试，官到侍郎。后来咱爹爹在此读书，官到尚书。我今在此读书，亦要攀龙附凤，以继前人之志。"又见二门上有一联对子："不受苦中苦，难为人上人。"公子急回书房，看见《风月机关》《洞房春意》，公子自思："乃是此二书乱了我的心。"将一火而焚之。破镜分钗，俱将收了。心中回转，发志勤学。

一日书房无火，书童往外取火。王爷正坐，叫书童。书童近前跪下。王爷便问："三叔这一会用功不曾？"书童说："禀老爷得知，我三叔先时通不读书，胡思乱想，体瘦如柴。这半年整日读书，晚上读至三更方才睡，五更就起，直至饭后，方才梳洗，口虽吃饭，眼不离书。"王爷道："奴才！你好说谎，我亲自去看他。"书童叫："三叔，老爷来了。"公子从从容容迎接父亲，王爷暗喜。观他行步安详，可以见他学问，王爷正面坐下，公子拜见。王爷曰："我限的书你看了不曾？我出的题你做了多少？"公子说："爹爹严命，限儿的书都看了，题目都做完了，但有余力旁观子史。"王爷说："拿文字来我看。"公子取出文字。王爷看他所作文课，一篇强如一篇，心中甚喜，叫："景隆，去应个儒士科举罢！"公子说："儿读了几日书，敢望中举？"王爷说："一遭中了虽多，两遭中了甚广。出去观观场，下科好中。"王爷就写书与提学察院，许公子科举。竟到八月初九日，进过头场，写出文字与父亲看。王爷喜道："这七篇，中有何难？"到二场三场俱完，王爷又看他后场，喜道："不在散举，决是魁解。"

话分两头。却说玉姐自上了百花楼，从不下梯。是日闷倦，叫丫头："拿棋子过来，我与你下盘棋。"丫头说："我不会下。"玉姐说："你会打双陆么？"丫头说："也不会。"玉姐将棋盘、双陆一皆撇在楼板上。丫头见玉姐眼中吊泪，即忙掇过饭来，说："姐姐，自从昨晚没用饭，你吃个点心。"玉姐拿过分为两半。右手拿一块吃，左手拿一块与公子。丫头欲接又不敢接。玉姐猛然睁眼见不是公子，将那一块点心掉在楼板上。丫头又忙掇过一碗汤来，说："饭干燥，吃些汤罢！"玉姐刚呷得一口，泪如涌泉，放下了，问："外边是甚么响？"丫头说："今日中秋佳节，人人玩月，处处笙歌，俺家翠香、翠红姐都有客哩！"玉姐听说，口虽不言，心中自思："哥哥今已去了一年了。"叫丫头拿过镜子来照了一照，猛然唬了一跳："如何瘦的我这模样？"把那镜丢在床上，长吁短叹，走至楼门前，叫丫头："拿椅子过来，我在这里坐一坐。"坐了多时，只见明月高升，谯楼敲转，玉姐叫丫头："你可收拾香烛过来，今日八月十五日，乃是你姐夫进三场日子，我烧一炷香保佑他。"玉姐下楼来，当天井跪下，说："天地神明，今日八月十五日，我哥王景隆进了三场，愿他早占鳌头，名扬四海。"祝罢，深深拜了四拜。有诗为证：

> 对月烧香祷告天，何时得泄腹中冤。

> 王郎有日登金榜，不枉今生结好缘。

却说西楼上有个客人，乃山西平阳府洪同县人，拿有整万银子，来北京贩马。这人姓沈名洪，因闻玉堂

春大名，特来相访。老鸨见他有钱，把翠香打扮当作玉姐，相交数日，沈洪方知不是，苦求一见。是夜丫头下楼取火，与玉姐烧香。小翠红忍不住多嘴，就说了："沈姐夫，你每日间想玉姐，今夜下楼，在天井内烧香，我和你悄悄地张他。"沈洪将三钱银子买嘱了丫头，悄然跟到楼下，月明中，看得仔细。等他拜罢，趋出唱喏。玉姐大惊，问："是甚么人？"答道："在下是山西沈洪，有数万本钱，在此贩马，久慕玉姐大名，未得面睹。今日得见，如拨云雾见青天。望玉姐不弃，同到西楼一会。"玉姐怒道："我与你素不相识，今当黄夜，何故自夸财势，妄生事端？"沈洪又哀告道："王三官也只是个人，我也是个人。他有钱，我亦有钱，那些儿强似我？"说罢，就上前要搂抱玉姐，被玉姐照脸啐一口，急急上楼关了门，骂丫头："好大胆，如何放这野狗进来？"沈洪没意思自去了。玉姐思想起来，分明是小翠香、小翠红这两个奴才报他。又骂："小淫妇，小贱人，你接着得意孤老也好了，怎该来罗唣我？"骂了一顿，放声悲哭："但得我哥哥在时，那个奴才敢调戏我！"又气又苦，越想越毒。正是：

可人去后无日见，俗子来时不待招。

却说三官在南京乡试终场，闲坐无事，每日只想玉姐。南京一般也有本司院，公子再不去走。到了二十九关榜之日，公子想到三更以后，方才睡着。外边报喜的说："王景隆中了第四名。"三官梦中闻信，起来梳洗，扬鞭上马。前拥后簇，去赴鹿鸣宴。父母、兄嫂、姐夫、姐姐，喜做一团。连日做庆贺筵席。公子谢了主考，辞了提学，坟前祭扫了，起了文书："禀父母得知，儿要早些赴京，到僻静去处安下，看书数月，好入会试。"父母明知公子本意牵挂玉堂春，中了举，只得依从。叫大哥、二哥来："景隆赴京会试，昨日祭扫，有多少人情？"大哥说："不过三百余两。"王爷道："那只勾他人情的，分外再与他一二百两拿去。"二哥说："禀上爹爹，用不得许多银子。"王爷说："你那知道，我那同年门生，在京颇多，往返交接，非钱不行。等他手中宽裕，读书也有兴。"叫景隆收拾行装，有知心同年，约上两三位。分付家人到张先生家看了良辰。公子恨不的一时就到北京，邀了几个朋友，雇了一只船，即时拜了父母，辞别兄嫂。两个姐夫邀亲朋至十里长亭，酌酒作别。公子上的船来，手舞足蹈，莫知所之。众人不解其意，他心里只想着玉姐玉堂春。不则一日，到了济宁府，舍舟起岸，不在话下。

再说沈洪自从中秋夜见了玉姐，到如今朝思暮想，废寝忘餐，叫声："二位贤姐，只为这冤家害的我一丝两气，七颠八倒，望二位可怜我孤身在外，举眼无亲，替我劝化玉姐，叫他相会一面，虽死在九泉之下，也不敢忘了二位活命之恩。"说罢，双膝跪下。翠香、翠红说："沈姐夫，你且起来，我们也不敢和他说这话。你不见中秋夜骂的我们不耐烦。等俺妈妈来，你央浼他。"沈洪说："二位贤姐，替我请出妈妈来。"翠香姐说："你跪着我，再磕一百二十个大响头。"沈洪慌忙跪下磕头。翠香即时就去，将沈洪说的言语述与老鸨。老鸨到西楼见了沈洪，问："沈姐夫唤老身何事？"沈洪说："别无他事，只为不得玉堂春到手。你若帮衬我成就了此事，休说金银，便是杀身难保。"老鸨听说，口内不言，心中自思："我如今若许了他，倘三儿不肯，教我如何？若不许他，怎哄出他的银子？"沈洪见老鸨踌躇不语，便看翠红。翠红丢了一个眼色，走下楼来，沈洪即跟他下去。翠红说："常言'姐爱俏，鸨爱钞'。你多拿些银子出来打动他，不愁他不用心。他是使大钱的人，若少了，他不放在眼里。"沈洪说："要多少？"翠香说："不要少了！就把一千两与他，方才成得此事。"也是沈洪命运该败，浑如鬼迷一般，即依着翠香，就拿一千两银子来，叫："妈妈，财礼在此。"老鸨说："这银子，老身权收下，你却不要性急，待老身慢慢的偎他。"沈洪拜谢说："小子悬悬而望。"正是：

> 请下烟花诸葛亮，欲图风月玉堂春。

且说十三省乡试榜都到午门外张挂，王银匠邀金哥说："王三官不知中了不曾？"两个跑在午门外南直隶榜下，看解元是《书经》，往下第四个乃王景隆。王匠说："金哥好了，三叔已中在第四名。"金哥道："你看看的确，怕你识不得字。"王匠说："你说话好欺人，我读书读到《孟子》，难道这三个字也认不得，随你叫谁看。"金哥听说大喜。二人买了一本乡试录，走到本司院里去报玉堂春说："三叔中了。"玉姐叫丫头将试录拿上楼来，展开看了，上刊"第四名王景隆"，注明"应天府儒士，《礼记》"。玉姐步出楼门，叫丫头忙排香案，拜谢天地。起来先把王匠谢了，转身又谢金哥。唬得亡八、鸨子魂不在体，商议到："王三中了举，不久到京，白白地要了玉堂春去，可不人财两失？三儿向他孤老，决没甚好言语，搬斗是非，教他报往日之仇，此事如何了？"鸨子说:"不若先下手为强。"亡八说:"怎么样下手?"老鸨说:"咱已收了沈官人一千两银子,如今再要了他一千,贱些价钱卖与他罢。"亡八道:"三儿不肯如何?"鸨子说:"明日杀猪宰羊,买一桌纸钱,假说东岳庙看会,烧了纸,说了誓,合家从良,再不在烟花巷里。小三若闻知从良一节,必然也要往岳庙烧香。叫沈官人先安轿子,径抬往山西去。公子那时就来,不见他的情人,心下就冷了。"亡八说:"此计大妙。"即时暗暗地与沈洪商议,又要了他一千银子。

次早,丫头报与玉姐:"俺家杀猪宰羊,上岳庙哩。"玉姐问:"为何?"丫头道:"听得妈妈说:'为王姐夫中了,恐怕他到京来报仇,今日发愿,合家从良。'"玉姐说:"是真是假?"丫头说:"当真哩!昨日沈姐夫都辞去了。如今再不接客了。"玉姐说:"既如此,你对妈妈说,我也要去烧香。"老鸨说:"三姐,你要去,快梳洗,我唤轿儿抬你。"玉姐梳妆打扮,同老鸨出的门来。正见四个人,抬着一顶空轿。老鸨便问:"此轿是雇的?"这人说:"正是。"老鸨说:"这里到岳庙要多少雇价?"那人说:"抬去抬来,要一钱银子。"老鸨说:"只是五分。"那人说:"这个事小,请老人家上轿。"老鸨说:"不是我坐，是我女儿要坐。"玉姐上轿，那二人抬着，不往东岳庙去，径往西门去了。走有数里，到了上高转折去处，玉姐回头，看见沈洪在后骑着个骡子。玉姐大叫一声："吰！想是亡八、鸨子盗卖我了！"玉姐大骂："你这些贼狗奴，抬我往那里去？"沈洪说："往那里去？我为你去了二千两银子，买你往山西家去。"玉姐在轿中号唣大哭，骂声不绝。那轿夫抬了飞也似走。行了一日，天色已晚。沈洪寻了一座店房，排合卺美酒，指望洞房欢乐。谁知玉姐题着便骂，触着便打。沈洪见店中人多，恐怕出丑，想道："瓮中之鳖，不怕他走了，权耐几日，到我家中，何愁不从。"于是反将好话奉承，并不去犯他。玉姐终日啼哭，自不必说。

却说公子一到北京，将行李上店，自己带两个家人，就往王银匠家，探问玉堂春消息。土匠请公子坐下："有见成酒，且吃三杯接风，慢慢告诉。"王匠就拿酒来斟上。三官不好推辞，连饮了三杯。又问："玉姐敢不知我来？"王匠叫："三叔开怀，再饮三杯！"三官说："勾了，不吃了。"王匠说："三叔久别，多饮几杯，不要太谦。"公子又饮了几杯，问："这几日曾见玉姐不曾？"王匠又叫："三叔且莫问此事，再吃三杯。"公子心疑，

站起说："有甚或长或短，说个明白，休闷死我也！"王匠只是劝酒。

却说金哥在门首经过，知道公子在内，进来磕头叫喜。三官问金哥："你三婶近日何如？"金哥年幼多嘴说："卖了。"三官急问说："卖了谁？"王匠瞅了金哥一眼，金哥缩了口。公子坚执盘问，二人瞒不过，说："三婶卖了。"公子问："几时卖了？"王匠说："有一个月了。"公子听说，一头撞在尘埃，二人忙扶起来。公子问金哥："卖到那里去了？"金哥说："卖与山西客人沈洪去了。"三官说："你那三婶就怎么肯去？"金哥叙出："鸨儿假意从良，杀猪宰羊上岳庙，哄三婶同去烧香，私与沈洪约定，雇下轿子抬去，不知下落。"公子说："亡八盗卖我玉堂春，我与他算帐！"那时叫金哥跟着，带领家人，径到本司院里，进的院门，亡八眼快，跑去躲了。公子问众丫头："你家玉姐何在？"无人敢应。公子发怒，房中寻见老鸨，一把揪住，叫家人乱打。金哥劝住。公子就走在百花楼上，看见锦帐罗帏，越加怒恼。把箱笼尽行打碎，气得痴呆了。问："丫头，你姐姐嫁那家去？可老实说，饶你打。"丫头说："去烧香，不知道就偷卖了他。"公子满眼落泪，说："冤家，不知是正妻，是偏妾？”丫头说：“他家里自有老婆。”公子听说，心中大怒，恨骂亡八、淫妇不仁不义！丫头说：“他今日嫁别人去了，还疼他怎的？”公子满眼流泪。

正说间，忽报朋友来访。金哥劝：“三叔休恼，三婶一时不在了，你纵然哭他，他也不知道。今有许多相公在店中相访，闻公子在院中，都要来。”公子听说，恐怕朋友笑话，即便起身回店。公子心中气闷，无心应举，意欲束装回家。朋友闻知，都来劝说：“顺卿兄，功名是大事，表子是末节，那里有为表子而不去求功名之理？”公子说：“列位不知，我奋志勤学，皆为玉堂春的言语激我。冤家为我受了千辛万苦，我怎肯轻舍？”众人叫：“顺卿兄，你倘联捷，幸在彼地，见之何难？你若回家，忧虑成病，父母悬心，朋友笑耻，你有何益？”三官自思言之最当，倘或侥幸，得到山西，平生愿足矣，数言劝醒公子。会试日期已到，公子进了三场，果中金榜二甲第八名，刑部观政。三个月，选了真定府理刑官。即遣轿马迎请父母兄嫂。父母不来，回书说：“教他做官勤慎公廉，念你年长未娶，已聘刘都堂之女，不日送至任所成亲。”公子一心只想玉堂春，全不以聘娶为喜。正是：

已将路柳为连理，翻把家鸡作野鸳。

且说沈洪之妻皮氏，也有几分颜色，虽然三十余岁，比二八少年，也还风骚。平昔间嫌老公粗蠢，不会风流，又出外日多，在家日少，皮氏色性太重，打熬不过。间壁有个监生，姓赵名昂，自幼惯走花柳场中，为人风月。近日丧偶，虽然是纳粟相公，家道已在消乏一边。一日，皮氏在后园看花，偶然撞见赵昂，彼此有心，都看上了。赵昂访知巷口做歇家的王婆，在沈家走动识熟，且是利口，善于做媒说合。乃将白银二十两，贿赂王婆，央他通脚。皮氏平昔间不良的口气，已有在王婆肚里；况且今日你贪我爱，一说一上，幽期密约，一墙之隔，梯上梯下，做就了一点不明不白的事。赵昂一者贪皮氏之色，二者要骗他钱财。枕席之间，竭力奉承。皮氏心爱赵昂，但是开口，无有不从，恨不得连家当都津贴了他。不上一年，倾囊倒箧，骗得一空。初时只推事故，暂时挪借；借去后，分毫不还。皮氏只愁老公回来盘问时，无言回答。一夜与赵昂商议，欲要跟赵昂逃走他方。赵昂道：“我又不是赤脚汉，如何走得？便走了，也不免吃官司。只除暗地谋杀了沈洪，做个长久夫妻，岂不尽美。”皮氏点头不语。

却说赵昂有心打听沈洪消息，晓得他讨了院妓玉堂春一路回来，即忙报与皮氏知道，故意将言语触恼皮氏。皮氏怨恨不绝于声，问："如今怎么样对付他说好？"赵昂道："一进门时，你便数他不是，与他寻闹，叫他领着娼根另住，那时凭你安排了。我央王婆赎得些砒霜在此，觑便放在食器内，把与他两个吃。等他双死也罢，单死也罢！"皮氏说："他好吃的是辣面。"赵昂说："辣面内正好下药。"两人圈套已定，只等沈洪入来。

不一日，沈洪到了故乡，叫仆人和玉姐暂停门外。自己先进门，与皮氏相见，满脸陪笑说："大姐休怪，我如今做了一件事。"皮氏说："你莫不是娶了个小老婆？"沈洪说："是了。"皮氏大怒，说："为妻的整年月在家守活孤孀，你却花柳快活，又带这泼淫妇回来，全无夫妻之情。你若要留这淫妇时，你自在西厅一带住下，不许来缠我；我也没福受这淫妇的拜，不要他来。"昂然说罢，啼哭起来，拍台拍凳，口里"千亡八，万淫妇"骂不绝声。沈洪劝解不得，想道："且暂时依他言语，在西厅住几日，落得受用。等他消了时，却领玉堂春与他磕头。"沈洪只道浑家是吃醋，谁知他有了私情，又且房计空虚了，正怕老公进房，借此机会，打发他另居。

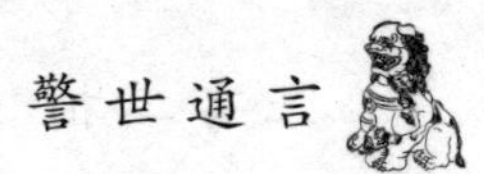

正是：

你向东时我向西，各人有意自家知。

不在话下。

却说玉堂春曾与王公子设誓，今番怎肯失节于沈洪？腹中一路打稿："我若到这厌物家中，将情节哭诉他大娘子，求他做主，以全节操。慢慢的寄信与三官，教他将二千两银子来赎我去，却不好。"及到沈洪家里，闻知大娘不许相见，打发老公和他往西厅另住，不遂其计，心中又惊又苦。沈洪安排床帐在厢房，安顿了苏三。自己却去窝伴皮氏，陪吃夜饭。被皮氏三回五次催赶，沈洪说："我去西厅时，只怕大娘着恼。"皮氏说："你在此，我反恼；离了我眼睛，我便不恼。"沈洪唱个淡喏，谢声"得罪"，出了房门，径望西厅而来。原来玉姐乘着沈洪不在，检出他铺盖撇在厅中，自己关上房门自睡了。任沈洪打门，那里肯开。却好皮氏叫小段名到西厅看老公睡也不曾。沈洪平日原与小段名有情，那时扯在铺上，草草合欢，也当春风一度。事毕，小段名自去了。沈洪身子困倦，一觉睡去，直至天明。

却说皮氏这一夜等赵昂不来，小段名回后，老公又睡了。番来复去，一夜不曾合眼。天明早起，赶下一轴面，煮熟分作两碗。皮氏悄悄把砒霜撒在面内，却将辣汁浇上，叫小段名送去西厅，"与你爹爹吃。"小段名送至西厅，叫道："爹爹！大娘欠你，送辣面与你吃。"沈洪见是两碗，就叫："我儿，送一碗与你二娘吃。"小段名便去敲门。玉姐在床上问："做甚么？"小段名说："请二娘起来吃面。"玉姐道："我不要吃。"沈洪说："想是你二娘还要睡，莫去闹他。"沈洪把两碗都吃了，须臾而尽。小段名收碗去了。沈洪一时肚疼，叫道："不好了，死也死也！"玉姐还只认假意，看看声音渐变，开门出来看时，只见沈洪九窍流血而死。正不知甚么缘故，慌慌的高叫："救人！"只听得脚步响，皮氏早到，不等玉姐开言，就变过脸，故意问道："好好的一个人，怎么就死了？想必你这小淫妇弄死了他，要去嫁人？"

玉姐说："那丫头送面来，叫我吃，我不要吃，并不曾开门。谁知他吃了，便肚疼死了。必是面里有些缘故。"

皮氏说："放屁！面里若有缘故，必是你这小淫妇做下的，不然，你如何先晓得这面是吃不得的，不肯吃？你说并不曾开门，如何却在门外？这谋死情由，不是你，是谁？"说罢，假哭起"养家的天"来。家中僮仆、养娘都乱做一堆。

　　皮氏就将三尺白布摆头，扯了玉姐往知县处叫喊。正直王知县升堂，唤进问其缘故。皮氏说："小妇人皮氏，丈夫叫沈洪，在北京为商，用千金娶这娼妇叫做玉堂春为妾。这娼妇嫌丈夫丑陋，因吃辣面，暗将毒药放入，丈夫吃了，登时身死。望爷爷断他偿命。"王知县听罢，问："玉堂春，你怎么说？"玉姐说："爷爷，小妇人原籍北直隶大同府人氏，只因年岁荒旱，父亲把我卖在本司院苏家，卖了三年后，沈洪看见，娶我回家。皮氏嫉妒，暗将毒药藏在面中，毒死丈夫性命。反倚刁泼，展赖小妇人。"知县听玉姐说了一会，叫："皮氏，想你见那男人弃旧迎新，你怀恨在心，药死亲夫，此情理或有之。"皮氏说："爷爷！我与丈夫，从幼的夫妻，怎忍做这绝情的事。这苏氏原是不良之妇，别有个心上之人，分明是他药死，要图改嫁。望青天爷爷明镜。"知县乃叫苏氏，"你过来，我想你原系娼门，你爱那风流标致的人，想是你见丈夫丑陋，不趁你意，故此把毒药药死是实。"叫皂隶："把苏氏与我夹起来。"玉姐说："爷爷！小妇人虽在烟花巷里，跟了沈洪又不曾难为半分，怎下这般毒手？小妇人果有恶意，何不在半路谋害？既到了他家，他怎容得小妇人做手脚？这皮氏昨夜就赶出丈夫，不许他进房。今早的面，出于皮氏之手，小妇人并无干涉。"王知县见他二人各说有理。叫皂隶："暂把他二人寄监，我差人访实再审。"二人进了南牢不题。

却说皮氏差人密密传与赵昂，叫他快来打点。赵昂拿着沈家银子，与刑房吏一百两，书手八十两，掌案的先生五十两，门子五十两，两班皂隶六十两，禁子每人二十两，上下打点停当。封了一千两银子，放在坛内，当酒送与王知县。知县受了。次日清晨升堂，叫皂隶把皮氏一起提出来。不多时到了，当堂跪下。知县说："我夜来一梦，梦见沈洪说：'我是苏氏药死，与那皮氏无干。'"玉堂春正待分辨，知县大怒，说："人是苦虫，不打不招。"叫皂隶："与我拶起着实打，问他招也不招？他若不招，就活活敲死。"玉姐熬刑不过，说："愿招。"知县说："放下刑具。"皂隶递笔与玉姐画供。知县说："皮氏召保在外，玉堂春收监。"皂隶将玉姐手肘脚镣，带进南牢。禁子、牢头都得了赵上舍银子，将玉姐百般凌辱。只等上司详允之后就递罪状，结果他性命。正是：

安排缚虎擒龙计，断送愁鸾泣凤人。

　　且喜有个刑房吏，姓刘名志仁，为人正直无私，素知皮氏与赵昂有奸，都是王婆说合。数日前撞见王婆在生药铺内赎砒霜，说："要药老鼠。"刘志仁就有些疑心。今日做出人命来，赵监生使着沈家不疼的银子来衙门打点，把苏氏买成死罪，天理何在？踌躇一会，"我下监去看看。"那禁子正在那里逼玉姐要灯油钱。志仁喝退众人，将温言宽慰玉姐，问其冤情。玉姐垂泪拜诉来历。志仁见四傍无人，遂将赵监生与皮氏私情及王婆赎药始末，细说一遍。分付："你且耐心守困，待后有机会，我指点你去叫冤。日逐饭食，我自供你。"玉姐再三拜谢。禁子见刘志仁做主，也不敢则声。此话阁过不题。

　　却说公子自到真定府为官，兴利除害，吏畏民悦。只是想念玉堂春，无刻不然。一日正在烦恼，家人来报，老奶奶家中送新奶奶来了。公子听说，接进家小。见了新人，口中不言，心内自思："容貌到也齐整，怎及得玉堂春风趣？"当时摆了合欢宴，吃下合卺杯，毕姻之际，猛然想起多娇，"当初指望白头相守，谁知你嫁了沈洪，这官诰却被别人承受了。"虽然陪伴了刘氏夫人，心里还想着玉姐，因此不快。当夜中了伤寒。又想当初与玉姐别时，发下誓愿，各不嫁娶。心下疑惑，合眼就见玉姐在傍。刘夫人遣人到处祈禳，府县官都来问安，请名药切脉调治。一月之外，才得痊可。

公子在任年余，官声大著，行取到京。吏部考选天下官员，公子在部点名已毕，回到下处，焚香祷告天地，只愿山西为官，好访问玉堂春消息。须臾马上人来报："王爷点了山西巡按。"公子听说，两手加额："趁我平生之愿矣。"次日领了敕印，辞朝，连夜起马，往山西省城上任讫。即时发牌，先出巡平阳府。公子到平阳府，坐了察院，观看文卷。见苏氏玉堂春问了重刑，心内惊慌，其中必有跷蹊。随叫书吏过来："选一个能干事的，跟着我私行采访。你众人在内，不可走漏消息。"

公子时下换了素巾青衣，随跟书吏，暗暗出了察院。雇了两个骡子，往洪同县路上来。这赶脚的小伙，在路上闲问："二位客官往洪同县有甚贵干？"公子说："我来洪同县要娶个妾，不知谁会说媒？"小伙说："你又说娶小，俺县里一个财主，因娶了个小，害了性命。"公子问："怎的害了性命？"小伙说："这财主叫沈洪，妇人叫做玉堂春，他是京里娶来的。他那大老婆皮氏与那邻家赵昂私通，怕那汉子回来知道，一服毒药把沈洪药死了。这皮氏与赵昂反把玉堂春送到本县，将银买嘱官府衙门，将玉堂春屈打成招，问了死罪，送在监里。若不是亏了一个外郎，几时便死了。"公子又问："那玉堂春如今在监死了？"小伙说："不曾。"公子说："我要娶个小，你说可投着谁做媒？"小伙说："我送你往王婆家去罢，他极会说媒。"公子说："你怎么知道他会说媒？"小伙说："赵昂与皮氏都是他做牵头。"公子说："如今下他家里罢。"小伙竟引到王婆家里，叫声："干娘！我送个客官在你家来，这客官要娶个小，你可与他说媒。"王婆说："累你，我转了钱来，谢你。"小伙自去了。公子夜间与王婆攀话。见他能言快语，是个积年的马泊六了。到天明，又到赵监生前后门看了一遍，与沈洪家紧壁相通，可知做事方便。回来吃了早饭，还了王婆店钱。说："我不曾带得财礼，到省下回来，再作商议。"公子出的门来，雇了骡子，星夜回到省城，到晚进了察院，不题。

次早，星火发牌，按临洪同县。各官参见过，分付就要审录。王知县回县，叫刑房吏书，即将文卷审册，连夜开写停当，明日送审不题。

却说刘志仁与玉姐写了一张冤状，暗藏在身，到次日清晨，王知县坐在监门首，把应解犯人点将出来。玉姐披枷带锁，眼泪纷纷。随解子到了察院门首，伺候开门。巡捕官回风已毕，解审牌出。公子先唤苏氏一起。玉姐口称冤枉，探怀中诉状呈上。公子抬头见玉姐这般模样，心中凄惨，叫听事官接上状来。公子看了一遍，问说："你从小嫁沈洪，可还接了几年客？"玉姐说："爷爷，我从小接着一个公子，他是南京礼部尚书三舍人。"公子怕他说出丑处，喝声："住了，我今只问你谋杀人命事，不消多讲。"玉姐说："爷爷，若杀人的事，只问皮氏便知。"公子叫皮氏问了一遍。玉姐又说了一遍。公子分付刘推官道："闻知你公正廉能，不肯玩法徇私，我来到任，尚未出巡，先到洪同县访得这皮氏药死亲夫，累苏氏受屈，你与我把这事情用心问断。"说罢，公子退堂。

刘推官回衙，升堂，就叫："苏氏，你谋杀亲夫，是何意故？"玉姐说："冤屈！分明是皮氏串通王婆，和赵监生合计毒死男子，县官要钱，逼勒成招。今日小妇拚死诉冤，望青天爷爷做主。"刘爷叫皂隶把皮氏采上来，问："你与赵昂奸情可真么？"皮氏抵赖没有。刘爷即时拿赵昂和王婆到来面对，用了一番刑法，都不肯招。刘爷又叫小段名："你送面与家主吃，必然知情！"喝教夹起。小段名说："爷爷，我说罢！那日的面，是俺娘亲手盛起，叫小妇人送与爹爹吃。小妇人送到西厅，爹叫新娘同吃。新娘关着门，不肯起身，回道：'不要吃。'俺爹自家吃了，即时口鼻流血死了。"刘爷又问赵昂奸情，小段名也说了。赵昂说："这是苏氏买来的硬证。"刘爷沉吟了一会，把皮氏这一起分头送监，叫一书吏过来："这起泼皮奴才，苦不肯招。我如今要用一计，用一个大柜，放在丹墀内，凿几个孔儿，你执纸笔暗藏在内，不要走漏消息。我再提来问他，不招，即把他们锁在柜左柜右，看他有甚么说话，你与我用心写来。"刘爷分付已毕，书吏即办一大柜，放在丹墀，藏身于内。刘爷又叫皂隶，把皮氏一起提来再审。又问："招也不招？"赵昂、皮氏、王婆三人齐声哀告，说："就打死小的，那里招？"刘爷大怒，分付："你众人各自去吃饭来，把这起奴才着实拷问。把他放在丹墀里，连小段名四人锁于四处，不许他交头接耳。"皂隶把这四人锁在柜的四角，众人尽散。

却说皮氏抬起头来，四顾无人，便骂："小段名！小奴才！你如何乱讲？今日再乱讲时，到家中活敲杀你！"

小段名说：“不是夹得疼，我也不说。”王婆便叫：“皮大姐，我也受这刑杖不过，等刘爷出来，说了罢。”赵昂说：“好娘，我那些亏着你，倘捱出官司去，我百般孝顺你，即把你做亲母。”王婆说：“我再不听你哄我。叫我圆成了，认我做亲娘，许我两石麦，还欠八升；许我一石米，都下了糠秕；段衣两套，止与我一条蓝布裙；许我好房子，不曾得住。你干的事，没天理，教我只管与你熬刑受苦。”皮氏说：“老娘，这遭出去，不敢忘你恩。捱过今日不招，便没事了。”柜里书吏把他说的话尽记了，写在纸上。刘爷升堂，先叫打开柜子。书吏跑将出来，众人都唬软了。刘爷看了书吏所录口词，再要拷问，三人都不打自招。赵昂从头依直写得明白。各各画供已完，递至公案。刘爷看了一遍，问苏氏：“你可从幼为娼，还是良家出身？”苏氏将苏淮买良为贱，先遇王尚书公子，挥金三万，后被老鸨一秤金赶逐，将奴赚卖与沈洪为妾，一路未曾同睡，备细说了。刘推官情知王公子就是本院，提笔定罪：

> 皮氏凌迟处死，赵昂斩罪非轻。王婆赎药是通情，杖责段名示警。王县贪酷罢职，追赃不恕衙门。苏淮买良为贱合充军，一秤金三月立枷罪定。

刘爷做完申文，把皮氏一起俱已收监。次日亲捧招详，送解察院，公子依拟。留刘推官后堂待茶，问："苏氏如何发放？"刘推官答言："发还原籍，择夫另嫁。"公子屏去从人，与刘推官吐胆倾心，备述少年设誓之意："今日烦贤府密地差人送至北京王银匠处暂居，足感足感。"刘推官领命奉行，自不必说。

却说公子行下关文，到北京本司院提到苏淮、一秤金依律问罪。苏淮已先故了。一秤金认得是公子，还叫王姐夫，被公子喝教重打六十，取一百斤大枷枷号。不勾半月，呜呼哀哉！正是：

万两黄金难买命，一朝红粉已成灰。

再说公子一年任满，复命还京。见朝已过，便到王匠处问信。王匠说有金哥伏侍，在顶银胡同居住。公子即往顶银胡同，见了玉姐，二人放声大哭。公子已知玉姐守节之美，玉姐已知王御史就是公子，彼此称谢。公子说："我父母娶了刘氏夫人，甚是贤德，他也知道你的事情，决不妒忌。"当夜同饮同宿，浓如胶漆。次日，王匠、金哥都来磕头贺喜。公子谢二人昔日之恩，分付：本司院苏淮家当原是玉堂春置办的，今苏淮夫妇已绝，将遗下家财，拨与王匠、金哥二人管业，以报其德。上了个省亲本，辞朝，和玉堂春起马共回南京。到了自家门首，把门人急报老爷说："小老爷到了。"老爷听说甚喜。公子进到厅上，排了香案，拜谢天地，拜了父母兄嫂，两位姐夫、姐姐都相见了。又引玉堂春见礼已毕。玉姐进房，见了刘氏说："奶奶坐上，受我一拜。"刘氏说："姐姐怎说这话？你在先，奴在后。"玉姐说："奶奶是名门宦家之子，奴是烟花，出身微贱。"公子喜不自胜，当日正了妻妾之分，姊妹相称，一家和气。公子又叫："王定，你当先在北京三番四复规谏我，乃是正理。我今与老老爷说，将你做老管家。"以百金赏之。后来王景隆官至都御史，妻妾俱有子，至今子孙繁盛。有诗叹云：

> 郑氏元和已著名，三官嫖院是新闻。
>
> 风流子弟知多少，夫贵妻荣有几人？

第十卷　唐解元一笑姻缘

三通鼓角四更鸡，日色高升月色低。

时序秋冬又春夏，舟车南北复东西。

镜中次第人颜老，世上参差事不齐。

若向其间寻稳便，一壶浊酒一餐斋。

这八句诗乃吴中一个才子所作，那才子姓唐，名寅，字伯虎，聪明盖地，学问包天，书画音乐，无有不通；词赋诗文，一挥便就。为人放浪不羁，有轻世傲物之志。生于苏郡，家住吴趋。做秀才时，曾效连珠体，做《花月吟》十余首，句句中有花有月。如："长空影动花迎月，深院人归月伴花。""云破月窥花好处，夜深花睡月明中"等句，为人称颂。本府太守曹凤见之，深爱其才。值宗师科考，曹公以才名特荐。那宗师姓方，名志，鄞县人。最不喜古文辞。闻唐寅恃才豪放，不修小节，正要坐名黜治。却得曹公一力保救，虽然免祸，却不放他科举。直至临场，曹公再三苦求，附一名于遗才之末。是科遂中了解元。伯虎会试至京，文名益著，公卿皆折节下交，以识面为荣。有程詹事典试，颇开私径卖题，恐人议论，欲访一才名素著者为榜首，压服众心，得唐寅甚喜，许以会元。伯虎性素坦率，酒中便向人夸说："今年我定做会元了。"众人已闻程詹事有私，又忌伯虎之才，哄传主司不公，言官风闻动本，圣旨不许程詹事阅卷，与唐寅俱下诏狱问革。伯虎还乡，绝意功名，益放浪诗酒，人都称为唐解元。得唐解元诗文字画，片纸尺幅，如获重宝。其中惟画，尤其得意。平日心中喜怒哀乐，都寓之于丹青。每一画出，争以重价购之。有《言志》诗一绝为证：

　　不炼金丹不坐禅，不为商贾不耕田。

　　闲来写幅丹青卖，不使人间作业钱。

却说苏州六门：葑、盘、胥、阊、娄、齐。那六门中只有阊门最盛，乃舟车辐辏之所。真个是：

　　翠袖三千楼上下，黄金百万水东西。

　　五更市贩何曾绝，四远方言总不齐。

　　唐解元一日坐在阊门游船之上，就有许多斯文中人，慕名来拜，出扇求其字画。解元画了几笔水墨，写了几首绝句。那闻风而至者，其来愈多。解元不耐烦，命童子且把大杯斟酒来。解元倚窗独酌，忽见有画舫从旁摇过，舫中珠翠夺目，内有一青衣小鬟，眉目秀艳，体态绰约，舒头船外，注视解元，掩口而笑。须臾船过，解元神荡魂摇，问舟子："可认得去的那只船么？"舟人答言："此船乃无锡华学士府眷也。"解元欲尾其后，急呼小艇不至，心中如有所失。正要教童子去觅船，只见城中一只船儿，摇将出来。他也不管那船有载没载，把手相招，乱呼乱喊。那船渐渐至近，舱中一人，走出船头，叫声："伯虎，你要到何处去？这般要紧！"解元打一看时，不是别人，却是好友王雅宜。便道："急要答拜一个远来朋友，故此要紧，兄的船往哪里去？"雅宜道："弟同两个舍亲到茅山去进香，数日方回。"解元道："我也要到茅山进香，正没有人同去，如今只得要t趁便了。"雅宜道："兄若要去，快些回家收拾，弟泊船在此相候。"解元道："就去罢了，又回家做什么！"雅宜道："香烛之类，也要备的。"解元道："到那里去买罢！"遂打发童子回去，也不别这些求诗画的朋友，径跳过船来，与舱中朋友叙了礼，连呼："快些开船。"舟子知是唐解元，不敢怠慢，即忙撑篙摇橹。行不多时，望见这只画舫就在前面。解元分付船上，随着大船而行。众人不知其故，只得依他。

次日到了无锡，见画舫摇进城里。解元道："到了这里，若不取惠山泉也就俗了。"叫船家移舟去惠山取了水，原到此处停泊，明日早行。"我们到城里略走一走，就来下船。"舟子答应自去。解元同雅宜三四人登岸，进了城，到那热闹的所在，撇了众人，独自一个去寻那画舫。却又不认得路径，东行西走，并不见些踪影。走了一回，穿出一条大街上来，忽听得呼喝之声。解元立住脚看时，只见十来个仆人前引一乘暖桥，自东而来，女从如云。自古道："有缘千里能相会。"那女从之中，阊门所见青衣小鬟，正在其内。解元心中欢喜，远远相随，直到一座大门楼下，女使出迎，一拥而入。询之傍人，说是华学士府，适才轿中乃夫人也。解元得了实信，问路出城，恰好船上取了水才到。少顷，王雅宜等也来了。问："解元那里去了？教我们寻得不耐烦！"解元道："不知怎的，一挤就挤散了，又不认得路径，问了半日，方能到此。"并不题起此事。至夜半，忽于梦中狂呼，如魇魅之状。从人皆惊，唤醒问之。解元道："适梦中见一金甲神人，持金杵击我，责我进香不虔。我叩头哀乞，愿斋戒一月，只身至山谢罪！天明，汝等开船自去，吾且暂回，不得相陪矣！"雅宜等信以为真。

至天明，恰好有一只小船来到，说是苏州去的。解元别了众人，跳上小船。行不多时，推说遗忘了东西，还要转去。袖中摸几文钱，赏了舟子，奋然登岸。到一饭店，办下旧衣、破帽，将衣巾换讫，如穷汉之状。走至华府典铺内，以典钱为由，与主管相见。卑词下气，问主管道："小子姓康，名宣，吴县人氏，颇善书，处一个小馆为生。近因拙妻亡故，又失了馆，孤身无活，欲投一大家充书办之役，未知府上用得否？倘收用时，不敢忘恩！"因于袖中取出细楷数行，与主管观看。主管看那字，写得甚是端楷可爱，答道："待我晚间进府禀过老爷，明日你来讨回话。"是晚，主管果然将字样禀知学士。学士看了，夸道："写得好，不似俗人之笔，明日可唤来见我。"次早，解元便到典中，主管引进解元拜见了学士。学士见其仪表不俗，问过了姓名住居，又问："曾读书么？"解元道："曾考过几遍童生，不得进学，经书还都记得。"学士问是何经，解元虽习《尚书》，其实五经俱通的，晓得学士习《周易》，就答应道："《易经》。"学士大喜道："我书房中写帖的不缺，可送公子处作伴读。"问他要多少身价，解元道："身价不敢领，只要求些衣服穿。待后老爷中意时，赏一房好媳妇足矣！"学士更喜，就叫主管于典中寻几件随身衣服与他换了，改名华安。送至书馆，见了公子。公子教华安抄写文字，文字中有字句不妥的，华安私加改窜。公子见他改得好，大惊道："你原来通文理，几时放下书本的？"华安道："从来不曾旷学，但为贫所迫耳。"公子大喜，将自己日课教他改削。华安笔不停挥，真有点铁成金手段。有时题义疑难，华安就与公子讲解；若公子做不出时，华安就通篇代笔。

先生见公子学问骤进，向主人夸奖。学士讨近作看了，摇头道："此非孺子所及，若非抄写，必是倩人。"呼公子诘问其由，公子不敢隐瞒，说道："曾经华安改窜。"学士大惊，唤华安到来出题面试。华安不假思索，援笔立就，手捧所作呈上。学士见其手腕如玉，但左手有枝指。阅其文，词意兼美，字复精工，愈加欢喜，道："你时艺如此，想古作亦可观也！"乃留内书房掌书记。一应往来书札，授之以意，辄令代笔，烦简曲当，学士从未曾增减一字。宠信日深，赏赐比众人加厚。华安时买酒食与书房诸童子共享，无不欢喜。因而潜访前所见青衣小鬟，其名秋香，乃夫人贴身伏侍，顷刻不离者。计无所出，乃因春暮，赋《黄莺调》以自叹：

> 风雨送春归，杜鹃愁，花乱飞，青苔满院朱门闭。孤灯半垂，孤衾半欹，萧萧孤影汪汪泪。忆归期，相思未了，春梦绕天涯。

学士一日偶到华安房中，见壁间之词，知安所题，甚加称奖。但以为壮年鳏处，不无感伤，初不意其有所属意也。适典中主管病故，学士令华安暂摄其事。月余，出纳谨慎，毫忽无私。学士欲遂用为主管，嫌其孤身无室，难以重托，乃与夫人商议，呼媒婆欲为娶妇。华安将银三两，送与媒婆，央他禀知夫人说："华安蒙老爷夫人提拔，复为置室，恩同天地。但恐外面小家之女，不习里面规矩。倘得于侍儿中择一人见配，此华安之愿也！"媒婆依言禀知夫人，夫人对学士说了。学士道："如此诚为两便。但华安初来时，不领身价，原指望一房好媳妇；今日又做了府中得力之人，倘然所配未中其意，难保其无他志也。不若唤他到中堂，将许多丫鬟听其自择。"夫人点头道是。

当晚夫人坐于中堂，灯烛辉煌，将丫鬟二十余人各盛饰装扮，排列两边，恰似一班仙女，簇拥着王母娘娘在瑶池之上。夫人传命唤华安，华安进了中堂，拜见了夫人。夫人道："老爷说你小心得用，欲赏你一房妻小。这几个粗婢中，任你自择。"叫老姆姆携烛下去照他一照。华安就烛光之下，看了一回，虽然尽有标致的，那青衣小鬟不在其内。华安立于傍边，嘿然无语。夫人叫道："老姆姆，你去问华安：'那一个中你的意？就配与你。'"华安只不开言。夫人心中不乐，叫："华安，你好大眼孔，难道我这些丫头就没个中你意的？"华安道："复夫人，华安蒙夫人赐配，又许华安自择，这是旷古隆恩，粉身难报；只是夫人随身侍婢还来不齐，既蒙恩典，愿得尽观。"夫人笑道："你敢是疑我有吝啬之意。也罢！房中那四个一发唤出来与他看看，满他的心愿！"原来那四个是有执事的，叫做：

春媚、夏清、秋香、冬瑞。

春媚，掌首饰脂粉；夏清，掌香炉茶灶；秋香，掌四时衣服；冬瑞，掌酒果食品。管家老姆姆传夫人之命，将四个唤出来。那四个不及更衣，随身妆束。秋香依旧青衣。老姆姆引出中堂，站立夫人背后。室中蜡炬，光明如昼，华安早已看见了，昔日丰姿，宛然在目。还不曾开口，那老姆姆知趣，先来问道："可看中了谁?"华安心中明晓得是秋香，不敢说破，只将手指道："若得穿青这一位小娘子，足遂生平。"夫人回顾秋香，微微而笑，叫华安且出去。华安回典铺中，一喜一惧，喜者机会甚好，惧者未曾上手，惟恐不成。偶见月明如昼，独步徘徊，吟诗一首：

> 徙倚无聊夜卧迟，绿杨风静鸟栖枝。
>
> 难将心事和人说，说与青天明月知。

次日，夫人向学士说了。另收拾一所洁净房室，其床帐家火，无物不备。又合家童仆奉承他是新主管，担东送西，摆得一室之中，锦片相似。择了吉日，学士和夫人主婚，华安与秋香中堂双拜，鼓乐引至新房，合卺成婚，男欢女悦，自不必说。夜半，秋香向华安道："与君颇面善，何处曾相会来?"华安道："小娘子自去思想。"又过了几日，秋香忽问华安道："向日阊门游船中看见的可就是你?"华安笑道："是也!"秋香道："若然，君非下贱之辈，何故屈身于此?"华安道："吾为小娘子傍舟一笑，不能忘情，所以从权相就。"秋香道："妾昔见诸少年拥君，出素扇纷求书画，君一概不理，倚窗酌酒，旁若无人。妾知君非凡品，故一笑耳！"华安道："女子家能于流俗中识名士，诚红拂、绿绮之流也！"秋香道："此后于南门街上，似又会一次。"华安笑道："好利害眼睛！果然，果然！"秋香道："你既非下流，实是甚么样人？可将真姓名告我。"华安道："我乃苏州唐解元也，与你三生有缘，得谐所愿。今夜既然说破，不可久留，欲与你图谐老之策，你肯随我去否？"秋香道："解元为贱妾之故，不惜辱千金之躯，妾岂敢不惟命是从！"华安次日将典中帐目细细开了一本簿子，又将房中衣服首饰及床帐器皿另开一帐，又将各人所赠之物亦开一帐，纤毫不取。共是三宗帐目，锁在一个护书箧内，其钥匙即挂在锁上。又于壁间题诗一首：

拟向华阳洞里游，行踪端为可人留。

愿随红拂同高蹈，敢向朱家惜下流。

好事已成谁索笑？屈身今去尚含羞。

主人若问真名姓，只在康宣两字头。

是夜雇了一只小船，泊于河下。黄昏人静，将房门封锁，同秋香下船，连夜望苏州去了。

天晓，家人见华安房门封锁，奔告学士。学士教打开看时，床帐什物一毫不动，护书内帐目开载明白。学士沉思，莫测其故。抬头一看，忽见壁上有诗八句，读了一遍，想："此人原名不是康宣。"又不知甚么意故，来府中住许多时，若是不良之人，财上又分毫不苟。又不知那秋香如何就肯随他逃走，如今两口儿又不知逃在那里？"我弃此一婢，亦有何难。只要明白了这桩事迹。"便叫家童唤捕人来，出信赏钱，各处缉获康宣、秋香。杳无影响。过了年余，学士也放过一边了。

忽一日学士到苏州拜客，从阊门经过。家童看见书坊中有一秀才坐而观书，其貌酷似华安，左手亦有枝指，报与学士知道。学士不信，分付此童再去看个详细，并访其人名姓。家童复身到书坊中，那秀才又和着一个同辈说话，刚下阶头。家童乖巧，悄悄随之。那两个转湾向潼子门下船去，仆从相随共有四五人。背后察其形相，分明与华安无二，只是不敢唐突。家童回转书坊，问店主："适来在此看书的是什么人？"店主道："是唐伯虎解元相公。今日是文衡山相公舟中请酒去了。"家童道："方才同去的那一位可就是文相公么？"店主道："那是祝枝山，也都是一般名士。"家童一一记了，回复了华学士。学士大惊，想道："久闻唐伯虎放达不羁，难道华安就是他？明日专往拜谒，便知是否。"

　　次日写了名帖，特到吴趋坊拜唐解元。解元慌忙出迎，分宾而坐。学士再三审视，果肖华安。及捧茶，又见手白如玉，左有枝指，意欲问之，难于开口。茶罢，解元请学士书房中小坐，学士有疑未决，亦不肯轻别，遂同至书房。见其摆设齐整，啧啧叹羡。少停酒至，宾主对酌多时。学士开言道："贵县有个康宣，其人读书不遇，甚通文理。先生识其人否？"解元唯唯。学士又道："此人去岁曾佣书于舍下，改名华安。先在小儿馆中伴读，后在学生书房管书束，后又在小典中为主管。因他无室，教他于贱婢中自择，他择得秋香成亲。数日后夫妇俱逃，房中日用之物一无所取，竟不知其何故？学生曾差人到贵处察访，并无其人，先生可略知风声么？"解元又唯唯。学士见他不明不白，只是胡答应，忍耐不住，只得又说道："此人形容颇肖先生模样，左手亦有枝指，不知何故？"解元又唯唯。少顷，解元暂起身入内。学士翻看桌上书籍，见书内有纸一幅，题诗八句，读之，即壁上之诗也。解元出来，学士执诗问道："这八句诗乃华安所作，此字亦华安之笔，如何有在尊处？必有缘故，愿先生一言以决学生之疑。"解元道："容少停奉告。"学士心中愈闷道："先生见教过了，学生还坐，不然即告辞矣！"解元道："禀复不难，求老先生再用几杯薄酒。"学士又吃了数杯，解元巨觥奉劝。学士已半酣，道："酒已过分，不能领矣！学生惓惓请教，止欲剖胸中之疑，并无他念。"解元道："请用一箸粗饭。"饭后献茶，看看天晚，童子点烛到来。学士愈疑，只得起身告辞。解元道："请老先生暂挪贵步，当决所疑。"命童子秉烛前引，解元陪学士随后共入后堂。

堂中灯烛辉煌，里面传呼："新娘来！"只见两个丫鬟，伏侍一位小娘子，轻移莲步而出，珠珞重遮，不露娇面。学士惶悚退避，解元一把扯住衣袖，道："此小妾也，通家长者，合当拜见，不必避嫌。"丫鬟铺毡，小娘子向上便拜，学士还礼不迭。解元将学士抱住，不要他还礼。拜了四拜，学士只还得两个揖，甚不过意。拜罢，解元携小娘子近学士之旁，带笑问道："老先生请认一认，方才说学生颇似华安，不识此女亦似秋香否？"学士熟视大笑，慌忙作揖，连称得罪！解元道："还该是学生告罪！"二人再至书房。解元命重整杯盘，洗盏更酌。酒中学士复叩其详，解元将阊门舟中相遇始末细说一遍，各各抚掌大笑。学士道："今日即不敢以记室相待，少不得行子婿之礼。"解元道："若要甥舅相行，恐又费丈人妆奁耳。"二人复大笑。是夜，尽欢而别。

学士回到舟中，将袖中诗句置于桌上，反覆玩味："首联道'拟向华阳洞里游'，是说有茅山进香之行了，'行踪端为可人留'，分明为中途遇了秋香，担阁住了。第二联'愿随红拂同高蹈，改向朱家惜下流'，他屈身投靠，便有相挈而逃之意。第三联'好事已成谁索笑？屈身今去尚含羞'，这两句明白。末联'主人若问真名姓，只在康宣两字头。'康字与唐字头一般，宣字与寅字头无二，是影着唐寅二字，我自不能推详耳。他此举虽似情痴，然封还衣饰，一无所取，乃礼义之人，不枉名士风流也。"学士回家，将这段新闻向夫人说了，夫人亦骇然。于是厚具装奁，约值千金，差当家老姆姆押送唐解元家。从此两家遂为亲戚，往来不绝。至今吴中把此事传作风流话柄。有唐解元《焚香默坐歌》，自述一生心事，最做得好！歌曰：

焚香嘿坐自省已，口里喃喃想心里。

心中有甚害人谋？口中有甚欺心语？

为人能把口应心，孝弟忠信从此始。

其余小德或出入，焉能磨涅吾行止。

头插花枝手把杯，听罢歌童看舞女。

食色性也古人言，今人乃以为之耻。

及至心中与口中，多少欺人没天理。

阴为不善阳掩之，则何益矣待劳耳。

请坐且听吾语汝，凡人有生必有死。

死见阎君面不惭，才是堂堂好男子。

第十一卷　白娘子永镇雷峰塔

山外青山楼外楼，西湖歌舞几时休？

暖风薰得游人醉，直把杭州作汴州。

话说西湖景致，山水鲜明。晋朝咸和年间，山水大发，汹涌流入西门。忽然水内有牛一头见，浑身金色。后水退，其牛随行至北山，不知去向。哄动杭州市上之人，皆以为显化。所以建立一寺，名曰金牛寺。西门，即今之涌金门，立一座庙，号金华将军。当时有一番僧，法名浑寿罗，到此武林郡云游，玩其山景，道："灵鹫山前小峰一座忽然不见，原来飞到此处。"当时人皆不信。僧言："我记得灵鹫山前峰岭，唤做灵鹫岭，这山洞里有个白猿，看我呼出为验。"果然呼出白猿来。山前有一亭，今唤做冷泉亭。又有一座孤山，生在西湖

中。先曾有林和靖先生在此山隐居，使人搬挑泥石，砌成一条走路，东接断桥，西接栖霞岭，因此唤作孤山路。又唐时有刺史白乐天，筑一条路，南至翠屏山，北至栖霞岭，唤做白公堤，不时被山水冲倒，不只一番，用官钱修理。后宋时苏东坡来做太守，因见有这两条路被水冲坏，就买木石，起人夫筑得坚固。六桥上朱红栏杆，堤上栽种桃柳，到春景融和，端的十分好景，堪描入画，后人因此只唤做苏公堤。又孤山路畔，起造两条石桥，分开水势，东边唤做断桥，西边唤做西宁桥。真乃：

> 隐隐山藏三百寺，依稀云锁二高峰。

说话的，只说西湖美景，仙人古迹。俺今日且说一个俊俏后生，只因游玩西湖，遇着两个妇人，直惹得几处州城，闹动了花街柳巷。有分教才人把笔，编成一本风流话本。单说那子弟，姓甚名谁？遇着甚般样的妇人？惹出甚般样事？有诗为证：

> 清明时节雨纷纷，路上行人欲断魂。
>
> 借问酒家何处有，牧童遥指杏花村。

话说宋高宗南渡，绍兴年间，杭州临安府过军桥黑珠巷内，有一个宦家，姓李，名仁。见做南廊阁子库募事官，又与邵太尉管钱粮。家中妻子有一个兄弟许宣，排行小乙。他爹曾开生药店，自幼父母双亡，却在表叔李将仕家生药铺做主管，年方二十二岁。那生药店开在官巷口。忽一日，许宣在铺内做买卖，只见一个和尚来到门首，打个问讯，道："贫僧是保叔塔寺内僧，前日已送馒头并卷子在宅上。今清明节近，追修祖宗，望小乙官到寺烧香，勿误。"许宣道："小子准来。"和尚相别去了。许宣至晚归姐夫家去。原来许宣无有老小，只在姐姐家住。当晚与姐姐说："今日保叔塔和尚来请烧筶子，明日要荐祖宗，走一遭了来。"次日早起买了纸马、蜡烛、经幡、钱垛一应等项，吃了饭，换了新鞋袜；衣服，把筶子、钱马使条袱子包了，径到官巷口李将仕家来。李将仕见，问许宣何处去，许宣道："我今日要去保叔塔烧筶子，追荐祖宗，乞叔叔容暇一日。"李将仕道："你去便回。"

许宣离了铺中，入寿安坊，花市街，过井亭桥，往清河街后钱塘门，行石函桥，过放生碑，径到保叔塔寺。寻见送馒头的和尚，忏悔过疏头，烧了筶子，到佛殿上看众僧念经。吃斋罢，别了和尚，离寺迤逦闲走，过西宁桥、孤山路、四圣观，来看林和靖坟，到六一泉闲走。不期云生西北，雾锁东南，落下微微细雨，渐大起来。正是清明时节，少不得天公应时，催花雨下，那阵雨下得绵绵不绝。许宣见脚下湿，脱下了新鞋袜，走出四圣观来寻船，不见一只。正没摆布处，只见一个老儿摇着一只船过来。许宣暗喜，认时，正是张阿公。叫道："张阿公，搭我则个。"老儿听得叫，认时，原来是许小乙。将船摇近岸来，道："小乙官，着了雨，不知要何处上岸？"许宣道："涌金门上岸。"

这老儿扶许宣下船，离了岸，摇近丰乐楼来。摇不上十数丈水面，只见岸上有人叫道："公公，搭船则个。"许宣看时，是一个妇人，头戴孝头髻，乌云畔插着些素钗梳，穿一领白绢衫儿，下穿一条细麻布裙。这妇人肩下一个丫鬟，身上穿着青衣服，头上一双角髻，戴两条大红头须，插着两件着饰，手中捧着一个包儿，要搭船。那老张对小乙官道："因风吹火，用力不多，一发搭了他去。"许宣道："你便叫他下来。"老儿见说，将船傍了岸边，那妇人同丫鬟下船，见了许宣，起一点朱唇，露两行碎玉，向前道一个万福。许宣慌忙起身答礼。那娘子和丫鬟舱中坐定了，娘子把秋波频转，瞧着许宣。许宣平生是个老实之人，见了此等如花似玉的美

妇人，傍边又是个俊俏美女样的丫鬟，也不免动念。那娘子道："不敢动问官人，高姓尊讳？"许宣答道："在下姓许，名宣，排行第一。"妇人道："宅上何处？"许宣道："寒舍住在过军桥黑珠儿巷，生药铺内做买卖。"那娘子问了一回，许宣寻思道："我也问他一问。"起身道："不敢拜问娘子高姓？潭府何处？"那妇人答道："奴家是白三班白殿直之妹，嫁了张官人，不幸亡过了，见葬在这雷岭。为因清明节近，今日带了丫鬟，往坟上祭扫了方回。不想值雨，若不是搭得官人便船，实是狼狈。"又闲讲了一回，迤逦船摇近岸。只见那妇人道："奴家一时心忙，不曾带得盘缠在身边，万望官人处借些船钱还了，并不有负。"许宣道："娘子自便，不妨，些须船钱，不必计较。"还罢船钱，那雨越不住，许宣挽了上岸。那妇人道："奴家只在箭桥双茶坊巷口，若不弃时，可到寒舍拜茶，纳还船钱。"许宣道："小事何消挂怀。天色晚了，改日拜望。"说罢，妇人共丫鬟自去。

许宣入涌金门，从人家屋檐下到三桥街，见一个生药铺，正是李将仕兄弟的店。许宣走到铺前，正见小将仕在门前。小将仕道："小乙哥，晚了那里去？"许宣道："便是去保叔塔烧篗子，着了雨，望借一把伞则个。"将仕见说，叫道："老陈，把伞来与小乙官去。"不多时，老陈将一把雨伞撑开，道："小乙官，这伞是清湖八字桥老实舒家做的，八十四骨，紫竹柄的好伞，不曾有一些儿破，将去休坏了！仔细，仔细！"许宣道："不必分付。"接了伞，谢了将仕，出羊坝头来，到后市街巷口。只听得有人叫道："小乙官人。"许宣回头看时，只见沈公井巷口小茶坊屋檐下，立着一个妇人，认得正是搭船的白娘子。许宣道："娘子如何在此？"白娘子道："便是雨不得住，鞋儿都踏湿了。教青青回家取伞和脚下。又见晚下来，望官人搭几步则个。"许宣和白娘子合伞到坝头，道："娘子到那里去？"白娘子道："过桥投箭桥去。"许宣道："小娘子，小人自往过军桥去，路又近了，不若娘子把伞将去，明日小人自来取。"白娘子道："却是不当，感谢官人厚意！"许宣沿人家屋檐下冒雨回来，只见姐夫家当直王安拿着钉靴雨伞来接不着，却好归来。到家内吃了饭。当夜思量那妇人，翻来覆去睡不着。梦中共日间见的一般，情意相浓。不想金鸡叫一声，却是南柯一梦。正是：

> 心猿意马驰千里，浪蝶狂蜂闹五更。

到得天明起来，梳洗罢，吃了饭，到铺中，心忙意乱，做些买卖也没心想。到午时后，思量道："不说一谎，如何得这伞来还人？"当时许宣见老将仕坐在柜上，向将仕说道："姐夫叫许宣归早些，要送人情，请暇半日。"将仕道："去了，明日早些来！"许宣唱个喏，径来箭桥双茶坊巷口寻问白娘子家里。问了半日，没一个认得。正踌躇间，只见白娘子家丫鬟青青，从东边走来。许宣道："姐姐，你家何处住？讨伞则个。"青青道："官人随我来。"许宣跟定青青，走不多路，道："只这里便是。"许宣看时，见一所楼房，门前两扇大门，中间四扇看街槅子眼，当中挂顶细密朱红帘子，四下排着十二把黑漆交椅，挂四幅名人山水古画。对门乃是秀王府墙。那丫头转入帘子内，道："官人请入里面坐。"许宣随步入到里面，那青青低低悄悄叫道："娘子，许小乙官人在此。"白娘子里面应道："请官人进里面拜茶。"许宣心下迟疑，青青三回五次催许宣进去。许宣转到里面，只见四扇暗槅子窗，揭起青布幕，一个坐起，桌上放一盆虎须菖蒲，两边也挂四幅美人，中间挂一幅神像，桌上放一个古铜香炉花瓶。那小娘子向前深深的道一个万福，道："夜来多蒙小乙官人应付周全，识荆之初，甚是感谢不浅！"许宣道："些微何足挂齿。"白娘子道："少坐拜茶。"茶罢，又道："片时薄酒三杯，表意而已。"许宣方欲推辞，青青已自把菜蔬、果品流水排将出来。许宣道："感谢娘子置酒，不当厚扰。"饮至数杯，许宣起身道："今日天色将晚，路远，小子告回。"娘子道："官人的伞，舍亲昨夜转借去了，再饮几杯，着人取来。"许宣道："日晚，小子要回。"娘子道："再饮一杯。"许宣道："饮馔好了，多感，多感！"白娘子道："既是官人要回，这伞相烦明日来取则个。"许宣只得相辞了回家。

至次日，又来店中做些买卖，又推个事故，却来白娘子家取伞。娘子见来，又备三杯相款。许宣道："娘子还了小子的伞罢，不必多扰。"那娘子道："既安排了，略饮一杯。"许宣只得坐下。那白娘子筛一杯酒，递与许宣，启樱桃口，露榴子牙，娇滴滴声音，带着满面春风，告道："小官人在上，真人面前说不得假话。奴家亡了丈夫，想必和官人有宿世姻缘，一见便蒙错爱。正是你有心，我有意。烦小乙官人寻一个媒证，与你共成百年姻眷，不枉天生一对，却不是好？"许宣听那妇人说罢，自己寻思："真个好一段姻缘，若取得这个浑家，也不枉了。我自十分肯了，只是一件不谐，思量我日间李将仕家做主管，夜间在姐夫家安歇，虽有些少东西，只好办身上衣服，如何得钱来娶老小？"自沉吟不答。只见白娘子道："官人何故不回言语？"许宣道："多感过爱，实不相瞒，只为身边窘迫，不敢从命。"娘子道："这个容易，我囊中自有余财，不必挂念。"便叫青青道："你去取一锭白银下来。"只见青青手扶栏杆，脚踏胡梯，取下一个包儿来，递与白娘子。娘子道："小乙官人，这东西将去使用，少欠时再来取。"亲手递与许宣。许宣接得包儿，打开看时，却是五十两雪花银子。藏于袖中，起身告回。青青把伞来还了许宣，许宣接得相别，一径回家，把银子藏了。当夜无话。

明日起来，离家到官巷口，把伞还了李将仕。许宣将些碎银子，买了一只肥好烧鹅、鲜鱼、精肉、嫩鸡、果品之类，提回家来。又买了一樽酒，分付养娘、丫鬟安排整下。那日却好姐夫李募事在家，饮馔俱已完备，来请姐夫和姐姐吃酒。李募事却见许宣请他，到吃了一惊，道："今日做甚么子坏钞？日常不曾见酒盏儿面，今朝作怪！"三人依次坐定饮酒。酒至数杯，李募事道："尊舅，没事教你坏钞做甚么？"许宣道："多谢姐夫，切莫笑话，轻微何足挂齿。感谢姐夫、姐姐管雇多

时，一客不烦二主人，许宣如今年纪长成，恐虑后无人养育，不是了处。今有一头亲事在此说起，望姐夫、姐姐与许宣主张，结果了一生终身也好。”姐夫、姐姐听得说罢，肚内暗自寻思，道："许宣日常一毛不拔，今日坏得些钱钞，便要我替他讨老小？”夫妻二人，你我相看，只不回话。吃酒了，许宣自做买卖。过了三两日，许宣寻思道："姐姐如何不说起？”忽一日，见姐姐问道："曾向姐夫商量也不曾？”姐姐道："不曾。”许宣道："如何不曾商量？”姐姐道："这个事不比别样的事，仓卒不得，又见姐夫这几日面色心焦，我怕他烦恼，不敢问他。”许宣道："姐姐，你如何不上紧？这个有甚难处？你只怕我教姐夫出钱，故此不理。”许宣便起身到卧房中，开箱取出白娘子的银来，把与姐姐，道："不必推故，只要姐夫做主。”姐姐道："吾弟多时在叔叔家中做主管，积趱得这些私房，可知道要娶老婆！你且去，我安在此。”

却说李募事归来，姐姐道："丈夫，可知小舅要娶老婆，原来自趱得些私房，如今教我倒换些零碎使用，我们只得与他完就这亲事则个。”李募事听得说道："原来如此，得他积得些私房也好。拿来我看！”做妻的连忙将出银子，递与丈夫。李募事接在手中，番来覆去，看了上面凿的字号，大叫一声："苦！不好了，全家是死！"那妻吃了一惊，问道："丈夫，有甚么利害之事？"李募事道："数日前邵太尉库内封记锁押俱不动，又无地穴得入，平空不见了五十锭大银。见今着落临安府提捉贼人，十分紧急，没有头路得获，累害了多少人。出榜缉捕，写着字号、锭数，'有人捉获贼人、银子者，赏银五十两；知而不首，及窝藏贼人者，除正犯外，全家发边远充军。'这银子与榜上字号不差，正是邵太尉库内银子。即今捉捕十分紧急。正是火到身边，顾不得亲眷，自可去拨。明日事露，实难分说。不管他偷的、借的，宁可苦他，不要累我。只得将银子出首，免了一家之害。"老婆见说了，合口不得，目睁口呆。

当时拿了这锭银子，径到临安府出首。那大尹闻知这话，一夜不睡。次日，火速差缉捕使臣何立。何立带了伙伴，并一班眼明手快的公人，径到官巷口李家生药店提捉正贼许宣。到得柜边，发声喊，把许宣一条绳子绑缚了，一声锣，一声鼓，解上临安府来。正值韩大尹升厅，押过许宣，当厅跪下，喝声："打！"许宣道："告相公，不必用刑，不知许宣有何罪？"大尹焦躁道：

"真赃正贼，有何理说！还说无罪？邵太尉府中不动封锁，不见了一号大银五十锭，见有李募事出首，一定这四十九锭也在你处。想不动封皮，不见了银子，你也是个妖人！不要打……"喝教："拿些秽血来！"许宣方知是这事，大叫道："不是妖人，待我分说！"大尹道："且住！你且说这银子从何而来？"许宣将借伞、讨伞的上项事，一一细说一遍。大尹道："白娘子是甚么样人？见住何处？"许宣道："凭他说，是白三班白殿直的亲妹子，如今见住箭桥边双茶坊巷口，秀王墙对黑楼子高坡儿内住。"那大尹随即便叫缉捕使臣何立押领许宣，去双茶坊巷口捉拿本妇前来。

何立等领了钧旨，一阵做公的径到双茶坊巷口秀王府墙对黑楼子前看时，门前四扇看阶，中间两扇大门，门外避藉陛，坡前却是垃圾，一条竹子横夹着。何立等见了这个模样，到都呆了！当时就叫捉了邻人，上首是做花的后大，下首是做皮匠的孙公。那孙公摆忙的吃他一惊，小肠气发，跌倒在地。众邻舍都走来，道："这里不曾有甚么白娘子。这屋不五六年前有一个毛巡检合家时病死了，青天白日常有鬼出来买东西，无人敢在里头住。几日前，有个疯子立在门前唱喏。"何立教众人解下横门竹竿，里面冷清清地，起一阵风，卷出一道腥气来。众人都吃了一惊，倒退几步。许宣看了，则声不得，一似呆的。做公的数中，有一个能胆大，排行第二，姓王，专好酒吃，都叫他做"好酒王二"。王二道："都跟我来。"发声喊，一齐哄将入去，看时，板壁、坐起、桌凳都有。来到胡梯边，教王二前行，众人跟着，一齐上楼。楼上灰尘三寸厚，众人到房门前，推开房门一望，在上挂着一张帐子，箱笼都有，只见一个如花似玉穿着白的美貌娘子，坐在床上。众人看了，不敢向前。众人道："不知娘子是神是鬼？我等奉临安大尹钧旨，唤你去与许宣执证公事。"那娘子端然不动。"好酒王二"道："众人都不敢向前，怎的是了？你可将一坛酒来，与我吃了，做我不着，捉他去见大尹。"众人连忙叫两三个下去，提一坛酒来与王二吃。王二开了坛口，将一坛酒吃尽了，道："做我不着！"将那空坛望着帐子内打将去。不打万事皆休，才然打去，只听得一声响，却是青天里打一个霹雳，众人都惊倒了！起来看时，床上不见了那娘子，只见明晃晃一堆银子。众人向前看了，道："好了。"计数四十九锭。众人道："我们将银子去见大尹也罢。"扛了银子，都到临安府。何立将前事禀覆了大尹。大尹道："定是妖怪了。也罢，邻人无罪宁家。"差人送五十锭银子与邵太尉处，开个缘由，一一禀覆过了。许宣照"不应得为而为之事"，理重者决杖，免刺，配牢城营做工，满日疏放。牢城营乃苏州府管下，李募事因出首许宣，心上不安，将邵太尉给赏的五十两银子，尽数付与小舅作为盘费。李将仕与书二封，一封与押司范院长，一封与吉利桥下开客店的王主人。许宣痛哭一场，拜别姐夫、姐姐，带上行枷，两个防送人押着，离了杭州，到东新桥，下了航船。不一日，来到苏州。先把书去见了范院长并王主人。王主人与他官府上下使了钱，打发两个公人去苏州府，下了公文，交割了犯人，讨了回文，防送人自回。范院长、王主人保领许宣不入牢中，就在王主人门前楼上歇了。许宣心中闷癖，壁上题诗一首：

独上高楼望故乡，愁看斜日照纱窗。

平生自是真诚士，谁料相逢妖媚娘！

白白不知归甚处？青青岂识在何方？

抛离骨肉来苏地，思想家中寸断肠！

有话即长，无话即短。不觉光阴似箭，日月如梭，又在王主人家住了半年之上。忽遇九月下旬，那王主人正在门首闲立，看街上人来人往，只见远远一乘轿子，傍边一个丫鬟跟着，道："借问一声：此间不是王主人家么？"王主人连忙起身，道："此间便是。你寻谁人？"丫鬟道："我寻临安府来的许小乙官人。"主人道："你等一等，我便叫了他出来。"这乘轿子便歇在门前。王主人便入去，叫道："小乙哥，有人寻你。"许宣听得，急走出来，同主人到门前看时，正是青青跟着，轿子里坐着白娘子。许宣见了，连声叫道："死冤家！自被你盗了官库银子，带累我吃了多少苦，有屈无伸，如今到此地位，又赶来做甚么？可羞死人！"那白娘子道："小乙官人，不要怪我，今番特来与你分辩这件事。我且到主人家里面与你说。"白娘子叫青青取了包裹下轿。许宣道："你是鬼怪，不许入来。"挡住了门不放他。那白娘子与主人深深道了个万福，道："奴家不相瞒，主人在上，我怎的是鬼怪？衣裳有缝，对日有影。不幸先夫去世，教我如此被人欺负！做下的事是先夫日前所为，非干我事。如今怕你怨畅我，特地来分说明白了，我去也甘心。"主人道："且教娘子入来，坐了说。"那娘子道："我和你到里面，对主人家的妈妈说。"门前看的人自都散了。许宣入到里面，对主人家并妈妈道："我为他偷了官银子事，如此如此，因此教我吃场官司。如今又赶到此，有何理说？"白娘子道："先夫留下银子，我好意把你，我也不知怎的来的。"许宣道："如何做公的捉你之时，门前都是垃圾？就帐子里一响，不见了你？"白娘子道："我听得人说，你为这银子捉了去，我怕你说出我来，捉我到官，妆幌子羞人不好看。我无奈何，只得走去华藏寺前姨娘家躲了，使人担垃圾堆在门前，把银子安在床上，央邻舍与我说谎。"许宣道："你却走了去，教我吃官事！"白娘子道："我将银子安在床上，只指望要好，那里晓得有许多事情？我见你配在这里，我便带了些盘缠，搭船到这里寻你。如今分说都明白了，我去也。敢是我和你前生没有夫妻之分！"那王主人道："娘子许多路来到这里，难道就去？且在此间住几日，却理会。"青青道："既是主人家再三劝解，娘子且住两日。当初也曾许嫁小乙官人。"白娘子随口便道："羞杀人！终不成奴家没人要？只为分别是非而来。"王主人道："既然当初许嫁小乙哥，却又回去！且留娘子在此。"打发了轿子，不在话下。

过了数日，白娘子先自奉承好了主人的妈妈，那妈妈劝主人与许宣说合，选定十一月十一日成亲，共百年偕老。光阴一瞬，早到吉日良时。白娘子取出银两，央王主人办备喜筵，二人拜堂结亲。酒席散后，共入纱厨，白娘子放出迷人声态，颠鸾倒凤，百媚千娇，喜得许宣如遇神仙，只恨相见之晚。正好欢娱，不觉金鸡三唱，东方渐白。正是：

> 欢娱嫌夜短，寂寞恨更长。

自此日为始，夫妻二人如鱼似水，终日在王主人家快乐昏迷缠定。

日往月来，又早半年光景。时临春气融和，花开如锦，车马往来，街坊热闹。许宣问主人家道：“今日如何人人出去闲游，如此喧嚷？”主人道：“今日是二月半，男子妇人，都去看卧佛。你也好去承天寺里闲走一遭。”许宣见说，道：“我和妻说一声，也去看一看。”许宣上楼来，和白娘子说：“今日二月半，男子、妇人都去看卧佛，我也看一看就来。有人寻说话，回说不在家，不可出来见人。”白娘子道：“有甚好看，只在家中却不好？看他做甚么？”许宣道：“我去闲耍一遭就回，不妨。”许宣离了店内，有几个相识同走，到寺里看卧佛。绕廊下各处殿上观看了一遭。方出寺来，见一个先生，穿着道袍，头戴逍遥巾，腰系黄丝绦，脚着熟麻鞋，坐在寺前卖药，散施符水。许宣立定了看。那先生道："贫道是终南山道士，到处云游，散施符水，救人病患灾厄，有事的向前来。"那先生在人丛中看见许宣头上一道黑气，必有妖怪缠他，叫道："你近来有一妖怪缠你，其害非轻。我与你二道灵符，救你性命。一道符，三更烧，一道符放在自头发内。"许宣接了符，纳头便拜，肚内道："我也八九分疑惑那妇人是妖怪，真个是实。"谢了先生，径回店中。

至晚，白娘子与青青睡着了，许宣起来道："料有三更了。"将一道符放在自头发内，正欲将一道符烧化，只见白娘子叹一口气道："小乙哥和我许多时夫妻，尚兀自不把我亲热，却信别人言语，半夜三更，烧符来压镇我！你且把符来烧看！"就夺过符来，一时烧化，全无动静。白娘子道："却如何？说我是妖怪！"许宣道："不干我事，卧佛寺前一云游先生知你是妖怪。"白娘子道："明日同你去看他一看，如何模样的先生。"

次日，白娘子清早起来，梳妆罢，戴了钗环，穿上素净衣服，分付青青看管楼上。夫妻二人来到卧佛寺前。只见一簇人团团围着那先生，在那里散符水。只见白娘子睁一双妖眼，到先生面前喝一声："你好无礼！出家人枉在我丈夫面前说我是一个妖怪，书符来捉我！"
那先生回言："我行的是五雷天心正法，凡有妖怪，吃了我的符，他即变出真形来。"那白娘子道："众人在此，你且书符来我吃看。"那先生书一道符，递与白娘子；白娘子接过符来，便吞下去。众人都看，没些动静。众人道："这等一个妇人，如何说是妖怪？"众人把那先生齐骂，那先生骂得口睁眼呆，半晌无言，惶恐满面。白娘子道："众位官人在此，他捉我不得，我自小学得个戏术，且把先生试来与众人看。"只见白娘子口内喃喃的不知念些甚么，把那先生却似有人擒的一般，缩做一堆，悬空而起。众人看了，齐吃一惊。许宣呆了。娘子道："若不是众位面上，把这先生吊他一年。"白娘子喷口气，只见那先生依然放下，只恨爹娘少生两翼，飞也似走了。众人都散了。夫妻依旧回来。不在话下。日逐盘缠，都是白娘子将出来用度。正是：

> 夫唱妇随，朝欢暮乐。

不觉光阴似箭，又是四月初八日，释迦佛生辰。只见街市上人抬着柏亭浴佛，家家布施。许宣对王主人道："此间与杭州一般。"只见邻舍边一个小的，叫做铁头，道："小乙官人，今日承天寺里做佛会，你去看一看。"

许宣转身到里面，对白娘子说了。白娘子道："甚么好看，休去！"许宣道："去走一遭，散闷则个。"娘子道："你要去，身上衣服旧了，不好看，我打扮你去。"叫青青取新鲜时样衣服来。许宣着得不长不短，一似像体裁的，戴一顶黑漆头巾，脑后一双白玉环，穿一领青罗道袍，脚着一双皂靴，手中拿一把细巧百摺描金美人珊瑚坠上样春罗扇。打扮得上下齐整，那娘子分付一声，如莺声巧啭，道："丈夫早早回来，切勿教奴记挂！"许宣叫了铁头相伴，径到承天寺来看佛会。人人喝采："好个官人！"只听得有人说道："昨夜周将仕典当库内，不见了四五千贯金珠细软物件，见今开单告官挨查，没捉人处。"许宣听得，不解其意，自同铁头在寺。其日烧香官人、子弟、男女人等，往往来来，十分热闹。许宣道："娘子教我早回，去罢。"转身，人丛中不见了铁头，独自个走出寺门来。只见五六个人似公人打扮，腰里挂着牌儿，数中一个看了许宣，对众人道："此人身上穿的，手中拿的，好似那话儿。"数中一个认得许宣的道："小乙官，扇子借我一看。"许宣不知是计，将扇递与公人。那公人道："你们看这扇子扇坠，与单上开的一般！"从人喝声："拿了！"就把许宣一索子绑了，好似：

数只皂雕追紫燕，一群饿虎啖羊羔。

许宣道："众人休要错了，我是无罪之人。"众公人道："是不是，且去府前周将仕家分解！他店中失去五千贯金珠细软，白玉绦环，细巧百折扇，珊瑚坠子，你还说无罪？真赃正贼，有何分说！实是大胆汉子，把我们公人作等闲看成。见今头上、身上、脚上，都是他家物件，公然出外，全无忌惮！"许宣方才呆了，半晌不则声。许宣道："原来如此！不妨，不妨，自有人偷得。"众人道："你自去苏州府厅上分说。"

次日大尹升厅，押过许宣见了。大尹审问："盗了周将仕库内金珠宝物在于何处？从实供来，免受刑法拷打。"许宣道："禀上相公做主，小人穿的衣服物件皆是妻子白娘子的，不知从何而来。望相公明镜详辨则个！"大尹喝道："你妻子今在何处？"许宣道："见在吉利桥下王主人楼上。"大尹即差缉捕使臣袁子明，押了许宣，火速捉来。差人袁子明来到王主人店中，主人吃了一惊，连忙问道："做甚么？"许宣道："白娘子在楼上么？"主人道："你同铁头早去承天寺里，去不多时，白娘子对我说道：'丈夫去寺中闲耍，教我同青青照管楼上。此时不见回来，我与青青丢寺前寻他去也，望乞主人替我照管。'出门去了，到晚不见回来。我只道与你去望亲戚，到今日不见回来。"众公人要王主人寻白娘子，前前后后，遍寻不见。袁子明将王主人捉了，见大尹回话。大尹道："白娘子在何处？"王主人细细禀覆了，道："白娘子是妖怪。"大尹一一问了，道："且把许宣监了。"王主人使用了些钱，保出在外，伺候归结。

且说周将仕正在对门茶坊内闲坐，只见家人报道："金珠等物都有了，在库阁头空箱子内。"周将仕听，慌忙回家看时，果然有了。只不见了头巾、绦环、扇子并扇坠。周将仕道："明是屈了许宣，平白地害了一个人，不好。"暗地里到与该房说了，把许宣只问个小罪名。

却说邵太尉使李募事到苏州干事，来王主人家歇。主人家把许宣来到这里，又吃官事，一一从头说了一遍。李募事寻思道："看自家面上亲眷，如何看做落？"只得与他央人情，上下使钱。一日，大尹把许宣一一供招明白，都做在白娘子身上，只做"不合不出首妖怪"等事，杖一百，配三百六十里，押发镇江府牢城营做工。李募事道："镇江去便不妨。我有一个结拜的叔叔，姓李，名克用，在针子桥下开生药店。我写一封书，你可去投托他。"许宣只得问姐夫借了些盘缠，拜谢了王主人并姐夫，就买酒饭与两个公人吃，收拾行李起程。王主人并姐夫送了一程，各自回去了。

且说许宣在路，饥餐渴饮，夜住晓行，不则一日，来到镇江。先寻李克用家，来到针子桥生药铺内。只见主管正在门前卖生药，老将仕从里面走出来，两个公人同许宣慌忙唱个喏道：“小人是杭州李募事家中人，有书在此。”主管接了，递与老将仕。老将仕拆开看了，道：“你便是许宣？”许宣道：“小人便是。”李克用教三人吃了饭，分付当直的同到府中，下了公文，使用了钱，保领回家，防送人讨了回文，自归苏州去了。许宣与当直一同到家中，拜谢了克用，参见了老安人。克用见李募事书，说道：“许宣原是生药店中主管。”因此留他在店中做买卖，夜间教他去五条巷卖豆腐的王公楼上歇。克用见许宣药店中十分精细，心中欢喜。原来药铺中有两个主管，一个张主管，一个赵主管。赵主管一生老实本分，张主管一生克剥奸诈，倚着自老了，欺侮后辈。见又添了许宣，心中不悦，恐怕退了他，反生奸计，要嫉妒他。忽一日，李克用来店中闲看，问：“新来的做买卖如何？”张主管听了，心中道：“中我机谋了！”应道：“好便好了，只有一件。……”克用道：“有甚么一件？”

老张道："他大主买卖肯做，小主儿就打发去了，因此人说他不好。我几次劝他，不肯依我。"老员外说："这个容易，我自分付他便了，不怕他不依。"赵主管在傍听得此言，私对张主管说道："我们都要和气，许宣新来，我和你照管他才是。有不是，宁可当面讲，如何背后去说他？他得知了，只道我们嫉妒。"老张道："你们后生家，晓得甚么！"天已晚了，各回下处。赵主管来许宣下处，道："张主管在员外面前嫉妒你，你如今要愈加用心，大主、小主儿买卖，一般样做。"许宣道："多承指教！我和你去闲酌一杯。"二人同到店中，左右坐下。酒保将要饭果碟摆下，二人吃了几杯。赵主管说："老员外最性直，受不得触。你便依随他生性，耐心做买卖。"许宣道："多谢老兄厚爱，谢之不尽！"又饮了两杯，天色晚了。赵主管道："晚了路黑难行，改日再会。"许宣还了酒钱，各自散了。

许宣觉道有杯酒醉了，恐怕冲撞了人，从屋檐下回去。正走之间，只见一家楼上推开窗，将熨斗播灰下来，都倾在许宣头上。立住脚，便骂道："谁家泼男女不生眼睛，好没道理！"只见一个妇人慌忙走下来，道："官人休要骂，是奴家不是，一时失误了，休怪！"许宣

半醉，抬头一看，两眼相观，正是白娘子。许宣怒从心
上起，恶向胆边生，无明火焰腾腾高起三千丈，掩纳不
住，便骂道："你这贼贱妖精！连累得我好苦，吃了两场
官事！"恨小非君子，无毒不丈夫。正是：

踏破铁鞋无觅处，得来全不费工夫。

许宣道："你如今又到这里，却不是妖怪？"赶将人
去，把白娘子一把拿住，道："你要官休，私休？"白娘
子陪着笑面，道："丈夫，一夜夫妻百夜恩，和你说来事
长。你听我说，当初这衣服都是我先夫留下的，我与你
恩爱深重，教你穿在身上。恩将仇报，反成吴越。"许
宣道："那日我回来寻你，如何不见了？主人都说你同
青青来寺前看我，因何又在此间？"白娘子道："我到寺
前，听得说你被捉了去，教青青打听不着，只道你脱身
走了。怕来捉我，教青青连忙讨了一只船，到建康府娘
舅家去。昨日才到这里。我也道连累你两场官事，也有
何面目见你！你怪我也无用了，情意相投，做了夫妻，
如今好端端，难道走开了？我与你情似泰山，恩同东
海，誓同生死。可看日常夫妻之面，取我到下处，和你
百年偕老，却不是好！"许宣被白娘子一骗，回嗔作喜，
沉吟了半晌，被色迷了心胆，留连之意，不回下处，就

在白娘子楼上歇了。次日，来上河五条巷王公楼家，对王公说："我的妻子同丫鬟从苏州来到这里。"——说了，道："我如今搬回来一处过活。"王公道："此乃好事，如何用说。"当日把白娘子同青青搬来王公楼上。次日，点茶请邻舍。第三日，邻舍又与许宣接风，酒筵散了，邻舍各自回去，不在话下。第四日，许宣早起梳洗已罢，对白娘子说："我去拜谢东西邻舍，去做买卖去也。你同青青只在楼上照管，切勿出门！"分付已了，自到店中做买卖，早去晚回。

不觉光阴迅速，日月如梭，又过一月。忽一日，许宣与白娘子商量，去见主人李员外妈妈家眷。白娘子道："你在他家做主管，去参见了他，也好日常走动。"到次日，雇了轿子，径进里面，请白娘子上了轿，叫王公挑了盒儿，丫鬟青青跟随，一齐来到李员外家。下了轿子，进到里面，请员外出来。李克用连忙来见，白娘子深深道个万福，拜了两拜，妈妈也拜了两拜，内眷都参见了。原来李克用年纪虽然高大，却专一好色，见了白娘子有倾国之姿，正是：

<blockquote>三魂不附体，七魄在他身。</blockquote>

那员外目不转睛看白娘子。当时安排酒饭管待，妈

妈对员外道："好个伶俐的娘子！十分容貌，温柔和气，本分老成。"员外道："便是，杭州娘子生得俊俏。"酒饮罢了，白娘子相谢自回。李克用心中思想："如何得这妇人共宿一宵？"眉头一簇，计上心来，道："六月十三是我寿诞之日，不要慌，教这妇人着我一个道儿。"

不觉乌飞兔走，才过端午，又是六月初间。那员外道："妈妈，十三日是我寿诞，可做一个筵席，请亲眷朋友闲耍一日，也是一生的快乐。"当日亲眷、邻友、主管人等，都下了请帖。次日，家家户户都送烛、面、手帕物件来。十三日都来赴筵，吃了一日。次日，是女眷们来贺寿，也有廿来个。且说白娘子也来，十分打扮，上着青织金衫儿，下穿大红纱裙，戴一头百巧珠翠金银首饰。带了青青，都到里面，拜了生日，参见了老安人。东阁下排着筵席。原来李克用吃虱子留后腿的人，因见白娘子容貌，设此一计，大排筵席。各各传杯弄盏，酒至半酣，却起身脱衣净手。李员外原来预先分付腹心养娘道："若是白娘子登东，他要进去，你可另引他到后面僻净房内去。"李员外设计已定，先自躲在后面。正是：

不劳钻穴逾墙事，稳做偷香窃玉人。

只见白娘子真个要去净手，养娘便引他到后面一间僻净房内去，养娘自回。那员外心中淫乱，捉身不住，不敢便走进去，却在门缝里张。不张万事皆休，则一张，那员外大吃一惊，回身便走，来到后边，望后倒了。

不知一命如何，先觉四肢不举！

那员外眼中不见如花似玉体态，只见房中蟠着一条吊桶来粗大白蛇，两眼一似灯盏，放出金光来。惊得半死，回身便走，一绊一跤。众养娘扶起看时，面青口白。主管慌忙用安魂定魄丹服了，方才醒来。老安人与众人都来看了，道："你为何大惊小怪做甚么？"李员外不说其事，说道："我今日起得早了，连日又辛苦了些，头风病发晕倒了。"扶去房里睡了。众亲眷主席，饮了几杯，酒筵散罢，众人作谢回家。

白娘子回到家中思想，恐怕明日李员外在铺中对许宣说出本相来。便生一条计，一头脱衣服，一头叹气。许宣道："今日出去吃酒，因何回来叹气？"白娘子道："丈夫，说不得，李员外原来假做生日，其心不善。因见我起身登东，他躲在里面，欲要奸骗我，扯裙扯裤来调戏我。欲待叫起来，众人都在那里，怕妆幌子。被我一推倒地，他怕羞没意思，假说晕倒了。这惶恐那里出气！"许宣道："既不曾奸骗你，他是我主人家，出于无奈，只得忍了这遭，休去便了。"白娘子道："你不与我做主，还要做人？"许宣道："先前多承姐夫写书教我投奔他家，亏他不阻，收留在家做主管，如今教我怎的好？"白娘子道："男子汉，我被他这般欺负，你还去他家做主管？"许宣道："你教我何处去安身？做何生理？"白娘子道："做人家主管也是下贱之事，不如自开一个生药铺。"许宣道："亏你说，只是那讨本钱？"白娘子道："你放心，这个容易。我明日把些银子，你先去赁了间房子，却又说话。"且说今是古，古是今，各处有这等出热的，间壁有一个人，姓蒋，名和，一生出热好事。次日，许宣问白娘子讨了些银子，教蒋和去镇江渡口马头上，赁了一间房子，买下一付生药厨柜，陆续收买生药。十月前后，俱已完备，选日开张药店，不去做主管。那李员外也自知惶恐，不去叫他。

许宣自开店来，不匮买卖一日兴一日，普得厚利。正在门前卖生药，只见一个和尚将着一个募缘簿子，道："小僧是金山寺和尚，如今七月初七日，是英烈龙王生日，伏望官人到寺烧香，布施些香钱。"许宣道："不必写名，我有一块好降香，舍与你拿去烧罢。"即便开柜取出，递与和尚。和尚接了，道："是日望官人来烧香。"打一个问讯去了。白娘子看见，道："你这杀才，把这一块好香与那贼秃去换酒肉吃！"许宣道："我一片诚心舍与他，花费了也是他的罪过。"不觉又是七月初七日，许宣正开得店，只见街上闹热，人来人往。帮闲的蒋和道："小乙官，前日布施了香，今日何不去寺内闲走一遭？"许宣道："我收拾了，略待略待，和你同去。"蒋和道："小人当得相伴。"许宣连忙收拾了，进去对白娘子道："我去金山寺烧香，你可照管家里则个。"白娘子道："无事不登三宝殿，去做甚么？"许宣道："一者不曾认得金山寺，要去看一看；二者前日布施了，要去烧香。"白娘子道："你既要去，我也挡你不得，只要依我三件事。"许宣道："那三件？"白娘子道："一件，不要去方丈内去；二件，不要与和尚说话；三件，去了就回。来得迟，我便来寻你也。"许宣道："这个何妨，都依得。"

当时换了新鲜衣服鞋袜，袖了香盒，同蒋和径到江边，搭了船，投金山寺来。先到龙王堂烧了香，绕寺闲走了一遍，同众人信步来到方丈门前。许宣猛省道：

"妻子分付我休要进方丈内去。"立住了脚不进去。蒋和道："不妨事。他自在家中，回去只说不曾去便了。"说罢，走入去看了一回，便出来。且说方丈当中座上，坐着一个有德行的和尚，眉清目秀，圆顶方袍，看了模样，的是真僧。一见许宣走过，便叫侍者："快叫那后生进来。"侍者看了一回，人千人万，乱滚滚的，又不记得他，回说："不知他走那边去了？"和尚见说，持了禅杖，自出方丈来，前后寻不见。复身出寺来看，只见众人都在那里等风浪静了落船。那风浪越大了，道："去不得。"正看之间，只见江心里一只船，飞也似来得快。许宣对蒋和道："这般大风浪，过不得渡，那只船如何到来得快？"正说之间，船已将近。看时，一个穿白的妇人，一个穿青的女子来到岸边。仔细一认，正是白娘子和青青两个。许宣这一惊非小。白娘子来到岸边，叫道："你如何不归？快来上船！"许宣却欲上船，只听得有人在背后喝道："业畜！在此做甚么？"许宣回头看时，人说道："法海禅师来了！"禅师道："业畜，敢再来无礼，残害生灵！老僧为你特来。"白娘子见了和尚，摇开船，和青青把船一翻，两个都翻下水底去了。许宣回身看着和尚便拜："告尊师，救弟子一条草命！"禅师道："你如何遇着这妇人？"许宣把前项事情从头说了一遍。禅师听罢，道："这妇人正是妖怪，汝可速回杭州去。如再来缠汝，可到湖南净慈寺里来寻我。"有诗四句：

　　本是妖精变妇人，西湖岸上卖娇声。

　　汝因不识遭他计，有难湖南见老僧。

　　许宣拜谢了法海禅师，同蒋和下了渡船，过了江，上岸归家。白娘子同青青都不见了，方才信是妖精。到晚来，教蒋和相伴过夜。心中昏闷，一夜不睡。

　　次日早起，叫蒋和看着家里，却来到针子桥李克用家，把前项事情告诉了一遍。李克用道："我生日之时，他登东，我撞将去，不期见了这妖怪，惊得我死去。我又不敢与你说这话。既然如此，你且搬来我这里住着，别作道理。"许宣作谢了李员外，依旧搬到他家。不觉住过两月有余。

　　忽一日，立在门前，只见地方总甲分付排门人等，俱要香花灯烛，迎接朝廷恩赦。原来是宋高宗策立孝宗，降赦通行天下，只除人命大事，其余小事，尽行赦放回家。许宣遇赦，欢喜不胜，吟诗一首，诗云：

　　感谢吾皇降赦文，网开三面许更新。

　　死时不作他邦鬼，生日还为旧土人。

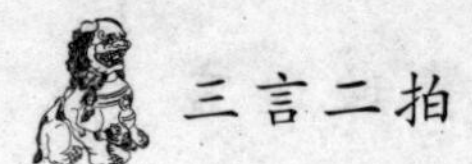

不幸逢妖愁更甚，何期遇宥罪除根？

归家满把香焚起，拜谢乾坤再造恩。

许宣吟诗已毕，央李员外衙门上下打点，使用了钱，见了大尹，给引还乡。拜谢东邻西舍，李员外、妈妈、合家大小、二位主管，俱拜别了。央帮闲的蒋和买了些土物，带回杭州。

来到家中，见了姐夫、姐姐，拜了四拜。李募事见了许宣，焦躁道："你好生欺负人，我两遭写书教你投托人，你在李员外家娶了老小，不直得寄封书来教我知道，直恁的无仁无义！"许宣说："我不曾娶妻小。"姐夫道："见今两日前，有一个妇人，带着一个丫鬟，道是你的妻子。说你七月初七日去金山寺烧香，不见回来，那里不寻到。直到如今，打听得你回杭州，同丫鬟先到这里，等你两日了。"教人叫出那妇人和丫鬟，见了许宣。许宣看见，果是白娘子、青青。许宣见了，目睁口呆，吃了一惊。不在姐夫、姐姐面前说这话本，只得任他埋怨了一场。李募事教许宣共白娘子去一间房内去安身。许宣见晚了，怕这白娘子，心中慌了，不敢向前，朝着娘子跪在地下，道："不知你是何神何鬼？可饶我的性命！"白娘子道："小乙哥，是何道理？我和你许多时

夫妻，又不曾亏负你，如何说这等没力气的话？"许宣道："自从和你相识之后，带累我吃了两场官司。我到镇江府，你又来寻我。前日金山寺烧香，归得迟了，你和青青又直赶来，见了禅师，便跳下江里去了。我只道你死了，不想你又先到此。望乞可怜见，饶我则个！"白娘子圆睁怪眼，道："小乙官，我也只是为好，谁想到成怨本！我与你平生夫妇，共枕同衾，许多恩爱。如今却信别人闲言语，教我夫妻不睦。我如今实对你说，若听我言语，喜喜欢欢，万事皆休。若生外心，教你满城皆为血水，人人手攀洪浪，脚踏浑波，皆死于非命。"惊得许宣战战兢兢，半晌无言可答，不敢走近前去。青青劝道："官人，娘子爱你杭州人生得好，又喜你恩情深重。听我说，与娘子和睦了，休要疑虑。"许宣吃两个缠不过，叫道："却是苦耶！"只见姐姐在天井里乘凉，听得叫苦，连忙来到房前，只道他两个儿厮闹，拖了许宣出来。白娘子关上房门自睡。许宣把前因后事，一一对姐姐了告诉了一遍。却好姐夫乘凉归房，姐姐道："他两口儿厮闹了，如今不知睡了也未，你且去张一张了来。"李募事走到房前看时，里头黑了，半亮不亮，将舌头弄破纸窗，不张万事皆休，一张时，见一条吊桶来大的蟒蛇，睡在床上，伸头在天窗内乘凉，鳞甲内放出白光来，照得房内如同白日。吃了一惊，回身便走。来到房中，不说其事。道："睡了，不见则声。"许宣躲在姐姐房中，不敢出头，姐夫也不问他。

过了一夜，次日，李募事叫许宣出去，到僻静处，问道："你妻子从何娶来？实实的对我说，不要瞒我！自昨夜亲眼看见他是一条大白蛇，我怕你姐姐害怕，不说出来。"许宣把从头事，一一对姐夫说了一遍。李募事道："既是这等，白马庙前一个呼蛇戴先生，如法捉得蛇。我同你去接他。"二人取路来到白马庙前，只见戴先生正立在门口。二人道："先生拜揖。"先生道："有何见谕？"许宣道："家中有一条大蟒蛇，相烦一捉则个！"先生道："宅上何处？"许宣道："过军将桥黑珠儿巷内李募事家便是。"取出一两银子道："先生收了银子，待捉得蛇，另又相谢。"先生收了道："二位先回，小子便来。"李募事与许宣自回，那先生装了一瓶雄黄药水，一直来到黑珠儿巷内，问李募事家。人指道："前面那楼子内便是。"先生来到门前，揭起帘子，咳嗽一声，并无一个人出来。敲了半晌门，只见一个小娘子出来问道："寻谁家？"先生道："此是李募事家么？"小娘子道：

"便是。"先生道:"说宅上有一条大蛇,却才二位官人来请小子捉蛇。"小娘子道:"我家那有大蛇?你差了。"先生道:"官人先与我一两银子,说捉了蛇后,有重谢。"白娘子道:"没有,休信他们哄你。"先生道:"如何作耍?"白娘子三回五次发落不去,焦躁起来,道:"你真个会捉蛇?只怕你捉他不得!"戴先生道:"我祖宗七八代呼蛇捉蛇,量道一条蛇有何难捉!"娘子道:"你说捉得,只怕你见了要走!"先生道:"不走,不走!如走,罚一锭白银。"娘子道:"随我来。"到天井内,那娘子转个弯,走进去了。那先生手中提着瓶儿,立在空地上。不多时,只见刮起一阵冷风,风过处,只见一条吊桶来大的蟒蛇,连射将来,正是:

> 人无害虎心,虎有伤人意。

且说那戴先生吃了一惊,望后便倒,雄黄罐儿也打破了。那条大蛇张开血红大口,露出雪白齿,来咬先生。先生慌忙爬起来,只恨爹娘少生两脚,一口气跑过桥来,正撞着李募事与许宣。许宣道:"如何?"那先生道:"好教二位得知。"把前项事从头说了一遍。取出那一两银子,付还李募事道:"若不生这双脚,连性命都没了。二位自去照顾别人。"急急的去了。许宣道:"姐夫，如今怎么处？”李募事道：“眼见实是妖怪了，如今赤山埠前张成家欠我一千贯钱。你去那里静处讨一间房儿住下。那怪物不见了你，自然去了。”许宣无计可奈，只得应承。同姐夫到家时，静悄悄的，没些动静。李募事写了书帖，和票子做一封，教许宣往赤山埠去。只见白娘子叫许宣到房中，道：“你好大胆，又叫甚么捉蛇的来！你若和我好意，佛眼相看；若不好时，带累一城百姓受苦，都死于非命！”

许宣听得，心寒胆战，不敢则声。将了票子，闷闷不已。来到赤山埠前，寻着了张成，随即袖中取票时，不见了。只叫得苦，慌忙转步，一路寻回来的，那里见！正闷之间，来到净慈寺前。忽地里想起那金山寺长老法海禅师曾分付来：“倘若那妖怪再来杭州缠你，可来净慈寺内来寻我。如今不寻，更待何时！”急入寺中，问监寺道：“动问和尚，法海禅师曾来刹也未？”那和尚道：“不曾到来。”许宣听得说不在，越闷。折身便回来长桥塊下，自言自语道：“时衰鬼弄人，我要性命何用？”看着一湖清水，却待要跳！正是：

> 阎王判你三更到，定不容人到四更。

许宣正欲跳水，只听得背后有人叫道：“男子汉何故轻生！死了一万口，只当五千双，有事何不问我？"许宣回头看时，正是法海禅师，背驮衣钵，手提禅杖，原来真个才到。也是不该命尽，再迟一碗饭时，性命也休了。许宣见了禅师，纳头便拜，道："救弟子一命则个！"禅师道："这业畜在何处？"许宣把上项事一一诉了，道："如今又直到这里，求尊师救度一命。"禅师于袖中取出一个钵盂，递与许宣，道："你若到家，不可教妇人得知，悄悄地将此物劈头一罩，切勿手轻，紧紧的按住，不可心慌。你便回去。"

且说许宣，拜谢了禅师回家。只见白娘子正坐在那里，口内喃喃的骂道："不知甚人挑拨我丈夫和我做冤家，打听出来，和他理会！"正是有心等了没心的，许宣张得他眼慢，背后悄悄的望白娘子头上一罩，用尽平生气力纳住，不见了女子之形，随着钵盂慢慢的按下，不敢手松，紧紧的按住。只听得钵盂内道："和你数载夫妻，好没一些儿人情！略放一放！"许宣正没了结处，报道："有一个和尚，说道：'要收妖怪。'"许宣听得，连忙教李募事请禅师进来。来到里面，许宣道："救弟子则个！"不知禅师口里念的甚么，念毕，轻轻的揭起钵盂，只见白娘子缩做七八寸长，如傀儡人像，双眸紧闭，做一堆儿伏在地下。禅师喝道："是何业畜妖怪，怎敢缠人？可说备细！"白娘子答道："禅师，我是一条大蟒蛇，因为风雨大作，来到西湖上安身，同青青一处。不想遇着许宣，春心荡漾，按纳不住，一时冒犯天条，却不曾杀生害命，望禅师慈悲则个！"禅师又问："青青是何怪？"白娘子道："青青是西湖内第三桥下潭内千年成气的青鱼，一时遇着，拖他为伴。他不曾得一日欢娱，并望禅师怜悯！"禅师道："念你千年修炼，免你一死，可现本相！"白娘子不肯。禅师勃然大怒，口中念念有词，大喝道："揭谛何在？快与我擒青鱼怪来，和白蛇现形，听吾发落！"须臾，庭前起一阵狂风，风过处，只闻得豁刺一声响，半空中坠下一个青鱼，有一丈多长，向地拨剌的连跳几跳，缩做尺余长一个小青鱼。看那白娘子时，也复了原形，变了三尺长一条白蛇，兀自昂头看着许宣。禅师将二物置于钵盂之内，扯下褊衫一幅，封了钵盂口，拿到雷峰寺前，将钵盂放在地下，令人搬砖运石，砌成一塔。后来许宣化缘，砌成了七层宝塔。千年万载，白蛇和青鱼不能出世。

且说禅师押镇了，留偈四句：

西湖水干，江湖不起；

雷峰塔倒，白蛇出世。

法海禅师言偈毕，又题诗八句，以劝后人：

奉劝世人休爱色，爱色之人被色迷。

心正自然邪不扰，身端怎有恶来欺。

但看许宣因爱色，带累官司惹是非。

不是老僧来救护，白蛇吞了不留些。

法海禅师吟罢，各人自散。惟有许宣情愿出家，礼拜禅师为师，就雷峰塔披剃为僧。修行数年，一夕坐化去了。众僧买龛烧化，造一座骨塔，千年不朽。临去世时，亦有诗四句，留以警世，诗曰：

祖师度我出红尘，铁树开花始见春。

化化轮回重化化，生生转变再生生。

欲知有色还无色，须识无形却有形。

色即是空空即色，空空色色要分明。

第十二卷　宿香亭张浩遇莺莺

闲向书斋阅古今，生非草木岂无情。

佳人才子多奇遇，难比张生遇李莺。

话说西洛有一才子，姓张，名浩，字巨源，自儿曹时清秀异众。既长，才摛蜀锦，貌莹寒冰，容止可观，言词简当。承祖父之遗业，家藏镪数万，以财豪称于乡里。贵族中有慕其门第者，欲结婚姻；虽媒妁日至，浩正色拒之。人谓浩曰："君今冠矣，男子二十而冠，何不求名家令德女子配君，其理安在？"浩曰："大凡百岁姻缘，必要十分美满。某虽非才子，实慕佳人。不遇出世娇姿，宁可终身鳏处。且俟功名到手之日，此愿或可遂耳！"缘此至弱冠之年，犹未纳室。浩性喜厚自奉养，所居连檐重阁，洞户相通，华丽雄壮，与王侯之家相

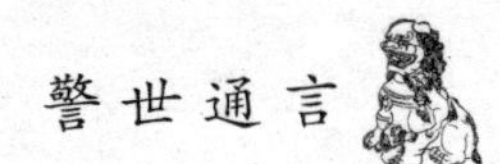

等。浩犹以为隘窄，又于所居之北，创置一园。中有：

> 风亭月榭，杏坞桃溪；云楼上倚晴空，水阁下临清泚。横塘曲岸，露偃月虹桥；朱槛雕栏，叠生云怪石。烂熳奇花艳蕊，深沉竹洞花房。飞异域佳禽，植上林珍果。绿荷密锁寻芳路，翠柳低笼斗草场。

浩暇日，多与亲朋宴息其间。西都风俗，每至春时，园圃无大小，皆修葺花木，洒扫亭轩，纵游人玩赏，以此递相夸逞，士庶为常。浩间巷有名儒廖山甫者，学行俱高，可为师范，与浩情爱至密。浩喜园馆新成，花木茂盛，一日，邀山甫闲步其中，行至宿香亭共坐。时当仲春，桃李正芳，牡丹花放，嫩白妖红，环绕亭砌。浩谓山甫曰："淑景明媚，非诗酒莫称韶光。今日幸无俗事，先饮数杯，然后各赋一诗，咏目前景物。虽园圃消疏，不足以当君之盛作，若得一诗，可以永为壮观。"山甫曰："愿听指挥。"浩喜，即呼小童，具饮器、笔砚于前。酒三行，方欲索题，忽遥见亭下花间，有流莺惊飞而起。山甫曰："莺语堪听，何故惊飞？"浩曰："此无他，料必有游人偷折花耳。邀先生一往观之。"遂下宿香亭，径入花阴，蹑足潜身，寻踪而去。过太湖石畔，芍药栏边，见一垂鬟女子，年方十五，携一小青衣，倚栏而立。但见：

> 新月笼眉，春桃拂脸，意态幽花未艳，肌肤嫩玉生光。莲步一折，着弓弓扣绣鞋儿；螺髻双垂，插短短紫金钗子。似向东君夸艳态，倚栏笑对牡丹丛！

浩一见之，神魂飘荡，不能自持。又恐女子惊避，引山甫退立花阴下，端详久之，真出世色也。告山甫曰："尘世无此佳人，想必上方花月之妖！"山甫曰："花月之妖，岂敢昼见？天下不乏美妇人，但无缘者自不遇耳。"浩曰："浩阅人多矣，未尝见此殊丽。使浩得配之，足快平生。兄有何计，使我早遂佳期，则成我之恩，与生我等矣！"山甫曰："以君之门第才学，欲结婚姻，易如反掌，何须如此劳神！"浩曰："君言未当，若不遇其人，宁可终身不娶。今既遇之，即顷刻亦难捱也。媒妁通问，必须岁月，将无已在枯鱼之肆乎！"山甫曰："但患不谐，苟得谐，何患晚也。请询其踪迹，然后图之。"浩此时情不自禁，遂整巾正衣，向前而揖。女子敛袂答礼。浩启女子曰："贵族谁家？何因至此？"女子笑曰："妾乃君家东邻也。今日长幼赴亲族家会，惟妾不行。

闻君家牡丹盛开，故与青衣潜启隙户至此。"浩闻此语，乃知李氏之女莺莺也，与浩童稚时曾共扶栏之戏。再告女子曰："敝园荒芜，不足寓目，幸有小馆，欲备肴酒，尽主人接邻里之欢，如何？"女曰："妾之此来，本欲见君。若欲开樽，决不敢领。愿无及乱，略诉此情。"浩拱手鞠躬而言曰："愿闻所谕！"女曰："妾自幼年慕君清德，缘家有严亲，礼法所拘，无因与君聚会。今君犹未娶，妾亦垂髻，若不以丑陋见疏，为通媒妁，使妾异日奉箕帚之末，立祭祀之列，奉侍翁姑，和睦亲族，成两姓之好，无七出之玷，此妾之素心也。不知君心还肯从否？"浩闻此言，喜出望外，告女曰："若得与丽人偕老，平生之乐事足矣。但未知缘分何如耳？"女曰："两心既坚，缘分自定。君果见许，愿求一物为定，使妾藏之异时，表今日相见之情。"浩仓卒中无物表意，遂取系腰紫罗绣带，谓女曰："取此以待定议。"女亦取拥项香罗，谓浩曰："请君作诗一篇，亲笔题于罗上，庶几他时可以取信。"浩心转喜，呼童取笔砚，指栏中未开牡丹为题，赋诗一绝于香罗之上，诗曰：

沉香亭畔露凝枝，敛艳含娇未放时。

自是名花待名手，风流学士独题诗。

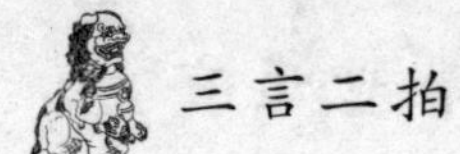

　　女见诗大喜，取香罗在手，谓浩曰："君诗句清妙，中有深意，真才子也。此事切宜缄口，勿使人知，无忘今日之言，必遂他时之乐。父母恐回，妾且归去。"道罢，莲步却转，与青衣缓缓而去。浩时酒兴方浓，春心淫荡，不能自遏，自言："下坡不赶，次后难逢。争忍弃人归去？杂花影下，细草如茵，略效鸳鸯，死亦无恨！"遂奋步赶上，双手抱持。女子顾恋恩情，不忍移步绝裾而去，正欲启口致辞，含羞告免。忽自后有人言曰："相见已非正礼，此事决然不可！若能用我一言，可以永谐百岁。"浩舍女回视，乃山甫也。女子已去。山甫曰："但凡读书，盖欲知礼别嫌。今君诵孔圣之书，何故习小人之态？若使女子去迟，父母先回，必询究其所往，则女祸延及于君。岂可恋一时之乐，损终身之德。请君三思，恐成后悔！"浩不得已，怏怏复回宿香亭上，与山甫尽醉散去。

　　自此之后，浩但当歌不语，对酒无欢，月下长吁，花前偷泪。俄而绿暗红稀，春光将暮。浩一日独步闲斋，反覆思念，一段离愁，方恨无人可诉。忽有老尼惠寂自外而来，乃浩家香火院之尼也。浩礼毕，问曰："吾师何来？"寂曰："专来传达书信。"浩问："何人致意于我？"寂移坐促席请浩曰："君东邻李家女子莺莺，再三申意。"浩大惊，告寂曰："宁有是事，吾师勿言！"寂曰："此事何必自隐？听寂拜闻：李氏为寂门徒二十余年，其家长幼相信。今日因往李氏诵经，知其女莺莺染病，寂遂劝令勤服汤药。莺屏去侍妾，私告寂曰：'此病岂药所能愈耶！'寂再三询其仔细，莺遂说及园中与君相见之事，又出罗巾上诗，向寂言：'此即君所作也。'令我致意于君，幸勿相忘，以图后会。盖莺与寂所言也，君何用隐讳耶？"浩曰："事实有之，非敢自隐。但虑传扬遐迩，取笑里间。今日吾师既知，使浩如何而可？"寂曰："早来既知此事，遂与莺父母说及莺亲事，答云：'女儿尚幼，未能干家。'观其意在二三年后，方始议亲。更看君缘分如何？"言罢，起身谓浩曰："小庵事冗，不及款话，如日后欲寄音信，但请垂谕！"遂相别去。

自此香闺密意，书幌幽怀，皆托寂私传。光阴迅速，倏忽之间，已经一载。节过清明，桃李飘零，牡丹半折。浩倚栏凝视，睹物思人，情绪转添。久之，自思去岁此时，相逢花畔，今岁花又重开，玉人难见。沉吟半晌，不若折花数枝，托惠寂寄莺莺同赏。遂召寂至，告曰："今折得花数枝，烦吾师持往李氏，但云吾师所献。若见莺莺，作浩起居：去岁花开时，相见于西栏畔；今花又开，人犹间阻。相忆之心，言不可尽。愿似叶如花，年年长得相见。"寂曰："此事易为，君可少待。"遂持花去。逾时复来，浩迎问："如何？"寂于袖中取彩笺小束，告浩曰："莺莺寄君，切勿外启！"寂乃辞去。浩启封视之，曰：

> 妾莺莺拜启：相别经年，无日不怀思忆。前令乳母以亲事白于父母，坚意不可。事须后图，不可仓卒。愿君无忘妾，妾必不负君！姻若不成，誓不他适。其他心事，询寂可知。昨夜宴花前，众皆欢笑，独妾悲伤。偶成小词，略诉心事。君读之，可以见妾之意。读毕毁之，切勿外泄！

词曰：

> 红疏绿密时喧，还是困人天。相思极处，凝睛月下，洒泪花前。誓约已知俱有愿，奈目前两处悬悬！鸾凰未偶，清宵最苦，月色先圆。

浩览毕，敛眉长叹，曰："好事多磨，信非虚也！"展放案上，反覆把玩，不忍释手。感刻寸心，泪下如雨。又恐家人见疑，询其所因，遂伏案掩面，偷声潜

泣。良久，举首起视，见日影下窗，暝色已至。浩思适
来书中言："心事讯寂可知"，今抱愁独坐，不若询访惠
寂，究其仔细，庶几少解情怀。遂徐步出门，路过李氏
之家。时夜色已阑，门户皆闭，浩至此，想像莺莺，心
怀爱慕，步不能移，指李氏之门曰："非插翅步云，安能
入此？"方徘徊未进，忽见旁有隙户半开，左右寂无一
人。浩大喜曰："天赐此便，成我佳期。远托惠寂，不如
潜入其中，探问莺莺消息。"浩为情爱所重，不顾礼法，
蹑足而入。既到中堂，匿身回廊之下。左右顾盼，见：

> 闲庭悄悄，深院沉沉。静中闻风响丁当，暗里
> 见流萤聚散。更筹渐急，窗中风弄残灯；夜色已
> 阑，阶下月移花影。香闺想在屏山后，远似巫阳
> 千万重。

浩至此，茫然不知所往。独立久之，心中顿省。自
思设若败露，为之奈何？不惟身受苦楚，抑且玷辱祖
宗，此事当款曲图之。不期隙户已闭，返转回廊，方
欲寻路复归，忽闻室中有低低而唱者。浩思深院净
夜，何人独歌？遂隐住侧身，静听所唱之词，乃《行香
子》词：

> 雨后风微，绿暗红稀。燕巢成蝶绕残枝，杨花

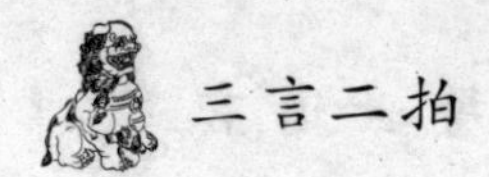

点点，永日迟迟，动离怀，牵别恨，鹧鸪啼。

辜负佳期，虚度芳时。为甚褪尽罗衣？宿香亭下，红芍栏西。当时情，今日恨，有谁知！

但觉如雏莺啭翠柳阴中，彩凤鸣碧梧枝上。想是清夜无人，调韵转美。浩审词察意，若非莺莺，谁知宿香亭之约？但得一见其面，死亦无悔。方欲以指击窗，询问仔细，忽有人叱浩曰："良士非媒不聘，女子无故不婚。今女按板于窗中，小子逾墙到厅下，皆非善行，玷辱人伦。执诣有司，永作淫奔之戒。"

浩大惊退步，失脚堕于砌下，久之方醒。开目视之，乃伏案昼寝于书窗之下，时日将晡矣。浩曰："异哉梦也！何显然如是？莫非有相见之期，故先垂吉兆告我？"方心绪扰扰未定，惠寂复来，浩讯其意。寂曰："适来只奉小柬而去，有一事偶忘告君。莺莺传语，他家所居房后，乃君家之东墙也，高无数尺。其家初夏二十日，亲族中有婚姻事，是夕举家皆往，莺托病不行。令君至期，于墙下相待，欲逾墙与君相见，君切记之。"惠寂且去，浩欣喜之心，言不能尽。

屈指数日，已至所约之期。浩遂张帷幄，具饮馔，器用玩好之物，皆列于宿香亭中。日既晚，悉逐僮仆出外，惟留一小鬟。反闭园门，倚梯近墙，屏立以待。未久，夕阳消柳外，暝色暗花间，斗柄指南，夜传初鼓。浩曰："惠寂之言岂非谲我乎？……"语犹未绝，粉面新妆，半出短墙之上，浩举目仰视，乃莺莺也。急升梯扶臂而下，携手偕行，至宿香亭上。明烛并坐，细视莺莺，欣喜转盛。告莺曰："不谓丽人果肯来此！"莺曰："妾之此身，异时欲作闺门之事，今日宁肯诳语！"浩曰："肯饮少酒，共庆今宵佳会可乎？"莺曰："难禁酒力，恐来朝获罪于父母。"浩曰："酒既不饮，略歇如何？"莺笑倚浩怀，娇羞不语。浩遂与解带脱衣，入鸳帏共寝。但见：

宝炬摇红，麝烟吐翠。金缕绣屏深掩，绀纱斗帐低垂。并连鸳枕，如双双比目同波；共展香衾，似对对春蚕作茧。向人尤殢春情事，一搦纤腰怯未禁。

须臾，香汗流酥，相偎微喘。虽楚王梦神女，刘阮入桃源，相得之欢，皆不能比。少顷，莺告浩曰："夜色已阑，妾且归去。"浩亦不敢相留，遂各整衣而起。浩告莺曰："后会未期，切宜保爱！"莺曰："去岁偶然相遇，犹作新诗相赠，今夕得侍枕席，何故无一言见惠？

岂非猥贱之躯，不足当君佳句？”浩笑谢莺曰：“岂有此理！谨赋一绝：

　　　　华胥佳梦徒闻说，解佩江皋浪得声。

　　　　一夕东轩多少事，韩生虚负窃香名。

　　莺得诗，谓浩曰：“妾之此身，今已为君所有，幸终始成之。”遂携手下亭，转柳穿花，至墙下，浩扶策莺升梯而去。

　　自此之后，虽音耗时通，而会遇无便。经数日，忽惠寂来告曰：“莺莺致意，其父守官河朔，来日挈家登程，愿君莫忘旧好。候回日，当议秦晋之礼！”惠寂辞去。浩神悲意惨，度日如年，抱恨怀愁，俄经二载。一日，浩季父召浩语曰：“吾闻不孝以无嗣为大，今汝将及当立之年，犹未纳室，虽未至绝嗣，而内政亦不可缺。此中有孙氏者，累世仕宦，家业富盛，其女年已及笄，幼奉家训，习知妇道。我欲与汝主婚，结亲孙氏。今若失之，后无令族。”浩素畏季父赋性刚暴，不敢抗拒，又不敢明言李氏之事，遂通媒妁，与孙氏议姻。

　　择日将成，而莺莺之父任满方归。浩不能忘旧情，乃遣惠寂密告莺曰：“浩非负心，实被季父所逼，复与孙氏结亲，负心违愿，痛彻心髓！”莺谓寂曰：“我知其叔父所为，我必能自成其事。"寂曰："善为之！"遂去。

莺启父母曰："儿有过恶，玷辱家门，愿先启一言，然后请死！"父母惊骇，询问："我儿何自苦如此？"莺曰："妾自幼岁慕西邻张浩才名，曾以此身私许偕老。曾令乳母白父母欲与浩议姻，当日尊严不蒙允许。今闻浩与孙氏结婚，弃妾此身，将归何地？然女行已失，不可复嫁他人，此愿若违，含笑自绝！"父母惊谓莺曰："我止有一女，所恨未能选择佳婿。若早知，可以商议。今浩既已结婚，为之奈何！"莺曰："父母许以儿归浩，则妾自能措置。"父曰："但愿亲成，一切不问。"莺曰："果如是，容妾诉于官府。"遂取纸作状，更服旧妆，径至河南府讼庭之下。龙图阁待制陈公方据案治事，见一女子执状向前。公停笔问曰："何事？"莺莺敛身跪告曰："妾诚诳妄，上渎高明，有状上呈。"公令左右取状展视云：

> 告状妾李氏：切闻语云：'女非媒不嫁。'此虽至论，亦有未然，何也？昔文君心喜司马，贾午志慕韩寿，此二女皆有私奔之名，而不受无媒之谤。盖所归得人，青史标其令德，注在篇章，使后人断其所为，免委身于庸俗。妾于前岁慕西邻张浩

才名，已私许之偕老。言约已定，誓不变更。今张浩忽背前约，使妾呼天叩地，无所告投！切闻律设大法，礼顺人情。若非判府龙图明断，孤寡终身何恃！为此冒耻渎尊，幸望台慈，特赐予决！谨状。

陈公读毕，谓莺莺曰："汝言私约已定，有何为据？"莺取怀中香罗并花笺上二诗，皆浩笔也。陈公命追浩至公庭，责浩与李氏既已约婚，安可再婚孙氏？浩仓卒但以叔父所逼为辞，实非本心。再讯莺曰："尔意如何？"莺曰："张浩才名，实为佳婿。使妾得之，当克勤妇道。实龙图主盟之大德。"陈公曰："天生才子佳人，不当使之孤另，我今曲与汝等成之。"遂于状尾判云：

花下相逢，已有终身之约；中道而上，竟乖偕老之心。在人情既出至诚，论律文亦有所禁。宜从先约，可断后婚。

判毕，谓浩曰："吾今判合与李氏为婚。"二人大喜，拜谢相公恩德，遂成夫妇，偕老百年。后生二子，俱擢高科。话名《宿香亭张浩遇莺莺》：

当年崔氏赖张生，今日张生仗李莺。

同是风流千古话，西厢不及宿香亭。

第十三卷　杜十娘怒沉百宝箱

扫荡残胡立帝畿，龙翔凤舞势崔嵬。

左环沧海天一带，右拥太行山万围。

戈戟九边雄绝塞，衣冠万国仰垂衣。

太平人乐华胥世，永永金瓯共日辉。

这首诗，单夸我朝燕京建都之盛。说起燕都的形势，北倚雄关，南压区夏，真乃金城天府，万年不拔之基。当先洪武爷扫荡胡尘，定鼎金陵，是为南京。到永乐爷从北平起兵靖难，迁于燕都，是为北京。只因这一迁，把个苦寒地面，变作花锦世界。自永乐爷九传至于万历爷，此乃我朝第十一代的天子。这位天子，聪明神武，德福兼全，十岁登基，在位四十八年，削平了三处寇乱。那三处？日本关白平秀吉，西夏哱承恩，播州杨应龙。平秀吉侵犯朝鲜，哱承恩、杨应龙是土官谋叛，先后削平。远夷莫不畏服，争来朝贡。真个是：

一人有庆民安乐，四海无虞国太平。

话中单表万历二十年间，日本国关白作乱，侵犯朝鲜。朝鲜国王上表告急，天朝发兵泛海往救。有户部官奏准，目今兵兴之际，粮饷未充，暂开纳粟入监之例。原来纳粟入监的，有几般便宜：好读书，好科举，好中，结末来又有个小小前程结果。以此宦家公子，富室子弟，到不愿做秀才，都去援例做太学生。自开了这例，两京太学生，各添至千人之外。内中有一人，姓李，名甲，字干先，浙江绍兴府人氏。父亲李布政所生三儿，惟甲居长。自幼读书在庠，未得登科，援例入于北雍。因在京坐监，与同乡柳遇春监生同游教坊司院内，与一个名姬相遇，那姬姓杜，名媺，排行第十，院中都称为杜十娘，生得：

浑身雅艳，遍体娇香。两弯眉画远山青，一对眼明秋水润。脸如莲萼，分明卓氏文君；唇似樱桃，何减白家樊素。可怜一片无瑕玉，误落风尘花柳中。

那杜十娘自十三岁破瓜，今一十九岁，七年之内，不知历过了多少公子王孙，一个个情迷意荡，破家荡产而不惜。院中传出四句口号来，道是：

坐中若有杜十娘，斗筲之量饮千觞。

院中若识杜老媺，千家粉面都如鬼。

却说李公子，风流年少，未逢美色，自遇了杜十娘，喜出望外，把花柳情怀，一担儿挑在他身上。那公子俊俏庞儿，温存性儿，又是撒漫的手儿，帮衬的勤儿，与十娘一双两好，情投意合。十娘因见鸨儿贪财无义，久有从良之志。又见李公子忠厚志诚，甚有心向他。奈李公子惧怕老爷，不敢应承。虽则如此，两下情好愈密，朝欢暮乐，终日相守，如夫妇一般；海誓山盟，向无他志，真个：

恩深似海恩无底，义重如山义更高。

再说杜妈妈女儿被李公子占住，别的富家巨室，闻名上门，求一见而不可得。初时李公子撒漫用钱，大差大使，妈妈胁肩谄笑，奉承不暇。日往月来，不觉一年有余，李公子囊箧渐渐空虚，手不应心，妈妈也就怠慢了。老布政在家闻知儿子嫖院，几遍写字来唤他回去。他迷恋十娘颜色，终是延挨。后来闻知老爷在家发怒，越不敢回。古人云："以利相交者，利尽而疏。"那杜十娘与李公子真情相好，见他手头愈短，心头愈热。妈妈也几遍教女儿打发李甲出院，见女儿不统口，又几遍将言语触突李公子，要激怒他起身。公子性本温克，词气愈和。妈妈没奈何，日逐只将十娘叱骂道："我们行户人家，吃客穿客，前门送旧，后门迎新；门庭闹如火，钱帛堆成垛。自从那李甲在此，混帐一年有余，莫说新客，连旧主顾都断了，分明接了个钟馗老，连小鬼也没得上门。弄得老娘一家人家，有气无烟，成什么模样！"杜十娘被骂，耐性不住，便回答道："那李公子不是空手上门的，也曾费过大钱来。"妈妈道："彼一时，此一时，你只教他今日费些小钱儿，把与老娘办些柴米，养你两口也好。别人家养的女儿便是摇钱树，千生万活；偏我家晦气，养了个退财白虎，开了大门，七件事般般都在老身心上。到替你这小贱人白白养着穷汉，教我衣食从何处来？你对那穷汉说：有本事出几两银子与我，到得你跟了他去，我别讨个丫头过活却不好？"十娘道："妈妈，这话是真是假？"妈妈晓得李甲囊无一钱，衣衫都典尽了，料他没处设法。便应道："老娘从不说谎，当真哩。"十娘道："娘，你要他许多银子？"妈妈道："若是别人，千把银子也讨了，可怜那穷汉出不起，只要他三百两，我自去讨一个粉头代替。只一件，须是三日内交付与我，左手交银，右手交人。若三日没有银时，老身也不管三七二十一，公子不公子，一顿孤拐，打那光棍出去，那时莫怪老身！"十娘道："公子虽在客边乏钞，谅三百金还措办得来。只是三日忒近，限他十日便好。"妈妈想道："这穷汉一双赤手，便限他一百日，他那里来银子。没有银子，便铁皮包脸，料也无颜上门。那时重整家风，嫩儿也没得话讲。"答应道："看你面，便宽到十日。第十日没有银子，不干老娘之事。"十娘道："若十日内无银，料他也无颜再见了。只怕有了三百两银子，妈妈又翻悔起来。"妈妈道："老身年五十一岁了，又奉十斋，怎敢说谎？不信时与你拍掌为定。若翻悔时，做猪做狗。"

从来海水斗难量，可笑虔婆意不良。

料定穷儒囊底竭，故将财礼难娇娘。

是夜，十娘与公子在枕边，议及终身之事。公子道："我非无此心。但教坊落籍，其费甚多，非千金不可。我囊空如洗，如之奈何！"十娘道："妾已与妈妈议定只要三百金，便须十日内措办。郎君游资虽罄，然都中岂无亲友可以借贷？倘得如数，妾身遂为君之所有，省受这虔婆之气。"公子道："亲友中为我留恋行院，都不相顾。明日只做束装起身，各家告辞，就开口假贷路费，凑聚将来，或可满得此数。"起身梳洗，别了十娘出门。十娘道："用心作速，专听佳音。"公子道："不须分付。"

公子出了院门，来到三亲四友处，假说起身告别，众人到也欢喜。后来叙到路费欠缺，意欲借贷。常言道："说着钱，便无缘。"亲友们就不招架。他们也见得是，道李公子是风流浪子，迷恋烟花，年许不归，父亲都为他气坏在家。他今日抖然要回，未知真假。倘或说骗盘缠到手，又支还脂粉钱，父亲知道，将好意翻成恶意，始终只是一怪，不如辞了干净。便回道："目今正值空乏，不能相济，惭愧！惭愧！"人人如此，个个皆然，并没有个慷慨丈夫，肯统口许他一十、二十两。李公子一连奔走了三日，分毫无获，又不敢回决十娘，权且含糊答应。到第四日又没想头，就羞回院中。平日间有了杜家，连下处也没有了，今日就无处投宿，只得往同乡柳监生寓所借歇。柳遇春见公子愁容可掬，问其来历。公子将杜十娘愿嫁之情，备细说了。遇春摇首道："未必，未必。那杜媺曲中第一名姬，要从良时，怕没有十斛明珠，千金聘礼？那鸨儿如何只要三百两？想鸨儿怪你无钱使用，白白占住他的女儿，设计打发你出门。那妇人与你相处已久，又碍却面皮，不好明言。明知你手内空虚，故意将三百两卖个人情，限你十日。若十日没有，你也不好上门；便上门时，他会说你笑你，落得一场亵渎，自然安身不牢。此乃烟花逐客之计。足下三思，休被其惑。据弟愚意，不如早早开交为上。"公子听说，半晌无言，心中疑惑不定。遇春又道："足下莫要错了主意。你若真个还乡，不多几两盘费，还有人搭救。若是要三百两时，莫说十日，就是十个月也难。如今的世情，那肯顾缓急二字的。那烟花也算定你没处告债，故意设法难你。"公子道："仁兄所见良是。"口里虽如此说，心中割舍不下。依旧又往外边东央西告，只是夜里不进院门了。公子在柳监生寓中，一连住了三日，共是六日了。

杜十娘连日不见公子进院，十分着紧，就教小厮四儿街上去寻。四儿寻到大街，恰好遇见公子。四儿叫道："李姐夫，娘在家里望你。"公子自觉无颜，回复道："今日不得功夫，明日来罢。"四儿奉了十娘之命，一把扯住，死也不放，道："娘叫咱寻你，是必同去走一遭。"李公子心上也牵挂着表子，没奈何，只得随四儿进院。

见了十娘，嘿嘿无言。十娘问道："所谋之事如何？"公子眼中流下泪来。十娘道："莫非人情淡薄，不能足三百之数么？"公子含泪而言，道出二句：

不信上山擒虎易，果然开口告人难。

一连奔走六日，并无铢两，一双空手，羞见芳卿，故此这几日不敢进院。今日承命呼唤，忍耻而来，非某不用心，实是世情如此。"十娘道："此言休使虔婆知道。郎君今夜且住，妾别有商议。"十娘自备酒肴，与公子欢饮。睡至半夜，十娘对公子道："郎君果不能办一钱耶？妾终身之事，当如何也？"公子只是流涕，不能答一语。渐渐五更天晓，十娘道："妾所卧絮褥内藏有碎银一百五十两，此妾私蓄，郎君可持去。三百金，妾任其半，郎君亦谋其半，庶易为力。限只四日，万勿迟误。"十娘起身将褥付公子，公子惊喜过望，唤童儿持褥而去。径到柳遇春寓中，又把夜来之情与遇春说了。将褥拆开看时，絮中都裹着零碎银子，取出兑时果是一百五十两。遇春大惊道："此妇真有心人也。既系真情，不可相负。吾当代为足下谋之。"公子道："倘得玉成，决不有负。"当下柳遇春留李公子在寓，自出头各处去借贷。两日之内，凑足一百五十两交付公子道："吾代为足下告债，非为足下，实怜杜十娘之情也。"

李甲拿了三百两银子，喜从天降，笑逐颜开，欣欣然来见十娘，刚是第九日，还不足十日。十娘问道："前日分毫难借，今日如何就有一百五十两？"公子将柳监生事情，又述了一遍。十娘以手加额道："使吾二人得遂其愿者，柳君之力也。"两个欢天喜地，又在院中过了一晚。次日，十娘早起，对李甲道："此银一交，便当随郎君去矣。舟车之类，合当预备。妾昨日于姊妹中借得白银二十两，郎君可收下为行资也。"公子正愁路费无出，但不敢开口，得银甚喜。说犹未了，鸨儿恰来敲门叫道："嫩儿，今日是第十日了。"公子闻叫，启户相延道："承妈妈厚意，正欲相请。"便将银三百两放在桌上。鸨儿不料公子有银，嘿然变色，似有悔意，十娘道："儿在妈妈家中八年，所致金帛，不下数千金矣。今日从良美事，又妈妈亲口所订，三百金不欠分毫，又不曾过期。倘若妈妈失信不许，郎君持银去，儿即刻自尽。恐那时人财两失，悔之无及也。"鸨儿无词以对，腹内筹画了半晌，只得取天平兑准了银子，说道："事已如此，料留你不住了。只是你要去时，即今就去。平时穿戴衣饰之类，毫厘休想。"说罢，将公子和十娘推出房门，讨锁来就落了锁。此时九月天气，十娘才下床，尚未梳洗，随身旧衣，就拜了妈妈两拜。李公子也作了一揖。一夫一妇，离了虔婆大门。

鲤鱼脱却金钩去，摆尾摇头再不来。

公子教十娘且住片时："我去唤个小轿抬你，权往柳荣卿寓所去，再作道理。"十娘道："字中诸姊妹平昔相厚，理宜话别。况前日又承他借贷路费，不可不一谢也。"乃同公子到各姊妹处谢别，姊妹中惟谢月朗、徐素素与杜家相近，尤与十娘亲厚。十娘先到谢月朗家，月朗见十娘秃髻旧衫，惊问其故，十娘备述来因。又引李甲相见，十娘指月朗道："前日路资，是此位姐姐所贷，郎君可致谢。"李甲连连作揖。月郎便教十娘梳洗，一面去请徐素素来家相会。十娘梳洗已毕，谢、徐二美人各出所有，翠钿金钏，瑶簪宝珥，锦袖花裙，鸾带绣履，把杜十娘装扮得焕然一新，备酒作庆贺筵席。月朗让卧房与李甲、杜媺二人过宿。次日，又大排筵席，遍请院中姊妹。凡十娘相厚者，无不毕集。都与他夫妇把盏称喜。吹弹歌舞，各逞其长，务要尽欢，直饮至夜分。十娘向众姊妹一一称谢。众姊妹道："十姊为风流领袖，今从郎君去，我等相见无日。何日长行，姊妹们尚当奉送。"月朗道："候有定期，小妹当来相报。但阿姊千里间关，同郎君远去，囊箧萧条，曾无约束，此乃吾等之事。当相与共谋之，勿令姊有穷途之虑也。"众姊妹各唯唯而散。

是晚，公子和十娘仍宿谢家。至五鼓，十娘对公子道："吾等此去，何处安身？郎君亦曾计议有定着否？"公子道："老父盛怒之下，若知娶妓而归，必然加以不堪，反致相累。展转寻思，尚未有万全之策。"十娘道："父子天性，岂能终绝。既然仓卒难犯，不若与郎君于苏杭胜地，权作浮居。郎君先回，求亲友于尊大人面前劝解和顺，然后携妾于归，彼此安妥。"公子道："此言甚当。"次日，二人起身辞了谢月郎，暂往柳监生寓中，整顿行装。杜十娘见了柳遇春，倒身下拜，谢其周全之德："异日我夫妇必当重报。"遇春慌忙答礼道："十娘钟情所欢，不以贫窭易心，此乃女中豪杰。仆因风吹火，谅区区何足挂齿！"三人又饮了一日酒。次早，择了出行吉日，雇倩轿马停当。十娘又遣童儿寄信，别谢月朗。临行之际，只见肩舆纷纷而至，乃谢月朗与徐素素拉众姊妹来送行。月朗道："十姊从郎君千里间关，囊中消索，吾等甚不能忘情。今合具薄赆，十姊可检收，或长途空乏，亦可少助。"说罢，命从人挈一描金文具至前，封锁甚固，正不知什么东西在里面。十娘也不开看，也不推辞，但殷勤作谢而已。须臾，舆马齐集，仆夫催促起身。柳监生三杯别酒，和众美人送出崇文门外，各各垂泪而别。正是：

> 他日重逢难预必，此时分手最堪怜。

再说李公子同杜十娘行至潞河，舍陆从舟，却好有瓜洲差使船转回之便，讲定船钱，包了舱口。比及下船时，李公子囊中并无分文余剩。你道杜十娘把二十两银子与公子，如何就没了？公子在院中嫖得衣衫蓝缕，银子到手，未免在解库中取赎几件穿着，又制办了铺盖，剩来只勾轿马之费。公子正当愁闷，十娘道："郎君勿忧，众姊妹合赠，必有所济。"乃取钥开箱。公子在傍自觉惭愧，也不敢窥觑箱中虚实。只见十娘在箱里取出一个红绢袋来，掷于桌上道："郎君可开看之。"公子提在手中，觉得沉重，启而观之，皆是白银，计数整五十两。十娘仍将箱子下锁，亦不言箱中更有何物。但对公子道："承众姊妹高情，不惟途路不乏，即他日浮寓吴越间，亦可稍佐吾夫妻山水之费矣。"公子且惊且喜道："若不遇恩卿，我李甲流落他乡，死无葬身之地矣！此情此德，白头不敢忘也。"自此每谈及往事，公子必感激流涕。十娘亦曲意抚慰，一路无话。

不一日，行至瓜洲，大船停泊岸口。公子别雇了民船，安放行李。约明日侵晨，剪江而渡。其时仲冬中旬，月明如水，公子和十娘坐于舟首。公子道："自出都门，困守一舱之中，四顾有人，未得畅语。今日独据一舟，更无避忌。且已离塞北，初近江南，宜开怀畅饮，以舒向来抑郁之气，恩卿以为何如？"十娘道："妾久疏谈笑，亦有此心，郎君言及，足见同志耳。"公子乃携酒具于船首，与十娘铺毡并坐，传杯交盏，饮至半酣，公子执卮对十娘道："恩卿妙音，六院推首。某相遇之初，每闻绝调，辄不禁神魂之飞动。心事多违，彼此郁郁，鸾鸣凤奏，久矣不闻。今清江明月，深夜无人，肯为我一歌否？"十娘兴亦勃发，遂开喉顿嗓，取扇按拍，呜呜咽咽，歌出元人施君美《拜月亭》杂剧上"状元执盏与婵娟"一曲，名《小桃红》。真个：

声飞霄汉云皆驻，响入深泉鱼出游。

却说他舟有一少年，姓孙，名富，字善赉，徽州新安人氏。家资巨万，积祖扬州种盐。年方二十，也是南雍中朋友。生性风流，惯向青楼买笑，红粉追欢；若嘲风弄月，到是个轻薄的头儿。事有偶然，其夜亦泊舟瓜洲渡口，独酌无聊。急听得歌声嘹亮，凤吟鸾吹，不足喻其美。起立船头，伫听半响，方知声出邻舟。正欲相访，音响倏已寂然。乃遣仆者潜窥踪迹，访于舟人。但晓得是李相公雇的船，并不知歌者来历。孙富想道："此歌者必非良家，怎生得他一见？"展转寻思，通宵不寐。挨至五更，忽闻江风大作。及晓，彤云密布，狂雪飞舞。怎见得，有诗为证：

千山云树灭，万径人踪绝。

扁舟蓑笠翁，独钓寒江雪。

因这风雪阻渡，舟不得开。孙富命艄公移船，泊于李家舟之傍。孙富貂帽狐裘，推窗假作看雪。值十娘梳洗方毕，纤纤玉手，揭起舟傍短帘，自泼盂中残水，粉容微露，却被孙富窥见了，果是国色天香。魂摇心荡，迎眸注目，等候再见一面，杳不可得。沉思久之，乃倚窗高吟高学士《梅花诗》二句，道：

雪满山中高士卧，月明林下美人来。

李甲听得邻舟吟诗，舒头出舱，看是何人。只因这一看，正中了孙富之计。孙富吟诗，正要引李公子出头，他好乘机攀话。当下慌忙举手，就问："老兄尊姓

何讳？”李公子叙了姓名乡贯，少不得也问那孙富，孙富也叙过了。又叙了些太学中的闲话，渐渐亲熟。孙富便道：“风雪阻舟，乃天遣与尊兄相会，实小弟之幸也。舟次无聊，欲同尊兄上岸，就酒肆中一酌，少领清诲，万望不拒。”公子道：“萍水相逢，何当厚扰？”孙富道：“说那里话！‘四海之内，皆兄弟也。’”喝教艄公打跳，童儿张伞，迎接公子过船，就于船头作揖。然后让公子先行，自己随后，各各登跳上涯。行不数步，就有个酒楼，二人上楼，拣一副洁净座头，靠窗而坐。酒保列上酒肴。孙富举杯相劝，二人赏雪饮酒。先说些斯文中套话，渐渐引入花柳之事。二人都是过来之人，志同道合，说得入港，一发成相知了。孙富屏去左右，低低问道：“昨夜尊舟清歌何人也？”李甲正要卖弄在行，遂实说道：“此乃北京名姬杜十娘也。”孙富道：“既系曲中姊妹，何以归兄？”公子遂将初遇杜十娘，如何相好，后来如何要嫁，如何借银讨他，始末根由，备细述了一遍。孙富道：“兄携丽人而归，固是快事，但不知尊府中能相容否？”公子道：“贱室不足虑。所虑者，老父性严，尚费踌躇耳！”孙富将机就机，便问道：“既是尊大人未必相容，兄所携丽人，何处安顿？亦曾通知丽人，共作计较否？”公子攒眉而答道：“此事曾与小妾议之。”孙富欣然问道：“尊宠必有妙策。”公子道：“他意欲侨居苏杭，流连山水。使小弟先回，求亲友宛转于家君之前。俟家君回嗔作喜，然后图归，高明以为何如？”孙富沉吟半晌，故作愀然之色，道：“小弟乍会之间，交浅言深，诚恐见怪。”公子道：“正赖高明指教，何必谦逊？”孙富道：“尊大人位居方面，必严帷薄之嫌，平时既怪兄游非礼之地，今日岂容兄娶不节之人。况且贤亲贵友，谁不迎合尊大人之意者？兄枉去求他，必然相拒。就有个不识时务的进言于尊大人之前，见尊大人意思不允，他就转口了。兄进不能和睦家庭，退无词以回复尊宠。即使留连山水，亦非长久之计。万一资斧困竭，岂不进退两难！”公子自知手中只有五十金，比时费去大半，说到资斧困竭，进退两难，不觉点头道是。孙富又道：“小弟还有句心腹之谈，兄肯俯听否？”公子道：“承兄过爱，更求尽言。”孙富道：“疏不间亲，还是莫说罢。”公子道：“但说何妨。”孙富道：“自古道妇人水性无常，况烟花之辈，少真多假。他既系六院名姝，相识定满天下。或者南边原有旧约，借兄之力，挈带而来，以为他适之地。”公子道：“这个恐未必然。”孙富道："即不然，江南子弟，最工轻薄，兄留丽人独居，难保无逾墙钻穴之事。若挈之同归，愈增尊大人之怒。为兄之计，未有善策。况父子天伦，必不可绝。若为妾而触父，因妓而弃家，海内必以兄为浮浪不经之人。异日妻不以为夫，弟不以为兄，同袍不以为友，兄何以立于天地之间？兄今日不可不熟思也！"

公子闻言，茫然自失，移席问计："据高明之见，何以教我？"孙富道："仆有一计，于兄甚便。只恐兄溺枕席之爱，未必能行，使仆空费词说耳！"公子道："兄诚有良策，使弟再睹家园之乐，乃弟之恩人也。又何惮而不言耶？"孙富道："兄飘零岁余，严亲怀怒，闺阁离心，设身以处兄之地，诚寝食不安之时也。然尊大人所以怒兄者，不过为迷花恋柳，挥金如土，异日必为弃家荡产之人，不堪承继家业耳。兄今日空手而归，正触其怒。兄倘能割衽席之爱，见机而作，仆愿以千金相赠。兄得千金以报尊大人，只说在京授馆，并不曾浪费分毫，尊大人必然相信。从此家庭和睦，当无间言。须臾之间，转祸为福，兄请三思。仆非贪丽人之色，实为兄效忠于万一也。"李甲原是没主意的人，本心惧怕老子，被孙富一席话，说透胸中之疑，起身作揖道："闻兄大教，顿开茅塞。但小妾千里相从，义难顿绝，容归与商之。得其心肯，当奉复耳。"孙富道："说话之间，宜放婉曲。彼既忠心为兄，必不忍使兄父子分离，定然玉成兄还乡之事矣。"二人饮了一回酒，风停雪止，天色已晚。孙富教家僮算还了酒钱，与公子携手下船。正是：

逢人且说三分话，未可全抛一片心。

却说杜十娘在舟中，摆设酒果，欲与公子小酌，竟日未回，挑灯以待。公子下船，十娘起迎，见公子颜色匆匆，似有不乐之意，乃满斟热酒劝之。公子摇首不饮，一言不发，竟自床上睡了。十娘心中不悦，乃收拾杯盘，为公子解衣就枕。问道："今日有何见闻，而怀抱郁郁如此？"公子叹息而已，终不启口。问了三四次，公子已睡去了。十娘委决不下，坐于床头而不能寐。到夜半，公子醒来，又叹一口气。十娘道："郎君有何难言之事，频频叹息？"公子拥被而起，欲言不语者几次，扑簌簌掉下泪来。十娘抱持公子于怀间，软言抚慰道："妾与郎君情好，已及二载，千辛万苦，历尽艰难，得有今日。然相从数千里，未曾哀戚。今将渡江，方图百年欢笑，如何反起悲伤，必有其故。夫妇之间，死生相共，有事尽可商量，万勿讳也。"公子再被逼不过，只得含泪而言道：“仆天涯穷困，蒙恩卿不弃，委曲相从，诚乃莫大之德也。但反覆思之，老父位居方面，拘于礼法，况素性方严，恐添嗔怒，必加黜逐。你我流荡，将何底止？夫妇之欢难保，父子之伦又绝。日间蒙新安孙友邀饮，为我筹及此事，寸心如割。”十娘大惊道：“郎君意将如何？”公子道：“仆事内之人，当局而迷。孙友为我画一计颇善，但恐恩卿不从耳！”十娘道：“孙友者何人？计如果善，何不可从？”公子道：“孙友名富，新安盐商，少年风流之士也。夜间闻子清歌，因而问及。仆告以来历，并谈及难归之故，渠意欲以千金聘汝。我得千金，可藉口以见吾父母；而恩卿亦得所天。但情不能舍，是以悲泣。”说罢，泪如雨下。十娘放开两手，冷笑一声道：“为郎君画此计者，此人乃大英雄也。郎君千金之资，既得恢复；而妾归他姓，又不致为行李之累。发乎情，止乎礼，诚两便之策也。那千金在那里？”公子收泪道：“未得恩卿之诺，金尚留彼处，未曾过手。”十娘道：“明早快快应承了他，不可挫过机会。但千金重事，须得兑足交付郎君之手，妾始过舟，勿为贾竖子所欺。”

时已四鼓，十娘即起身挑灯梳洗道：“今日之妆，乃迎新送旧，非比寻常。”于是脂粉香泽，用意修饰，花钿绣袄，极其华艳，香风拂拂，光采照人。装束方完，天色已晓。孙富差家童到船头候信。十娘微窥公子，欣欣似有喜色，乃催公子快去回话，及早兑足银子。公子亲到孙富船中，回复依允。孙富道："兑银易事，须得丽人妆台为信。"公子又回复了十娘，十娘即指描金文具道："可便抬去。"孙富喜甚，即将白银一千两，送到公子船中。十娘亲自检看，足色足数，分毫无爽，乃手把船舷，以手招孙富。孙富一见，魂不附体。十娘启朱唇，开皓齿道："方才箱子可暂发来，内有李郎路引一纸，可检还之也。"孙富视十娘已为瓮中之鳖，即命家童送那描金文具，安放船头之上。十娘取钥开锁，内皆抽替小箱。十娘叫公子抽第一层来看，只见翠羽明珰，瑶簪宝珥，充牣于中，约值数百金。十娘遽投之江中。李甲与孙富及两船之人，无不惊诧。又命公子再抽一箱，乃玉箫金管。又抽一箱，尽古玉紫金玩器，约值数千金。十娘尽投之于大江中。岸上之人，观者如堵。齐声道："可惜！可惜！"正不知什么缘故。最后又抽一箱，箱中复有一匣。开匣视之，夜明之珠，约有盈把。其他祖母绿、猫儿眼，诸般异宝，目所未睹，莫能定其价之多少。众人齐声喝采，喧声如雷。十娘又欲投之于江。李甲不觉大悔，抱持十娘恸哭，那孙富也来劝解。

十娘推开公子在一边，向孙富骂道："我与李郎备尝艰苦，不是容易到此。汝以奸淫之意，巧为谗说，一旦破人姻缘，断人恩爱，乃我之仇人。我死而有知，必当诉之神明，尚妄想枕席之欢乎！"又对李甲道："妾风尘数年，私有所积，本为终身之计。自遇郎君，山盟海誓，白首不渝。前出都之际，假托众姊妹相赠，箱中韫藏百宝，不下万金。将润色郎君之装，归见父母，或怜妾有心，收佐中馈，得终委托，生死无憾。谁知郎君相信不深，惑于浮议，中道见弃，负妾一片真心。今日当众目之前，开箱出视，使郎君知区区千金，未为难事。妾椟中有玉，恨郎眼内无珠。命之不辰，风尘困瘁，甫得脱离，又遭弃捐。今众人各有耳目，共作证明，妾不负郎君，郎君自负妾耳！"于是众人聚观者，无不流涕，都唾骂李公子负心薄幸。公子又羞又苦，且悔且泣，方欲向十娘谢罪，十娘抱持宝匣，向江心一跳。众人急呼捞救，但见云暗江心，波涛滚滚，杳无踪影。可惜一个如花似玉的名姬，一旦葬于江鱼之腹。

三魂渺渺归水府，七魄悠悠入冥途。

当时旁观之人，皆咬牙切齿，争欲拳殴李甲和那孙富。慌得李孙二人，手足无措，急叫开船，分途遁去。李甲在舟中，看了千金，转忆十娘，终日愧悔，郁成狂疾，终身不痊。孙富自那日受惊，得病卧床月余，终日见杜十娘在傍诟骂，奄奄而逝。人以为江中之报也。

却说柳遇春在京坐监完满，束装回乡，停舟瓜步。偶临江净脸，失坠铜盆于水，觅渔人打捞。及至捞起，乃是个小匣儿。遇春启匣观看，内皆明珠异宝，无价之珍。遇春厚赏渔人，留于床头把玩。是夜梦见江中一女子，凌波而来，视之，乃杜十娘也。近前万福，诉以李郎薄幸之事。又道："向承君家慷慨，以一百五十金相助，本意息肩之后，徐图报答，不意事无终始。然每怀盛情，悒悒未忘。早间曾以小匣托渔人奉致，聊表寸心，从此不复相见矣。"言讫，猛然惊醒，方知十娘已死，叹息累日。

后来评论此事，以为孙富谋夺美色，轻掷千金，固非良士。李甲不识杜十娘一片苦心，碌碌蠢才，无足道者。独谓十娘千古女侠，岂不能觅一佳侣，共跨秦楼之凤，乃错认李公子，明珠美玉，投于盲人，以致恩变为仇，万种恩情，化为流水，深可惜也！有诗叹云：

不会风流莫妄谈，单单情字费人参。

若将情字能参透，唤作风流也不惭。

第十四卷　王娇鸾百年长恨

天上乌飞兔走，人间古往今来。昔年歌管变荒台，转眼是非兴败。

须识闹中取静，莫因乖过成呆。不贪花酒不贪财，一世无灾无害。

话说江西饶州府余干县长乐村，有一小民叫做张乙。因贩些杂货到于县中，夜深投宿城外一邸店，店房已满，不能相容。间壁锁下一空房，却无人住。张乙道："店主人何不开此房与我？"主人道："此房中有鬼，不敢留客。"张乙道："便有鬼，我何惧哉！"主人只得开锁，将灯一盏，扫帚一把，交与张乙。张乙进房，把灯放稳，挑得亮亮的。房中有破床一张，尘埃堆积，用打帚扫净，展上铺盖，讨些酒饭吃了，推转房门，脱衣而睡。梦见一美色妇人，衣服华丽，自来荐枕，梦中纳之。及至醒来，此妇宛在身边。张乙问是何人。此妇道："妾乃邻家之妇，因夫君远出，不能独宿，是以相就。勿多言，又当自知。"张亦不再问。天明，此妇辞去。至夜又来，欢好如初。如此三夜。

店主人见张客无事，偶话及此房内曾有妇人缢死，往往作怪，今番却太平了。张乙听在肚里。至夜，此妇仍来，张乙问道："今日店主人说这房中有缢死女鬼，莫非是你？"此妇并无惭讳之意，答道："妾身是也！然不祸于君，君幸勿惧。"张乙道："试说其详。"此妇道："妾乃娼女，姓穆，行廿二，人称我为廿二娘。与余干客人杨川相厚，杨许娶妾归去，妾将私财百金为助。一去三年不来，妾为鸨儿拘管，无计脱身，挹郁不堪，遂自缢而死。鸨儿以所居售人，今为旅店。此房，昔日妾之房也，一灵不泯，犹依栖于此。杨川与你同乡，可认得么？"张乙道："认得。"此妇道："今其人安在？"张乙道："去岁已移居饶州南门，娶妻开店，生意甚足。"妇人嗟叹良久，更无别语。又过了二日，张乙要回家，妇人道："妾愿始终随君，未识许否？"张乙道："倘能相随，有何不可。"妇人道："君可制一小木牌，题曰：'廿二娘神位'，置于箧中。但出牌呼妾，妾便出来。"张乙许之。妇人道："妾尚有白金五十两埋于此床之下，没人知觉，君可取用。"张掘地果得白金一瓶，心中甚喜。过了一夜。

次日张乙写了牌位，收藏好了，别店主而归。到于家中，将此事告与浑家。浑家初时不喜，见了五十两银子，遂不嗔怪。张乙于东壁立了廿二娘神主，其妻戏往呼之，白日里竟走出来，与妻施礼。妻初时也惊讶，后遂惯了，不以为事。夜来张乙夫妇同床，此妇亦来，也不觉床之狭窄。过了十余日，此妇道："妾尚有夙债在于郡城，君能随我去索取否？"张利其所有，一口应承。即时雇船而行，船中供下牌位。此妇同行同宿，全不避人。不则一日，到了饶州南门，此妇道："妾往杨川家讨债去。"张乙方欲问之，此妇倏已上岸。张随后跟去，见此妇竟入一店中去了。问其店，正杨川家也。张久候不出。忽见杨举家惊惶，少顷哭声振地。问其故，店中人云："主人杨川向来无病，忽然中恶，九窍流血而死！"张乙心知廿二娘所为，嘿然下船，向牌位苦叫，亦不见出来了。方知有夙债在郡城，乃杨川负义之债也。有诗叹云：

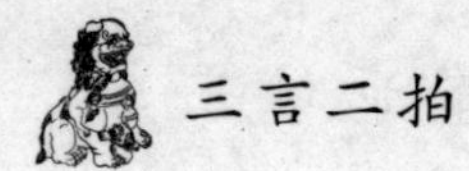

　　王魁负义曾遭谴，李益亏心亦改常。

　　请看杨川下梢事，皇天不佑薄情郎。

　　方才说穆廿二娘事，虽则死后报冤，却是鬼自出头，还是渺茫之事。如今再说一件故事，叫做《王娇鸾百年长恨》，这个冤更报得好。此事非唐非宋，出在国朝天顺初年。广西苗蛮作乱，各处调兵征剿，有临安卫指挥王忠所领一枝浙兵，违了限期，被参降调河南南阳卫中所千户，即日引家小到任。王忠年六十余，止一子王彪，颇称骁勇，督抚留在军前效用。到有两个女儿，长曰娇鸾，次曰娇凤。鸾年十八，凤年十六。凤从幼育于外家，就与表兄对姻，只有娇鸾未曾许配。夫人周氏，原系继妻。周氏有嫡姐，嫁曹家，寡居而贫，夫人接他相伴甥女娇鸾，举家呼为曹姨。娇鸾幼通书史，举笔成文。因爱女慎于择配，所以及笄未嫁，每每临风感叹，对月凄凉。惟曹姨与鸾相厚，知其心事，他虽父母亦不知也。

　　一日清明节届，和曹姨及侍儿明霞后园打秋千耍子。正在闹热之际，忽见墙缺处有一美少年，紫衣唐巾，舒头观看，连声喝采！慌得娇鸾满脸通红，推着曹姨的背，急回香房。侍女也进去了。生见园中无人，逾

墙而入，秋千架子尚在，余香仿佛，正在凝思。忽见草中一物，拾起看时，乃三尺线绣香罗帕也，生得此如获珍宝。闻有人声自内而来，复逾墙而出，仍立于墙缺边。看时，乃是侍儿来寻香罗帕的。生见其三回五转，意兴已倦，微笑而言："小娘子，罗帕已入人手，何处寻觅？"侍儿抬头见是秀才，便上前万福，道："相公想已检得，乞即见还，感德不尽！"那生道："此罗帕是何人之物？"侍儿道："是小姐的。"那生道："既是小姐的东西，还得小姐来讨，方才还他。"侍儿道："相公府居何处？"那生道："小生姓周，名廷章，苏州府吴江县人，父亲为本学司教，随任在此，与尊府只一墙之隔。"原来卫署与学宫基址相连，卫叫做东衙，学叫做西衙。花园之外，就是学中的隙地。侍儿道："贵公子又是近邻，失瞻了。妾当禀知小姐，奉命相求。"廷章道："敢闻小姐及小娘子大名？"侍儿道："小姐名娇鸾，主人之爱女，妾乃贴身侍婢明霞也。"廷章道："小生有小诗一章，相烦致于小姐，即以罗帕奉还。"明霞本不肯替他寄诗，因要罗帕入手，只得应允。廷章道："烦小娘子少待。"廷章去不多时，携诗而至，桃花笺叠成方胜。明霞接诗在手，问："罗帕何在？"廷章笑道："罗帕乃至宝，得之非易，岂可轻还？小娘子且将此诗送与小姐看了，待小姐回音，小生方可奉璧。"明霞没奈何，只得转身。

只因一幅香罗帕，惹起千秋"长恨歌"。

话说娇鸾小姐自见了那美少年，虽则一时惭愧，却也挑动个情字。口中不语，心下踌躇道："好个俊俏郎君，若嫁得此人，也不枉聪明一世。"忽见明霞气忿忿的入来，娇鸾问："香罗帕有了么？"明霞口称怪事："香罗帕却被西衙周公子收着，就是墙缺内喝采的那紫衣郎君。"娇鸾道："与他讨了就是。"明霞道："怎么不讨！也得他肯还！"娇鸾道："他为何不还？"明霞道："他说'小生姓周，名廷章，苏州府吴江人氏，父为司教，随任到此。'与吾家只一墙之隔。既是小姐的香罗帕，必须小姐自讨。"娇鸾道："你怎么说？"明霞道："我说待妾禀知小姐，奉命相求。他道，有小诗一章，烦吾传递，待有回音，才把罗帕还我。"明霞将桃花笺递与小姐。娇鸾见了这方胜，已有三分之喜，拆开看时，乃七言绝句一首：

帕出佳人分外香，天公教付有情郎。

殷勤寄取相思句，拟作红丝入洞房。

娇鸾若是个有主意的，拼得弃了这罗帕，把诗烧却，分付侍儿，下次再不许轻易传递，天大的事都完了。奈娇鸾一来是及瓜不嫁，知情慕色的女子；二来满肚才情不肯埋没，亦取薛涛笺答诗八句：

妾身一点玉无瑕，生自侯门将相家。

静里有亲同对月，闲中无事独看花。

碧梧只许来奇凤，翠竹那容入老鸦。

寄语异乡孤另客，莫将心事乱如麻。

明霞捧诗方到后园，廷章早在缺墙相候。明霞道："小姐已有回诗了，可将罗帕还我。"廷章将诗读了一遍，益慕娇鸾之才，必欲得之，道："小娘子耐心，小生又有所答。"再回书房，写成一绝：

居傍侯门亦有缘，异乡孤另果堪怜。

若容鸾凤双栖树，一夜箫声入九天。

明霞道："罗帕又不还，只管寄什么诗？我不寄了。"廷章袖中出金簪一根道："这微物奉小娘子，权表寸敬，多多致意小姐。"明霞贪了这金簪，又将诗回复娇鸾。娇鸾看罢，闷闷不悦。明霞道："诗中有甚言语触犯小姐？"娇鸾道："书生轻薄，都是调戏之言。"明霞道："小姐大才，何不作一诗骂之，以绝其意。"娇鸾道："后生家性重，不必骂，且好言劝之可也。"再取薛笺题诗八句：

> 独立庭际傍翠阴，侍儿传语意何深。
>
> 满身窍玉偷香胆，一片撩云拨雨心。
>
> 丹桂岂容稚子折，珠帘那许晓风侵。
>
> 劝君莫想阳台梦，努力攻书入翰林。

自此一倡一和，渐渐情熟，往来不绝。明霞的足迹不断后园，廷章的眼光不离墙缺。诗篇甚多，不暇细述。时届端阳，王千户治酒于园亭家宴。廷章于墙缺往来，明知小姐在于园中，无由一面，侍儿明霞亦不能通一语。正在气闷，忽撞见卫卒孙九，那孙九善作木匠，长在卫里服役，亦多在学中做工。廷章遂题诗一绝封固了，将青蚨二百赏孙九买酒吃，托他寄与衙中明霞姐。孙九受人之托，忠人之事，伺候到次早，才觑个方便，寄得此诗于明霞。明霞递于小姐，拆开看之，前有叙云：端阳日园中望娇娘子不见，口占一绝奉寄：

> 配成彩线思同结，倾就蒲觞拟共斟。
>
> 雾隔湘江欢不见，锦葵空有向阳心。

后写"松陵周廷章拜稿。"娇娘看了，置于书几之上。适当梳头，未及酬和。忽曹姨走进香房，看见了诗稿，大惊道："娇娘既有西厢之约，可无东道之主，此事如何瞒我？"娇鸾含羞答道："虽有吟咏往来，实无他事，非敢瞒姨娘也。"曹姨道："周生江南秀士，门户相当，何不教他遣媒说合，成就百年姻缘，岂不美乎？"娇鸾点头道："是。"梳妆已毕，遂答诗八句：

> 深锁香闺十八年，不容风月透帘前。
>
> 绣衾香暖谁知苦？锦帐春寒只爱眠。
>
> 生怕杜鹃声到耳，死愁蝴蝶梦来缠。
>
> 多情果有相怜意，好倩冰人片语传。

廷章得诗，遂假托父亲周司教之意，央赵学究往王千户处求这头亲事。王千户亦重周生才貌，但娇鸾是爱女，况且精通文墨，自己年老，一应卫中文书笔札，都告着女儿相帮，少他不得，不忍弃之于他乡，以此迟疑未许。廷章知姻事未谐，心中如刺，乃作书寄于小姐。前写"松陵友弟廷章拜稿"：

> 自睹芳容，未宁狂魄。夫妇已是前生定，至死靡他；媒妁传来今日言，为期未决。遥望香闺深锁，如唐玄宗离月宫而空想嫦娥；要从花圃戏游，似牵牛郎隔天河而苦思织女。倘复迁延于月日，必当夭折于沟渠。生若无缘，死亦不瞑。勉成拙律，深冀哀怜。

诗曰：

> 未有佳期慰我情，可怜春价值千金。
>
> 闷来窗下三杯酒，愁向花前一曲琴。
>
> 人在琐窗深处好，闷回罗帐静中吟。
>
> 孤栖一样昏黄月，肯许相携诉寸心？

娇鸾看罢，即时复书。前写"虎衙爱女娇鸾拜稿"：

> 轻荷点水，弱絮飞帘。拜月亭前，懒对东风听杜宇；画眉窗下，强消长昼刺鸳鸯。人正困于妆台，诗忽坠于香案。启观来意，无限幽怀。自怜薄命佳人，恼杀多情才子。一番信到，一番使妾倍支吾；几度诗来，几度令人添寂寞。休得跳东墙学攀花之手，可以仰北斗驾折桂之心。眼底无媒，书中有女。自此衷情封去札，莫将消息问来人。谨和佳篇，仰祈深谅！

诗曰：

> 秋月春花亦有情，也知身价重千金。
>
> 虽窥青琐韩郎貌，羞听东墙崔氏琴。
>
> 痴念已从空里散，好诗惟向梦中吟。
>
> 此生但作干兄妹，直待来生了寸心。

廷章阅书，赞叹不已，读诗至末联，"此生但作干兄妹"，忽然想起一计道："当初张琪申纯皆因兄妹得就私情。王夫人与我同姓，何不拜之为姑？便可通家往来，于中取事矣！"遂托言西衙窄狭，且是喧闹，欲借卫署后园观书。周司教自与王千户开口。王翁道："彼此通家，就在家下吃些见成茶饭，不烦馈送。"周翁感激不尽，回向儿子说了。廷章道："虽承王翁盛意，非亲非故，难以打搅。孩儿欲备一礼，拜认周夫人为姑。姑侄一家，庶乎有名。"周司教是糊涂之人，只要讨些小便宜，道："任从我儿行事。"廷章又央人通了王翁夫妇，择个吉日，备下彩缎书仪，写个表侄的名刺，上门认亲，极其卑逊，极其亲热。王翁是个武人，只好奉承，遂请入中堂，教奶奶都相见了。连曹姨也认做姨娘，娇鸾是表妹，一时都请见礼。王翁设宴后堂，权当会亲。一家同席，廷章与娇鸾，暗暗欢喜，席上眉来眼去，自不必说，当日尽欢而散。

> 姻缘好恶犹难问，踪迹亲疏已自分。

次日王翁收拾书室，接内侄周廷章来读书。却也晓得隔绝内外，将内宅后门下锁，不许妇女入于花园。廷章供给，自有外厢照管。虽然搬做一家，音书来往反不便了。娇鸾松筠之志虽存，风月之情已动。况既在席间，眉来眼去，怎当得园上凤隔鸾分。愁绪无聊，郁成一病，朝凉暮热，茶饭不沾。王翁迎医问卜，全然不济。廷章几遍到中堂问病，王翁只教致意，不令进房。廷章心生一计，因假说："长在江南，曾通医理。表妹不知所患何症，待侄儿认脉便知。"王翁向夫人说了，又教明霞，道达了小姐，方才迎入。廷章坐于床边，假以看脉为由，抚摩了半晌。其时王翁夫妇俱在，不好交言。只说得一声保重，出了房门，对王翁道："表妹之疾，是抑郁所致，常须于宽敞之地，散步陶情，更使女伴劝慰，开其郁抱，自当勿药。"王翁敬信周生，更不疑惑，便道："衙中只有园亭，并无别处宽敞。"廷章故意道："若表妹不时要园亭散步，恐小侄在彼不便，暂请告归。"王翁道："既为兄妹，复何嫌阻？"即日教开了后门，将锁钥付曹姨收管，就教曹姨陪侍女儿，任情闲耍，明霞伏侍，寸步不离，自以为万全之策矣。

却说娇鸾原为思想周郎致病，得他抚摩一番，已自欢喜。又许散步园亭，陪伴伏侍者，都是心腹之人，病便好了一半。每到园亭，廷章便得相见，同行同坐。有时亦到廷章书房中吃茶，渐渐不避嫌疑，挨肩擦背。廷章捉个空，向小姐恳求，要到香闺一望。娇鸾目视曹姨，低低向生道："锁钥在彼，兄自求之。"廷章已悟。

次日廷章取吴绫二端，金钏一副，央明霞献与曹姨。姨问鸾道："周公子厚礼见惠，不知何事？"娇鸾道："年少狂生，不无过失，渠要姨包容耳！"曹姨道："你二人心事，我已悉知。但有往来，决不泄漏！"因把钥匙付与明霞。鸾心大喜，遂题一绝，寄廷章云：

> 暗将私语寄英才，倘向人前莫乱开。
>
> 今夜香闺春不锁，月移花影玉人来。

廷章得诗，喜不自禁。是夜黄昏已罢，谯鼓方声，廷章悄步及于内宅，后门半启，挺身而进。自那日房中看脉出园上来，依稀记得路径，缓缓而行。但见灯光外射，明霞候于门侧。廷章步进香房，与鸾施礼，便欲搂抱，鸾将生挡开，唤明霞快请曹姨来同坐。廷章大失所望，自陈苦情，责其变卦，一时急泪欲流。鸾道："妾本贞姬，君非荡子。只因有才有貌，所以相爱相怜。妾既私君，终当守君之节；君若弃妾，岂不负妾之诚？必矢明神，誓同白首，若还苟合，有死不从。"说罢，曹姨适至，向廷章谢日间之惠。廷章遂央姨为媒，誓谐伉俪，口中咒愿如流而出。曹姨道："二位贤甥，既要我为媒，可写合同婚书四纸，将一纸焚于天地，以告鬼神；

一纸留于吾手，以为媒证；你二人各执一纸，为他日合卺之验。女若负男，疾雷震死；男若负女，乱箭亡身。再受阴府之愆，永堕酆都之狱。"生与鸾听曹姨说得痛切，各各欢喜。遂依曹姨所说，写成婚书誓约。先拜天地，后谢曹姨。姨乃出清果醇醪，与二人把盏称贺。三人同坐饮酒，直至三鼓，曹姨别去。生与鸾携手上床，雨云之乐可知也。五鼓，鸾促生起身，嘱付道："妾已委身于君，君休负恩于妾。神明在上，鉴察难逃。今后妾若有暇，自遣明霞奉迎，切莫轻行，以招物议。"廷章字字应承，留恋不舍。鸾急教明霞送出园门。是日鸾寄生二律云：

> 昨夜同君喜事从，芙蓉帐暖语从容。
>
> 贴胸交股情偏好，拨雨撩云兴转浓。
>
> 一枕凤鸾声细细，半窗花月影重重。
>
> 晓来窥视鸳鸯枕，无数飞红扑绣绒。
>
> 其一
>
> 衾翻红浪效绸缪，乍抱郎腰分外羞。
>
> 月正圆时花正好，云初散处雨初收。
>
> 一团恩爱从天降，万种情怀得自由。
>
> 寄语今宵中夕夜，不须欹枕看牵牛。

其二

廷章亦有酬答之句。自此鸾疾尽愈，门锁竟弛。或三日，或五日，鸾必遣明霞召生，来往既频，恩情愈笃。

如此半年有余。周司教任满，升四川峨眉县尹。廷章恋鸾之情，不肯同行，只推身子有病，怕蜀道艰难；况学业未成，师友相得，尚欲留此读书，周司教平昔纵子，言无不从。起身之日，廷章送父出城而返。鸾感廷章之留，是日邀之相会，愈加亲爱。如此又半年有余。其中往来诗篇甚多，不能尽载。廷章一日阅邸报，见父亲在峨眉不服水土，告病回乡。久别亲闱，欲谋归觐，又牵鸾情爱，不忍分离。事在两难，忧形于色。鸾探知其故，因置酒劝生道："夫妇之爱，瀚海同深；父子之情，高天难比。若恋私情而忘公义，不惟君失子道，累妾亦失妇道矣！"曹姨亦劝道："今日暮夜之期，原非百年之算。公子不如暂回乡故，且觐双亲。倘于定省之间，即议婚姻之事，早完誓愿，免致情牵。"廷章心犹不决。娇鸾教曹姨竟将公子欲归之情，对王翁说了。此日正是端阳，王翁治酒与廷章送行，且致厚赆。廷章义不容已，只得收拾行李。是夜，鸾另置酒香闺，邀廷章重伸前誓，再订婚期。曹姨亦在坐，千言万语，一夜不睡。临别，又问廷章住居之处。廷章道："问做甚么？"鸾道："恐君不即来，妾便于通信耳。"廷章索笔写出四句：

> 思亲千里返姑苏，家住吴江十七都。
>
> 须问南麻双漾口，延陵桥下督粮吴。

延章又解说："家本吴姓，祖当里长督粮，有名督粮吴家，周是外姓也。此字虽然写下，欲见之切，度日如岁。多则一年，少则半载，定当持家君柬帖，亲到求婚，决不忍闺阁佳人，悬悬而望。"言罢，相抱而泣。将次天明，鸾亲送生出园，有联句一律：

> 绸缪鱼水正投机，无奈思亲使别离。廷章
>
> 花圃从今谁待月？兰房自此懒围棋。娇鸾
>
> 惟忧身远心俱远，非虑文齐福不齐。廷章
>
> 低首不言中自省，强将别泪整蛾眉。娇鸾

须臾天晓，鞍马齐备。王翁又于中堂设酒，妻女毕集，为上马之饯，廷章再拜而别。鸾自觉悲伤欲泣，潜归内室，取乌丝笺题诗一律，使明霞送廷章上马，伺便投之。章于马上展看云：

> 同携素手并香肩，送别那堪双泪悬。

郎马未离青柳下，妾心先在白云边。

妾持节操如姜女，君重纲常类闵骞。

得意匆匆便回首，香闺人瘦不禁眠。

廷章读之泪下，一路上触景兴怀，未尝顷刻忘鸾也。

闲话休叙，不一日，到了吴江家中，参见了二亲，一门欢喜。原来父亲已与同里魏同知家议亲，正要接儿子回来行聘完婚。生初时有不愿之意，后访得魏女美色无双，且魏同知十万之富，妆奁甚丰。慕财贪色，遂忘前盟。过了半年，魏氏过门，夫妻恩爱，如鱼似水，竟不知王娇鸾为何人矣。

但知今日新妆好，不顾情人望眼穿。

却说娇鸾一时劝廷章归省，是他贤慧达理之处。然已去之后，未免怀思。白日凄凉，黄昏寂寞。灯前有影相亲，帐底无人共语。每遇春花秋月，不觉梦断魂劳，捱过一年，杳无音信。忽一日明霞来报道："姐姐可要寄书与周姐夫么？"娇鸾道："那得这方便？"明霞道："适才孙九说临安卫有人来此下公文。临安是杭州地方，路从吴江经过，是个便道。"娇鸾道："既有便，可教孙九嘱付那差人不要去了。"即时修书一封，曲叙别离之意。

嘱他早至南阳，同归故里，践婚姻之约，成终始之交。
书多不载。书后有诗十首。录其一云：

> 端阳一别杳无音，两地相看对月明。
>
> 暂为椿萱辞虎卫，莫因花酒恋吴城。
>
> 游仙阁内占离合，拜月亭前问死生。
>
> 此去愿君心自省，同来与妾共调羹。

封皮上又题八句：

> 此书烦递至吴衙，门面春风足可夸。
>
> 父列当今宣化职，祖居自古督粮家。
>
> 已知东宅邻西宅，犹恐南麻混北麻。
>
> 去路逢人须借问，延陵桥在那村些？

又取银钗二股，为寄书之赠。书去了七个月，并无回耗。时值新春，又访得前卫有个张客人要往苏州收货。娇鸾又取金花一对，央孙九送与张客，求他寄书。书意同前。亦有诗十首。录其一云：

> 春到人间万物鲜，香闺无奈别魂牵。
>
> 东风浪荡君尤荡，皓月团圆妾未圆。
>
> 情洽有心劳白发，天高无计托青鸾。
>
> 衷肠万事凭谁诉？寄与才郎仔细看。

封皮上题一绝：

苏州咫尺是吴江，吴姓南麻世督粮。

嘱付行人须着意，好将消息问才郎。

张客人是志诚之士，往苏州收货已毕，赍书亲到吴江。正在长桥上问路，恰好周廷章过去。听得是河南声音，问的又是南麻督粮吴家，情知娇鸾书信，怕他到彼，知其再娶之事。遂上前作揖通名，邀往酒馆三杯，拆开书看了。就于酒家借纸笔。匆匆写下回书，推说父亲病未痊，方侍医药，所以有误佳期。不久即图会面，无劳注想。书后又写："路次借笔不备，希谅！"张客收了回书，不一日，回到南阳，付孙九回复鸾小姐。鸾拆书看了，虽然不曾定个来期，也当画饼充饥，望梅止渴。过了三四个月，依旧杳然无闻。娇鸾对曹姨道："周郎之言欺我耳！"曹姨道："誓书在此，皇天鉴知！周郎独不怕死乎？"忽一日，闻有临安人到，乃是娇鸾妹子娇凤生了孩儿，遣人来报喜。娇鸾彼此相形，愈加感叹。且喜又是寄书的一个顺便，再修书一封托他。这是第三封书，亦有诗十首。末一章云：

叮咛才子莫蹉跎，百岁夫妻能几何？

王氏女为周氏室，文官子配武官娥。

三封心事烦青鸟，万斛闲愁锁翠蛾。

远路尺书情未尽，相思两处恨偏多。

封皮上亦写四句：

此书烦递至吴江，粮督南麻姓字香。

去路不须驰步问，延陵桥下暂停航。

鸾自此寝废餐忘，香消玉减，暗地泪流，恹恹成病。父母欲为择配，娇鸾不肯，情愿长斋奉佛。曹姨劝道："周郎未必来矣，毋拘小信，自误青春。"娇鸾道："人而无信，是禽兽也。宁周郎负我，我岂敢负神明哉？"光阴荏苒，不觉已及三年。娇鸾对曹姨说道："闻说周郎已婚他族，此信未知真假。然三年不来，其心肠亦改变矣。但不得一实信，吾心终不死！"曹姨道："何不央孙九亲往吴江一遭，多与他些盘费。若周郎无他更变，使他等候同来，岂不美乎？"娇鸾道："正合吾意，亦求姨娘一字，促他早早登程可也。"当下娇鸾写就古风一首。其略云：

忆昔清明佳节时，与君邂逅成相知。

嘲风弄月通来往，拨动风情无限思。

侯门曳断千金索，携手挨肩游画阁。

好把青丝结死生，盟山誓海情不薄。

白云渺渺草青青，才子思亲欲别情。

顿觉桃脸无春色，愁听传书雁几声。

君行虽不排鸾驭，胜似征蛮父兄去。

悲悲切切断肠声，执手牵衣理前誓。

与群成就鸾凤友，切莫苏城恋花柳。

自君之去妾攒眉，脂粉慵调发如帚。

姻缘两地相思重，雪月风花谁与共？

可怜夫妇正当年，空使梅花蝴蝶梦。

临风对月无欢好，凄凉枕上魂颠倒。

一宵忽梦汝娶亲，来朝不觉愁颜老。

盟言愿作神雷电，九天玄女相传遍。

只归故里未归泉，何故音容难得见？

才郎意假妾意真，再驰驿使陈丹心。

可怜三七羞花貌，寂寞香闺思不禁。

曹姨书中亦备说女甥相思之苦，相望之切。二书共作一封。封皮亦题四句：

荡荡名门宰相衙，更兼粮督镇南麻。

逢人不用停舟问，桥跨延陵第一家。

孙九领书，夜宿晓行，直至吴江延陵桥下。犹恐传递不的，直候周廷章面送。廷章一见孙九，满脸通红，不问寒温，取书纳于袖中，竟进去了。少顷教家童出来回复道："相公娶魏同知家小姐，今已二年。南阳路远，不能复来矣！回书难写，仗你代言。这幅香罗帕乃初会鸾姐之物，并合同婚书一纸，央你送还，以绝其念。本欲留你一饭，诚恐老爹盘问嗔怪。白银五钱权充路费，下次更不劳往返！"孙九闻言大怒，掷银于地不受，走出大门，骂道："似你短行薄情之人，禽兽不如！可怜负了鸾小姐一片真心，皇天断然不佑你！"说罢，大哭而去。路人争问其故，孙老儿数一数二的逢人告诉。自此周廷章无行之名，播于吴江，为衣冠所不齿。正是：

平生不作亏心事，世上应无切齿人。

再说孙九回至南阳，见了明霞，便悲泣不已。明霞道："莫非你路上吃了苦？莫非周家郎君死了？"孙九只是摇头，停了半晌，方说备细，如此如此："他不发回书，只将罗帕婚书送还，以绝小姐之念。我也不去见小姐了。"说罢，拭泪汉息而去。明霞不敢隐瞒，备述孙九之语。娇鸾见了这罗帕，已知孙九不是个谎话，不觉怨气填胸，怒色盈面。就请曹姨至香房中，告诉了一遍。曹姨将言劝解，娇鸾如何肯听！整整的哭了三日三夜，将三尺香罗帕，反覆观看，欲寻自尽。又想道："我娇鸾名门爱女，美貌多才。若嘿嘿而死，却便宜了薄情之人。"乃制绝命诗三十二首及《长恨歌》，一篇云：

> 倚门默默思重重，自叹双双一笑中。
>
> 情惹游丝牵嫩绿，恨随流水缩残红。
>
> 当时只道春回准，今日方知色是空。
>
> 回首凭栏情切处，闲愁万里怨东风。

余诗不载。其《长恨歌》略云：

《长恨歌》，为谁作？题起头来心便恶。朝思暮想无了期，再把鸾笺诉情薄。妾家原在临安路，麟阁功勋受恩露；后因亲老失军机，降调南阳卫千户。深闺养育娇鸾身，不曾举步离中庭。岂知二九灾星到，忽随女伴妆台行。秋千戏蹴方才罢，忽惊墙角生人话；含羞归去香房中，仓忙寻觅香罗帕。罗帕谁知入君手，空令梅香往来走。得蒙君赠香罗诗，恼妾相思淹病久。感君拜母结妹兄，来词去简饶恩情。只恐恩情成苟合，两曾结发同山盟。山盟海誓还不信，又托曹姨作媒证。婚书写定烧苍穹，始结于飞在天命。情交二载甜如蜜，才子思亲忽成疾；妾心不忍君心愁，反劝才郎归故籍。叮咛此去姑苏城，花街莫听阳春声。一睹慈颜便回首，香闺可念人孤另。嘱付殷勤别才子，弃旧怜新任从尔。

那知一去意忘还，终日思君不如死！有人来说君重婚，几番欲信仍难凭。后因孙九去复返，方知伉俪谐文君。此情恨杀薄情者，千里姻缘难割舍。到手恩情都负之，得意风流在何也？莫论妾愁长与短，无处箱囊诗不满。题残锦札五千张，写秃毛锥三百管。玉闺人瘦娇无力，佳期反作长相忆。枉将八字推子平，空把三生卜《周易》。从头一一思量起，往日交情不亏汝。既然恩爱如浮云，何不当初莫相与？莺莺燕燕皆成对，何独天生我无配。娇凤妹子少二年，适添孩儿已三岁。自惭轻弃千金躯，伊欢我独心孤悲。先年誓愿今何在？举头三尺有神祇。君往江南妾江北，千里关山远相隔。若能两翅忽然生，飞向吴江近君侧。初交你我天地知，今来无数人扬非。虎门深锁千金色，天教一笑遭君机。恨君短行归阴府，譬似皇天不生我。从今书递故人收，不望回音到中所。可怜铁甲将军家，玉闺养女娇如花。只因颇识琴书味，风流不久归黄沙。白罗丈二悬高梁，飘然眼底魂茫茫。报道一声娇鸾缢，满城笑杀临安王。妾身自愧非良女，擅把闺情贱轻许。相思债满还九泉，九泉之下不饶汝。当初宠妾非如今，我今怨汝如海深。自知妾意皆仁意，谁想君心似兽心！再将一幅罗鲛绡，殷勤远寄郎家遥。自叹兴亡皆此物，杀人可恕情难饶。反覆叮咛只如此，往日闲愁今日止。君今肯念旧风流，饱看娇鸾书一纸。

书已写就，欲再遣孙九。孙九咬牙怒目，决不肯去。正无其便，偶值父亲痰火病发，唤娇鸾替他检阅文书。娇鸾看文书里面有一宗乃勾本卫逃军者，其军乃吴江县人。鸾心生一计，乃取从前倡和之词，并今日《绝命诗》及《长恨歌》汇成一帙，合同婚书二纸，置于帙内，总作一封，入于官文书内，封筒上填写"南阳卫掌印千户王投下直隶苏州府吴江县当堂开拆"，打发公差去了，王翁全然不知。是晚，娇鸾沐浴更衣，哄明霞出去烹茶，关了房门，用机子填足，先将白练挂于梁上，取原日香罗帕，向咽喉扣住，接连白练，打个死结，蹬开机子，两脚悬空，煞时间，三魂漂渺，七魄幽沉，刚年二十一岁。始终一幅香罗帕，成也萧何败也何！明霞取茶来时，见房门闭紧，敲打不开，慌忙报与曹姨。曹姨同周老夫人打开房门看了，这惊非小。王翁也来了，合家大哭，竟不知什么意故。少不得买棺殓葬。此事阁过休题。

再说吴江阙大尹接得南阳卫文书，拆开看时，深以为奇，此事旷古未闻。适然本府赵推官随察院樊公祉按临木县。阙大尹与赵推官是金榜同年，因将此事与赵推官言及。赵推官取而观之，遂以奇闻报知樊公。樊公将诗歌及婚书反覆详味，深惜娇鸾之才，而恨周廷章之薄幸。乃命赵推官密访其人，次日，擒拿解院，樊公亲自诘问。廷章初时抵赖，后见婚书有据，不敢开口。樊公喝教重责五十收监。行文到南阳卫查娇鸾曾否自缢。不一日文书转来，说娇鸾已死。樊公乃于监中吊取周廷章到察院堂上，樊公骂道："调戏职官家子女，一罪也；停妻再娶，二罪也；因奸致死，三罪也。婚书上说：'男若负女，万箭亡身。'我今没有箭射你，用乱棒打杀你，以为薄幸男子之戒！"喝教合堂皂快齐举竹批乱打。下手时宫商齐响，着体处血肉交飞；顷刻之间，化为肉酱，满城人无不称快。周司教闻知，登时气死。魏女后来改嫁。向贪新娶之财色，而没恩背盟，果何益哉！有诗叹云：

一夜恩情百夜多，负心端的欲如何？

若云薄幸无冤报，请读当年《长恨歌》。

第十五卷　况太守断死孩儿

春花秋月足风流，不分红颜易白头。

试把人心比松柏，几人能为岁寒留？

这四句诗，泛论春花秋月，恼乱人心，所以才子有悲秋之辞，佳人有伤春之咏。往往诗谜写恨，目语传情；月下幽期，花间密约；但图一刻风流，不顾终身名节。这是两下相思，各还其债，不在话下。又有一等男贪而女不爱，女爱而男不贪。虽非两相情愿，却有一片精诚。如冷庙泥神，朝夕焚香拜祷，也少不得灵动起来。其缘短的，合而终暌；倘缘长的，疏而转密。这也是风月场中所有之事，亦不在话下。又有一种男不慕色，女不情春，志比精金，心如坚石，没来由被旁人播弄，设圈设套，一时失了把柄，堕其术中，事后悔之无及。如宋时玉通禅师，修行了五十年，因触了知府柳宣教，被他设计，教妓女红莲假扮寡妇借宿，百般诱引，坏了他的戒行。这般会合，那些个男欢女爱，是偶然一念之差。如今再说个诱引寡妇失节的，却好与玉通禅师的故事做一对儿。正是：

> 未离恩山休问道，尚沉欲海莫参禅。

话说宣德年间，南直隶扬州府仪真县有一民家，姓丘，名元吉。家颇饶裕。娶妻邵氏，姿容出众，兼有志节。夫妇甚相爱重。相处六年，未曾生育，不料元吉得病身亡。邵氏年方二十三岁，哀痛之极，立志守寡，终身永无他适。不觉三年服满，父母家因其年少，去后日长，劝他改嫁。叔公丘大胜，也叫阿妈来委曲譬喻他几番。那邵氏心如铁石，全不转移，设誓道："我亡夫在九泉之下，邵氏若事二姓，更二夫，不是刀下亡，便是绳上死！"众人见他主意坚执，谁敢再去强他！自古云："呷得三斗醋，做得孤孀妇。"孤孀不是好守的。替邵氏从长计较，到不如明明改个丈夫，虽做不得上等之人，还不失为中等，不到得后来出丑。正是：

> 作事必须踏实地，为人切莫务虚名。

邵氏一口说了满话，众人中贤愚不等，也有啧啧

夸奖他的，也有似疑不信，睁着眼看他的。谁知邵氏立心贞洁，闺门愈加严谨。止有一侍婢，叫做秀姑，房中作伴，针指营生；一小厮叫做得贵，年方十岁，看守中门，一应薪水买办，都是得贵传递。童仆已冠者，皆遣出不用。庭无闲杂，内外肃然。如此数年，人人信服。那个不说邵大娘少年老成，治家有法。光阴如箭，不觉十周年到来。邵氏思念丈夫，要做些法事追荐。叫得贵去请叔公丘大胜来商议，延七众僧人，做三昼夜功德。邵氏道："奴家是寡妇，全仗叔公过来主持道场。"大胜应允。

语分两头，却说邻近新搬来一个汉子，姓支，名助，原是破落户，平昔不守本分，不做生理，专一在街坊上赶热管闲事过活。闻得人说邵大娘守寡贞洁，且是青年标致，天下难得，支助不信，不论早暮，常在丘家门首闲站。果然门无杂人，只有得贵小厮买办出入。支助就与得贵相识，渐渐熟了。闲话中问得贵："闻得你家大娘生得标致，是真也不？"得贵生于礼法之家，一味老实，遂答道："标致是真。"又问道："大娘也有时到门前看街么？"得贵摇手道："从来不曾出中门，莫说看街，罪过，罪过！"一日得贵正买办素斋的东西，支助撞见，又问道："你家买许多素口为甚么？"得贵道："家主十周年，做法事要用。"支助道："几时？"得贵道："明日起，三昼夜，正好辛苦哩！"支助听在肚里，想道："既追荐丈夫，他必然出来拈香，我且去偷看看，什么样嘴脸？真像个孤孀也不？"

却说次日，丘大胜请到七众僧人，都是有戒行的，在堂中排设佛像，鸣铙击鼓，诵经礼忏，甚是志诚。丘大胜勤勤拜佛。邵氏出来拈香，昼夜各只一次，拈过香，就进去了。支助趁这道场热闹，几遍混进去看，再不见邵氏出来。又问得贵，方知日间只昼食拈香一遍。支助到第三日，约莫昼食时分，又踅进去，闪在櫊子傍边隐着。见那些和尚都穿着袈裟，站在佛前吹打乐器，宣和佛号；香火道人在道场上手忙脚乱的添香换烛。本家止有得贵，只好往来答应，那有工夫照管外边。就是丘大胜同着几个亲戚，也都呆看和尚吹打，那个来稽查他。少顷，邵氏出来拈香，被支助看得仔细。常言："若要俏，添重孝。"缟素妆束，加倍清雅。分明是：

> 广寒仙子月中出，姑射神人雪里来。

支助一见，遍体酥麻了，回家想念不已。是夜，道场完满，众僧直至天明方散。邵氏依旧不出中堂了。支助无计可施，想道："得贵小厮老实，我且用心下钓子。"其时五月端五日，支助拉得贵回家，吃雄黄酒。得贵道："我不会吃酒，红了脸时，怕主母嗔骂！"支助道："不吃酒，且吃只粽子。"得贵跟支助家去，支助教浑家剥了一盘粽子，一碟糖，一碗肉，一碗鲜鱼，两双箸，两个酒杯，放在桌上。支助把酒壶便筛。得贵道："我说过不吃酒，莫筛罢！"支助道："吃杯雄黄酒应应时令，我这酒淡，不妨事！"得贵被央不过，只得吃了。支助道："后生家莫吃单杯，须吃个成双。"得贵推辞不得，又吃了一杯。支助自吃了一回，夹七夹八说了些街坊上的闲话，又斟一杯劝得贵，得贵道："醉得脸都红了，如今真个不吃了。"支助道："脸左右红了，多坐一时回去，打甚么紧？只吃这一杯罢，我再不劝你了。"得贵前后共吃了三杯酒。他自幼在丘家被邵大娘拘管得严，何曾尝酒的滋味，今日三杯落肚，便觉昏醉。支助乘其酒兴，低低说道："得贵哥！我有句闲话问你。"得贵道："有甚话尽说。"支助道："你主母孀居已久，想必风情亦动。倘得个汉子同眠同睡，可不喜欢？从来寡妇都牵挂着男子，只是难得相会。你引我去试他一试何如？若得成事，重重谢你。"得贵道："说甚么话！亏你不怕罪过！

我主母极是正气，闺门整肃，日间男子不许入中门，夜间同使婢持灯照顾四下，各门锁讫，然后去睡。便要引你进去，何处藏身？地上使婢不离身畔，闲话也说不得一句，你却怎地乱讲！"支助道："既如此，你的房门可来照么？"得贵道："怎么不来照？"支助道："得贵哥，你今年几岁了？"得贵道："十七岁了。"支助道："男子十六岁精通，你如今十七岁，难道不想妇人？"得贵道："便想也没用处。"支助道："放着家里这般标致的，早暮在眼前，好不动兴！"得贵道："说也不该，他是主母，动不动非打则骂，见了他，好不怕哩！亏你还敢说取笑的话。"支助道："你既不肯引我去，我教导你一个法儿，作成你自去上手何如？"得贵摇手道："做不得，做不得！我也没有这样胆！"支助道："你莫管做得做不得，教你个法儿，且去试他一试。若得上手，莫忘我今日之恩。"得贵一来乘着酒兴，二来年纪也是当时了，被支助说得心痒。便问道："你且说如何去试他？"支助道："你夜睡之时，莫关了房门，由他开着，如今五月，天气正热，你却赤身仰卧，把那话儿弄得硬硬的，待他来照门时，你只推做睡着了。他若看见，必然动情。一次两次，定然打熬不过，上门就你。"得贵道："倘不来

如何？"支助道："拼得这事不成，也不好嗔责你，有益无损。"得贵道："依了老哥的言语，果然成事，不敢忘报。"须臾酒醒，得贵别了，是夜依计而行。正是：

> 商成灯下瞒天计，拨转闺中匪石心。

论来邵氏家法甚严，那得贵长成十七岁，嫌疑之际，也该就打发出去，另换个年幼的小厮答应，岂不尽善。只为得贵从小走使服的，且又粗蠢又老实。邵氏自己立心清正，不想到别的情节上去，所以因循下来。却说是夜，邵氏同婢秀姑点灯出来照门，见得贵赤身仰卧，骂："这狗奴才，门也不关，赤条条睡着，是甚么模样？"叫秀姑与他扯上房门。若是邵氏有主意，天明后叫得贵来，说他夜里懒惰放肆，骂一场，打一顿，得贵也就不敢了。他久旷之人，却似眼见希奇物，寿增一纪，绝不做声。得贵胆大了，到夜来，依前如此。邵氏同婢又去照门，看见又骂道："这狗才一发不成人了，被也不盖！"叫秀姑替他把卧单扯上，莫惊醒他。此时便有些动情，奈有秀姑在傍碍眼。到第三日，得贵出外撞见了支助，支助就问他曾用计否？得贵老实，就将两夜光景都叙了。支助道："他叫丫头替你盖被，又教莫惊醒你，便有爱你之意，今夜决有好处。"其夜得贵依原开门，假睡而待。邵氏有意，遂不叫秀姑跟随。自己持灯来照，径到得贵床前，看见得贵赤身仰卧，那话儿如枪一般。禁不住春心荡漾，欲火如焚。自解去小衣，爬上床去。还只怕惊醒了得贵，悄悄地跨在身上，从上而压下。得贵忽然抱住，番身转来，与之云雨：

> 一个久疏乐事，一个初试欢情。一个认着故物肯轻抛，一个尝了甜头难遽放。一个饥不择食，岂嫌小厮粗丑；一个狃恩恃爱，那怕主母威严。分明恶草藤萝，也共名花登架去。可惜清心冰雪，化为春水向东流。十年清白已成虚，一夕垢污难再洗。

事毕，邵氏问得贵道："我苦守十年，一旦失身于你，此亦前生冤债，你须谨口，莫泄于人，我自有看你之处。"得贵道："主母分付，怎敢不依！"

自此夜为始，每夜邵氏以看门为由，必与得贵取乐而后入。又恐秀姑知觉，到放个空，教得贵连秀姑奸骗了。邵氏故意欲责秀姑，却教秀姑引进得贵以塞其口。彼此河同水密，各不相瞒，得贵感支助教导之恩，时常与邵氏讨东讨西，将来奉与支助。支助指望得贵引进，得贵怕主母嗔怪，不敢开口。支助几遍讨信，得贵只是延捱下去。过了三五个月，邵氏与得贵如夫妇无异。也是数该败露，邵氏当初做了六年亲，不曾生育；如今才得三五月，不觉便胸高腹大，有了身孕。恐人知觉不便，将银与得贵教他悄地赎贴坠胎的药来，打下私胎，免得日后出丑。得贵一来是个老实人，不晓得坠胎是甚么药；二来自得支助指教，以为恩人，凡事直言无隐。今日这件私房关目，也去与他商议。那支助是个棍徒，见得贵不肯引进自家，心中正在忿恨，却好有这个机会，便是生意上门。心生一计，哄得贵道："这药只有我一个相识人家最效，我替你赎去！"乃往药铺中赎了固胎散四服，与得贵带回，邵氏将此药做四次吃了，腹中未见动静。叫得贵再往别处赎取好药。得贵又来问支助："前药如何不效？"支助道："打胎只是一次，若一次打不下，再不能打了。况这药，只此一家最高，今打不下，必是胎受坚固；若再用狼虎药去打，恐伤大人之命。"得贵将此言对邵氏说了，邵氏信以为然。

到十月将满，支助料是分娩之期，去寻得贵说道："我要合补药，必用一血孩子。你主母今当临月，生下孩子，必然不养，或男或女，可将来送我。你亏我处多，把这一件谢我，亦是不费之惠，只瞒过主母便是。"得贵应允。过了数日，果生一男，邵氏将男溺死，用蒲包裹来，教得贵密地把去埋了。得贵答应晓得，却不去埋，背地悄悄送与支助。支助将死孩收讫，一把扯住得贵，喝道："你主母是丘元吉之妻，家主已死多年，当家寡妇，这孩子从何而得？今番我去出首。"得贵慌忙掩住他口，说道："我把你做恩人，每事与你商议，今日何反面无情？"支助变着脸道："干得好事！你强奸主母，罪该凌迟，难道叫句恩人就罢了？既知恩当报恩，你作成得我什么事？你今若要我不开口，可问主母讨一百两银子与我，我便隐恶而扬善；若然没有，决不干休！见有血孩作证，你自到官司去辨，连你主母做不得人。我在家等你回话，你快去快来！"急得得贵眼泪汪汪，回家料瞒不过，只得把这话对邵氏说了。邵氏埋怨道："此是何等东西，却把做礼物送人！坑死了我也！"说罢，流泪起来。得贵道："若是别人，我也不把与他，因他是我的恩人，所以不好推托。"邵氏道："他是你什么恩人？"得贵道："当初我赤身仰卧，都是他教我的方法来调引你，没有他时，怎得你我今日恩爱？他说要血孩合补药，我好不奉他？谁知他不怀好意！"邵氏道："你做的事，忒不即溜。当初是我一念之差，堕在这光棍术中，今已悔之无及。若不将银买转孩子，他必然出首，那时难以换回。"只得取出四十两银子，教得贵拿去与那光棍赎取血孩，背地埋藏，以绝祸根。得贵老实，将四十两银子，双手递与支助，说道："只有这些，你可将血孩还我罢！"支助得了银子，贪心不足，思想："此妇美貌，又且囊中有物。借此机会，倘得捱身入马，他的家事在我掌握之中，岂不美哉！"乃向得贵道："我说要银子，是取笑话。你当真送来，我只得收受了。那血孩我已埋讫。你可在主母前引荐我与他相处，倘若见允，我替他持家，无人敢欺负他，可不两全其美？不然，我仍在地下掘起孩子出首。限你五日内回话。"得贵出于无奈，只得回家述与邵氏。邵氏大怒道："听那光棍放屁，不要理他！"得贵遂不敢再说。

却说支助将血孩用石灰腌了，仍放蒲包之内，藏于隐处。等了五日，不见得贵回话。又捱了五日，共是十日。料得产妇也健旺了，乃往丘家门首，伺候得贵出来，问道："所言之事济否？"得贵摇头道："不济，不济！"支助更不问第二句，望门内直闯进去，得贵不敢拦阻，到走往街口远远的打听消息。邵氏见有人走进中堂，骂道："人家内外各别，你是何人，突入吾室？"支助道："小人姓支，名助，是得贵哥的恩人。"邵氏心中已知，便道："你要寻得贵，在外边去，此非你歇脚之所！"支助道："小人久慕大娘，有如饥渴。小人纵不才，料不在得贵哥之下，大娘何必峻拒？"邵氏听见话不投机，转身便走。支助赶上，双手抱住，说道："你的私孩，现在我处，若不从我，我就首官。"邵氏忿怒无极，只恨摆脱不开，乃以好言哄之，道："日里怕人知觉，到夜时，我叫得贵来接你。"支助道："亲口许下，切莫失信！"放开了手，走几步，又回头，说道："我也不怕你失信！"一直出外去了。气得邵氏半晌无言，珠泪纷纷而坠。推转房门，独坐凳子上，左思右想，只是自家不是。当初不肯改嫁，要做上流之人；如今出乖露丑，有何颜见诸亲之面？又想道："日前曾对众发誓：'我若事二姓，更二夫，不是刀下亡，便是绳上死。'我今拚这性命，谢我亡夫于九泉之下，却不干净！"秀姑见主母啼哭，不敢上前解劝。守住中门，专等得贵回来。得贵在街上望见支助去了，方才回家。见秀姑问："大娘呢？"秀姑指道："在里面。"得贵推开房门看主母。

却说邵氏取床头解手刀一把，欲要自刎，担手不起。哭了一回，把刀放在桌上。在腰间解下八尺长的汗巾，打成结儿，悬于梁上，要把颈子套进结去，心下展转凄惨，禁不住呜呜咽咽的啼哭。忽见得贵推门而进，抖然触起他一点念头："当初都是那狗才做圈做套，来作弄我，害了我一生名节！"说时迟，那时快，只就这点念头起处，仇人相见，分外眼睁。提起解手刀，望得贵当头就劈。那刀如风之快，恼怒中，气力倍加，把得贵头脑劈做两界，血流满地，登时呜呼了。邵氏着了忙，便引颈受套，两脚蹬开凳子，做一个秋千把戏：

地下新添冤恨鬼，人间少了俏孤孀。

常言："赌近盗，淫近杀。"今日只为一个"淫"字，害了两条性命。

且说秀姑平昔惯了，但是得贵进房，怕有别事，就远远闪开。今番半晌不见则声，心中疑惑。去张望时，只见上吊一个，下横一个，吓得秀姑软做一团。按定了胆，把房门款上，急跑到叔公丘大胜家中报信。丘大胜大惊，转报邵氏父母，同到丘家，关上大门，将秀姑盘问致死缘由。元来秀姑不认得支助，连血孩诈去银子四十两的事，都是瞒着秀姑的。以此秀姑只将邵氏得贵平昔奸情叙了一遍。"今日不知何故两个都死了？"三番四复问他，只如此说。邵公、邵母听说奸情的话，满面羞惭，自回去了，不管其事，丘大胜只得带秀姑到县里出首知县验了二尸，一名得贵，刀劈死的；一名邵氏，缢死的。审问了秀姑口辞。知县道："邵氏与得贵奸情是的，主仆之分已废。必是得贵言语触犯，邵氏不忿，一时失手，误伤人命，情慌自缢，更无别情。"责令丘大胜殡殓，秀姑知情，问杖官卖。

再说支助自那日调戏不遂回家，还想赴夜来之约。听说弄死了两条人命，吓了一大跳，好几时不敢出门。一日早起，偶然检着了石灰腌的血孩，连蒲包拿去抛在江里。遇着一个相识叫做包九，在仪真闸上当夫头，问道："支大哥，你抛的是甚么东西？"支助道："腌几块牛肉，包好了，要带出去吃的，不期臭了。九哥，你两日没甚事，到我家吃三杯。"包九道："今日忙些个，苏州府况钟老爷驰驿复任，即刻船到，在此趱夫哩！"支助道："既如此，改日再会。"支助自去了。

却说况钟原是吏员出身，礼部尚书胡濙荐为苏州府太守，在任一年，百姓呼为"况青天"。因丁忧回籍，圣旨夺情起用，特赐驰驿赴任。船至仪真闸口，况爷在舱中看书，忽闻小儿啼声，出自江中，想必溺死之儿，差人看来，回报："没有。"如此两度。况爷又闻啼声，问众人皆云不闻。况爷口称怪事，推窗亲看，只见一个小小蒲包，浮于水面。况爷叫水手捞起，打开看了，回复："是一个小孩子。"况爷问："活的？死的？"水手道："石灰腌过的，像死得久了。"况爷想道："死的如何会啼？况且死孩子，抛掉就罢了，何必灰腌，必有缘故。"叫水手，把这死孩连蒲包放在船头上："如有人晓得来历，密密报我，我有重赏。"水手奉钧旨，拿出船头。恰好夫头包九看见小蒲包，认得是支助抛下的，"他说是臭牛肉，如何却是个死孩？"遂进舱禀况爷："小人不晓得这小孩子的来历，却认得抛那小孩子在江里这个人，叫做支助。"况爷道："有了人，就有来历了。"一面差人密拿支助，一面请仪真知县到察院中同问这节公事。

况爷带了这死孩，坐了察院，待得知县来时，支助也拿到了。况爷上坐，知县坐于左手之旁。况爷因这仪真不是自己属县，不敢自专，让本县推问。那知县见况公是奉过敕书的，又且为人古怪，怎敢僭越。推逊了多时，况爷只得开言，叫："支助，你这石灰腌的小孩子，是那里来的？"支助正要抵赖，却被包九在旁指实了。只得转口道："小的见这脏东西在路旁不便，将来抛向江里，其实不知来历。"况爷问包九："你看见他在路旁检的么？"包九道："他抛下江里，小的方才看见。问他什么东西，他说是臭牛肉。"况爷大怒道："既假说臭牛肉，必有瞒人之意！"喝教手下选大毛板，先打二十再问。况爷的板子利害，二十板抵四十板还有余，打得皮开肉绽，鲜血迸流，支助只是不招。况爷喝教夹起来。况爷的夹棍也利害，第一遍，支助还熬过；第二遍就熬不得了，招道："这死孩是邵寡妇的。寡妇与家童得贵有奸，养下这私胎来。得贵央小的替他埋藏，被狗子爬了出来，故此小的将来抛在江里。"况爷见他言词不一。又问："你肯替他埋藏必然与他家通情。"支助道："小的并不通情，只是平日与得贵相熟。"况爷道："他埋藏只要朽烂，如何把石灰腌着？"支助支吾不来，只得磕头道："青天爷爷，这石灰其实是小的腌的。小的知邵寡妇家殷实，欲留这死孩去需索他几两银子。不期邵氏与得贵都死了。小的不遂其愿，故此抛在江里。"况爷道："那妇人与小厮果然死了么？"知县在旁边起身打一躬，答应道："死了，是知县亲验过了。"况爷道："如何便会死？"知县道："那小厮是刀劈死的，妇人是自缢的。知县也曾细详，他两个奸情已久，主仆之分久废。必是小

厮言语触犯，那妇人一时不忿，提刀劈去，误伤其命，情慌自缢，别无他说。"况爷肚里踌躇："他两个既然奸密，就是语言小伤，怎下此毒手！早间死孩儿啼哭，必有缘故。"遂问道："那邵氏家还有别人么？"知县道："还有个使女，叫做秀姑，官卖去了。"况爷道："官卖，一定就在本地。烦贵县差人提来一审，便知端的。"知县忙差快手去了。

不多时，秀姑拿到，所言与知县相同。况爷踌躇了半晌，走下公座，指着支助，问秀姑道："你可认得这个人？"秀姑仔细看了一看，说道："小妇人不识他姓名，曾认得他嘴脸。"况爷道："是了，他和得贵相熟，必然曾同得贵到你家来。你可实说，若半句含糊，便上拶！"秀姑道："平日间实不曾见他上门，只是结末来，他突入中堂，调戏主母，被主母赶去。随后得贵方来，主母正在房中啼哭，得贵进房，不多时两个就都死了！"况爷喝骂支助："光棍！你不曾与得贵通情，如何敢突入中堂？这两条人命，都因你起！"叫手下："再与我夹起来。"支助被夹昏了，不由自家做主，从头至尾，如何教导得贵哄诱主母，如何哄他血孩到手诈他银子，如何挟制得贵要他引入同奸，如何闯入内室抱住求奸，被他如何哄脱了，备细说了一遍：“后来死的情由，其实不知。”况爷道：“这是真情了。”放了夹，叫书吏取了口词明白。知县在旁，自知才力不及，惶恐无地。

况爷提笔，竟判审单：“审得支助，奸棍也。始窥寡妇之色，辄起邪心；既乘弱仆之愚，巧行诱语。开门裸卧，尽出其谋；固胎取孩，悉堕其术。求奸未能，转而求利；求利未厌，仍欲求奸。在邵氏一念之差，盗铃尚思掩耳；乃支助几番之诈，探箧加以逾墙。以恨助之心恨贵，恩变为仇；于杀贵之后自杀，死有余愧。主仆既死勿论，秀婢已杖何言。惟是恶魁，尚逃法网。包九无心而遇，腌孩有故而啼，天若使之，罪难容矣！宜坐致死之律，兼追所诈之赃。”况爷念了审单，连支助亦甘心服罪。况爷将此事申文上司，无不夸奖大才，万民传颂，以为包龙图复出，不是过也。这一家小说，又题做：《况太守断死孩儿》。有诗为证：

俏邵娘见欲心乱，蠢得贵福过灾生。

支赤棍奸谋似鬼，况青天折狱如神。

醒世恆言

叙

　　六经国史而外，凡著述皆小说也。而尚理或病于艰深，修词或伤于藻绘，则不足以触里耳而振恒心。此《醒世恒言》四十种，所以继《明言》《通言》而刻也。明者，取其可以导愚也；通者，取其可以适俗也；恒则习之而不厌，传之而可久。三刻殊名，其义一耳。夫人居恒动作言语不甚相悬，一旦弄酒，则叫号蹓躅，视堑如沟，度城如槛。何则？酒浊其神也。然而斟酌有时，虽毕吏部、刘太常未有时时如滥泥者。岂非醒者恒而醉者暂乎？繇此推之，惕孺为醒，下石为醉；却嗁为醒，食嗟为醉；剖玉为醒，题石为醉。又推之，忠孝为醒，而悖逆为醉；节俭为醒，而淫荡为醉；耳和目章、口顺心贞为醒，而即聋从昧、与顽用嚚为醉。人之恒心，亦可思已。从恒者吉，背恒者凶。心恒心，言恒言，行恒行。入夫妇而不惊，质天地而无怍。下之巫医可怍，而上之善人、君子、圣人亦可见。恒之时义大矣哉！自昔浊乱之世，谓之天醉。天不自醉人醉之，则天不自醒人醒之。以醒天之权与人，而以醒人之权与言。言恒而人恒，人恒而天亦得其恒，万世太平之福，其可量乎！则兹刻者，虽与《康衢》《击壤》之歌并传不朽可矣。崇儒之代，不废二教，亦谓导愚适俗，或有藉焉。以二教为儒之辅可也，以《明言》《通言》《恒言》为六经国史之辅，不亦可乎？若夫淫谈亵语，取快一时，贻秽百世，夫先自醉也，而又以狂药饮之，吾不知视此"三言"者得失何如也？

天启丁卯中秋陇西可一居士题于白下之栖霞山房

第一卷　两县令竞义婚孤女

风水人间不可无，也须阴骘两相扶。

时人不解苍天意，枉使身心着意图。

话说近代浙江衢州府，有一人姓王名奉，哥哥姓王名春。弟兄各生一女：王春的女儿名唤琼英，王奉的叫做琼真。琼英许配本郡一个富家潘百万之子潘华，琼真许配本郡萧别驾之子萧雅，都是自小聘定的。琼英年方十岁，母亲先丧，父亲继殁。那王春临终之时，将女儿琼英托与其弟，嘱咐道："我并无子嗣，只有此女，你把做嫡女看成。待其长成，好好嫁去潘家。你嫂嫂所遗房奁衣饰之类，尽数与之。有潘家原聘财礼置下庄田，就把与他做脂粉之费。莫负吾言！"嘱罢，气绝。殡葬事毕，王奉将侄女琼英接回家中，与女儿琼真做伴。

忽一年元旦，潘华和萧雅不约而同到王奉家来拜年。那潘华生得粉脸朱唇，如美女一般，人都称玉孩童。萧雅一脸麻子，眼眍齿龃，好似飞天夜叉模样。一美一丑，相形起来，那标致的越觉美玉增辉，那丑陋的越觉泥涂无色。况且潘华衣服炫丽，有心卖富，脱一通换一通。那萧雅是老实人家，不以穿着为事。常言道：佛是金装，人是衣装。世人眼孔浅的多，只有皮相，没有骨相。王家若男若女，若大若小，那一个不欣羡潘小官人美貌，如潘安再出，暗暗地颠唇簸嘴，批点那飞天夜叉之丑。王奉自己也看不过，心上好不快活。

不一日，萧别驾卒于任所，萧雅奔丧，扶柩而回。他虽是个世家，累代清官，家无余积，自别驾死后，日渐消索。潘百万是个暴富，家事日盛一日。王奉忽起一个不良之心，想道："萧家甚空，女婿又丑。潘家又富，女婿又标致。何不把琼英琼真暗地兑转，谁人知道？也不教亲生女儿在穷汉家受苦。"主意已定，到临嫁之时，将琼真充做侄女，嫁与潘家，哥哥所遗衣饰庄田之类，都把他去。却将琼英反为己女，嫁与那飞天夜叉为配，自己薄薄备些妆奁嫁送，琼英但凭叔叔做主，敢怒而不敢言。谁知嫁后，那潘华自恃家富，不习诗书，不务生理，专一嫖赌为事。父亲累训不从，气愤而亡。潘华益无顾忌，日逐与无赖小人酒食游戏。不上十年，把百万家资败得罄尽，寸土俱无。丈人屡次周给他，如炭中沃雪，全然不济。结末迫于冻馁，瞒着丈人，要引浑家去投靠人家为奴。王奉闻知此信，将女儿琼真接回家中养老，不许女婿上门。潘华流落他乡，不知下落。那萧雅勤苦攻书，后来一举成名，直做到尚书地位，琼英封一品夫人。有诗为证：

> 目前贫富非为准，久后穷通未可知。
>
> 颠倒任君瞒昧做，鬼神昭鉴定无私。

看官，你道为何说这王奉嫁女这一事？只为世人但顾眼前，不思日后。只要损人利己，岂知人有百算，天只有一算。你心下想得滑碌碌的一条路，天未必随你走哩！还是平日行善为高。今日说一段话本，正与王奉相反，唤做《两县令竞义婚孤女》。这桩故事，出在梁、唐、晋、汉、周五代之季。其时周太祖郭威在位，改元广顺。虽居正统之尊，未就混一之势，四方割据称雄者，还有几处，共是五国、三镇。那五国：

周郭威	南汉刘晟	北汉刘旻
南唐李昪	蜀孟知祥	

那三镇？

吴越钱镠	湖南周行逢	荆南高季昌。

单说南唐李氏有国，辖下江州地方。内中单表江州德化县一个知县，姓石，名璧，原是抚州临川县人氏，流寓建康。四旬之外，丧了夫人，又无儿子，止有八岁

亲女月香，和一个养娘随任。那官人为官清正，单吃德化县中一口水。又且听讼明决，雪冤理滞，果然政简刑清，民安盗息。退堂之暇，就抱月香坐于膝上，教他识字，又或叫养娘和他下棋、蹴抔，百般顽耍，他从旁教导。只为无娘之女，十分爱惜。一日，养娘和月香在庭中蹴那小小球儿为戏。养娘一脚踢起，去得势重了些，那球击地而起，连跳几跳的溜溜滚去，滚入一个地穴里。那地穴约有二三尺深，原是埋缸贮水的所在，养娘手短搅他不着，正待跳下穴中去拾取球儿，石璧道："且住！"问女儿月香道："你有甚计较，使球儿自走出来么？"月香想了想，便道："有计了！"即教养娘去提过一桶水来，倾在穴内，那球便浮在水面。再倾一桶，穴中水满，其球随水而出。石璧本是要试女孩儿的聪明，见其取水出球，智意过人，不胜之喜。

闲话休叙。那官人在任不上二年，谁知命里官星不现，飞祸相侵。忽一夜仓中失火，急去救时，已烧损官粮千余石。那时米贵，一石值一贯五百。乱离之际，军粮最重。南唐法度，凡官府破耗军粮至三百石者，即行处斩。只为石璧是个清官，又且火灾天数，非关本官私弊，上官都替他分解保奏。唐主怒犹未息，将本官削职，要他赔偿。估价共该一千五百余两，把家私变卖，未尽其半。石璧被本府软监，追逼不过，郁成一病，数日而死。遗下女儿和养娘二口，少不得着落牙婆官卖，取价偿官。这等苦楚，分明是：

> 屋漏更遭连夜雨，船迟又遇打头风。

却说本县人有个百姓，叫做贾昌，昔年被人诬陷，坐假人命事，问成死罪在狱。亏石知县到任，审出冤情，将他释放，贾昌衔保家活命之恩，无从报效。一向在外为商，近日方回，正值石知县身死，即往抚尸恸哭，备办衣衾棺木，与他殡殓，合家挂孝，买地营茔。又闻得所欠官粮尚多，欲待替他赔补几分，怕钱粮干系，不敢开端惹祸。见说小姐和养娘都着落牙婆官卖，慌忙带了银子，到李牙婆家，问要多少身价。李牙婆取出朱批的官票来看：养娘十六岁，只判得三十两；月香十岁，到判了五十两。却是为何？月香虽然年小，容貌秀美可爱，养娘不过粗使之婢，故此判价不等。贾昌并无吝色，身边取出银包，兑足了八十两纹银，交付牙婆，又谢他五两银子，即时领取二人回家。李牙婆把两个身价，交纳官库。地方呈明石知县家财人口变卖都尽，上官只得在别项那移赔补，不在话下。

却说月香自从父亲死后，没一刻不啼啼哭哭。今日又不认得贾昌是什么人，买他归去，必然落于下贱，一路痛哭不已。养娘道："小姐，你今番到人家去，不比在老爷身边，只管啼哭，必遭打骂！"月香听说，愈觉悲

伤。谁知贾昌一片仁义之心，领到家中，与老婆相见，对老婆说："此乃恩人石相公的小姐，那一个就是伏侍小姐的养娘。我当初若没有恩人，此身死于缧绁。今日见他小姐，如见恩人之面。你可另收拾一间香房，教他两个住下，好茶好饭供待他，不可怠慢。后来倘有亲族来访，那时送还，也尽我一点报效之心。不然之时，待他长成，就本县择个门当户对的人家，一夫一妇，嫁他出去，恩人坟墓也有个亲人看觑。那养娘依旧教他伏侍小姐，等他两个作伴，做些女工，不要他在外答应。"月香生成伶俐，见贾昌如此吩咐老婆，慌忙上前万福道："奴家卖身在此，为奴为婢，理之当然。蒙恩人抬举，此乃再生之恩。乞受奴一拜，收为义女。"说罢，即忙下跪。贾昌哪里肯要他拜，别转了头，忙教老婆扶起道："小人是老相公的子民，这蝼蚁之命，都出老相公所赐。就是这位养娘，小人也不敢怠慢，何况小姐！小人怎敢妄自尊大。暂时屈在寒家，只当宾客相待。望小姐勿责怠慢，小人夫妻有幸。"月香再三称谢。贾昌又吩咐家中男女，都称为石小姐。那小姐称贾昌夫妇，但呼贾公贾婆，不在话下。

原来贾昌的老婆，素性不甚贤慧，只为看上月香生得清秀乖巧，自己无男无女，有心要收他做个螟蛉女儿，初时甚是欢喜，听说宾客相待，先有三分不耐烦了。却灭不得石知县的恩，没奈何依着丈夫言语，勉强奉承。后来贾昌在外为商，每得好绸好绢，先尽上好的寄与石小姐做衣服穿。比及回家，先问石小姐安否。老婆心下渐渐不平。又过些时，把马脚露出来了。但是贾昌在家，朝饔夕餐，也还成个规矩，口中假意奉承几句。但背了贾昌时，茶不茶，饭不饭，另是一样光景了。养娘常叫出外边杂差杂使，不容他一刻空闲。又每日间限定石小姐要做若干女工针指还他。倘手迟脚慢，便去捉鸡骂狗，口里好不干净。正是：

> 人无千日好，花无百日红。

养娘受气不过，禀知小姐，欲待等贾公回家，告诉他一番。月香断然不肯，说道："当初他用钱买我，原不指望他抬举。今日贾婆虽有不到之处，却与贾公无干。你若说他，把贾公这段美情都没了。我与你命薄之人，只索忍耐为上。"忽一日，贾公做客回家，正撞着养娘在外汲水，面庞比前甚是黑瘦了。贾公道："养娘，我只教你服侍小姐，谁要你汲水？且放着水桶另叫人来担罢！"养娘放了水桶，动了个感伤之念，不觉滴下几点泪来。贾公要盘问时，他把手拭泪，忙忙地奔进去了。贾公心中甚疑，见了老婆，问道："石小姐和养娘没有甚事么？"老婆回言："没有。"初归之际，事体多头，也就搁过一边。又过了几日，贾公偶然到近处人家走动，

回来不见老婆在房，自往厨下去寻他说话。正撞见养娘从厨下来，也没有托盘，右手拿一大碗饭，左手一只空碗，碗上顶一碟腌菜叶儿。贾公有心闪在隐处看时，养娘走进石小姐房中去了。贾公不省得这饭是谁吃的，一些荤腥也没有，那时不往厨下，竟悄悄的走在石小姐房前，向门缝里张时，只见石小姐将这碟腌菜叶儿过饭，心中大怒，便与老婆闹将起来。老婆道："荤腥尽有，我又不是不舍得与他吃。那丫头自不来担，难道要老娘送进房去不成？"贾公道："我原说过来，石家的养娘，只教他在房中与小姐作伴。我家厨下走使的又不少，谁要他出房担饭！前日那养娘噙着两眼泪在外街汲水，我已疑心，是必家中把他难为了，只为匆忙，不曾细问得。原来你怎地无恩无义，连石小姐都怠慢！见放着许多荤菜，却教他吃白饭，是甚道理？我在家尚然如此，我出外时，可知连饭也没得与他们吃饱。我这番回来，见他们着实黑瘦了。"老婆道："别人家丫头，那要你恁般疼他。养得白白壮壮，你可收用他做小老婆么？"贾公道："放屁！说的是什么话！你这样不通理的人，我不与你讲嘴。自明日为始，我教当直的每日另买一分肉菜供给他两口，不要在家火中算帐，省得夺了你的口食，你又不欢喜。"老婆自家觉得有些不是，口里也含含糊糊的哼了几句，便不言语了。从此贾公吩咐当直的，每日肉菜分做两份；却叫厨下丫头们，各自安排送饭，这几时，好不齐整。正是：

人情若比初相识，到底终无怨恨心。

贾昌因牵挂石小姐，有一年多不出外经营。老婆却也做意修好，相忘于无言。月香在贾公家，一住五年，看看长成。贾昌意思要密访个好主儿，嫁他出去了，方才放心，自家好出门做生理。这也是贾公的心事，背地里自去勾当，晓得老婆不贤，又与他商量怎的？若是凑巧时，赔些妆奁嫁出去了，可不干净。何期姻缘不偶。内中也有缘故：但是出身低微的，贾公又怕辱莫了石知县，不肯俯就；但是略有些名目的，哪个肯要百姓人家的养娘为妇，所以好事难成。贾公见姻事不就，老婆又和顺了，家中供给又立了常规，舍不得耽搁生意，只得又出外为商。未行数日之前，预先叮咛老婆有十来次，只教好生看待石小姐和养娘两口。又请石小姐出来，再三抚慰，连养娘都用许多好言安放。又吩咐老婆道："他骨气也比你重几百分哩，你切莫慢他。若是不依我言语，我回家时，就不与你认夫妻了！"又唤当直的和厨下丫头，都吩咐遍了，方才出门。

临岐费尽叮咛语，只为当初受德深。

却说贾昌的老婆，一向被老公在家作兴石小姐和养娘，心下好生不乐，没奈何，只得由他，受了一肚子的腌臜昏闷之气。一等老公出门，三日之后，就使起家主母的势来。寻个茶迟饭晏小小不是的题目，先将厨下丫头试法，连打几个巴掌，骂道："贱人，你是我手内用钱讨的，如何恁地托大？你恃了那个小主母的势头，却不用心服侍我。家长在家日，纵容了你；如今他出去了，少不得要还老娘的规矩。除却老娘外，那个该服侍的？要饭吃时，等他自担，不要你们献勤，却担误老娘的差使！"骂了一回，就乘着热闹中，唤过当直的，吩咐将贾公派下另一分肉菜钱干折进来，不要买了。当直的不敢不依。且喜月香能甘淡薄，全不介意。又过了些时，忽一日，养娘担洗脸水，迟了些，水已凉了。养娘不合哼了一句，那婆娘听得了，特地叫来发作道："这水不是你担的，别人烧着汤，你便胡乱用些罢！当初在牙婆家，那个烧汤与你洗脸？"养娘耐嘴不住，便回了几句言语道："谁要他们担水烧汤？我又不是不曾担水过的，两只手也会烧火。下次我自担水自烧，不费厨下姐姐们力气便了！"那婆娘提醒了他当初曾担水过这句话，便骂道："小贱人！你当先担得几桶水，便在外面做身做分，哭与家长知道，连累老娘受了百般呕气。今日老娘要讨个帐儿，你既说会担水，会烧火，把两件事都交在你身上。每日常用的水，都要你担，不许缺乏。是火，都是你烧，若是难为了柴，老娘却要计较。且等你知心知意的家长回家时，你再啼啼哭哭告诉他便了，也不怕他赶了老娘出去。"月香在房中，听得贾婆发作自家的丫头，慌忙移步上前，万福谢罪，招称许多不是，叫贾婆莫怪。养娘道："果是婢子不是了！只求看小姐面上，不要计较。"那老婆愈加忿怒，便道："什么小姐，小姐？是小姐，不到我家来了。我是个百姓人家，不晓得小姐是什么品级，你动不动把来压老娘。老娘骨气虽轻，不受人压量的。今日要说个明白，就是小姐，也说不得费了大钱讨的。少不得老娘是个主母，贾婆也不是你叫的。"月香听得话不投机，含着眼泪，自进房去了。那婆娘吩咐厨中，不许叫"石小姐"，只叫他"月香"名字。又吩咐养娘，只在厨下专管担水烧火，不许进月香房中。月香若要饭吃时，得他自到厨房来取。其夜，又叫丫头搬了养娘的被窝到自己房中去。月香坐个更深，不见养娘进来，只得自己闭门而睡。又过几日，那婆娘唤月香出房，却教丫头把他的房门锁了。月香没了房，只得在外面盘旋，夜间就同养娘一铺睡。睡起时，就叫他拿东拿西，役使他起来。在他矮檐下，怎敢不低头。月香无奈何，只得伏低伏小。那婆娘见月香随顺了，心中暗喜，蓦地开了他房门的锁，把他房中搬得一空，凡丈夫一向寄来的好绸好缎，曾做不曾做得，都迁入自己箱笼，被窝也收起了不还他。月香暗暗叫苦，不敢则声。

忽一日，贾公书信回来，又寄许多东西与石小姐。书中嘱咐老婆："好生看待，不久我便回来。"那婆娘把东西收起，思想道："我把石家两个丫头作贱勾了，丈夫回来，必然厮闹。难道我惧怕老公，重新奉承他起来不成？那老亡八把这两个瘦马养着，不知作何结束。他临行之时，说道若不依他言语，就不与我做夫妻了。一定他起了什么不良之心。那月香好副嘴脸，年已长成，倘或有意留他，也不见得，那时我争风吃醋便迟了。人无远虑，必有近忧。一不做，二不休，索性把他两个卖去他方，老亡八回来也只一怪，拚得厮闹一场罢了，难道又去赎他回来不成？好计，好计！"正是：

眼孔浅时无大量，心田偏处有奸谋。

当下那婆娘吩咐当直的："与我唤那张牙婆到来，我有话说。"不一时，当直的将张婆引到。贾婆教月香和养娘都相见了，却发付他开去。对张婆说道："我家六年前，讨下这两个丫头。如今大的忒大了，小的又娇娇的，做不得生活，都要卖他出去，你与我快寻个主儿。"原来当先官卖之事，是李牙婆经手。此时李婆已死，官私做媒，又推张婆出尖了。张婆道："那年纪小的，正有个好主儿在此，只怕大娘不肯。"贾婆道："有甚不肯？"张婆道："就是本县大尹老爷复姓钟离，名义，寿春人氏，亲生一位小姐，许配德安县高大尹的长公子，在任上行聘的，不日就要来娶亲了，本县嫁装都已备得十全，只是缺少一个随嫁的养娘。昨日大尹老爷唤老媳妇当官吩咐过了，老媳妇正没处寻。宅上这位小娘子，正中其选。只是异乡之人，怕大娘不舍得与他。"贾婆想道："我正要寻个远方的主顾，来得正好！况且知县相公要了人去，丈夫回来，料也不敢则声。"便道："做官府家的陪嫁，胜似在我家十倍，我有什么不舍得。只是不要亏了我的原价便好。"张婆道："原价许多？"贾婆道："十来岁时，就是五十两讨的，如今饭钱又丢一主在身上了。"张婆道："吃的饭是算不得帐。这五十两银子在老媳妇身上。"贾婆道："那一个老丫头也替我觅个人家便好。他两个是一伙儿来的，去了一个，那一个也养不住了。况年纪一二十之外，又是要老公的时候，留他甚么！"张婆道："那个要多少身价？"贾婆道："原是三十两银子讨的。"牙婆道："粗货儿，直不得这许多。若是减得一半，老媳妇倒有个外甥在身边，三十岁了，老媳妇原许下与他娶一房妻小的，因手头不宽展，捱下去，这到是雌雄一对儿。"贾婆道："既是你的外甥，便让你五两银子。"张婆道："连这小娘子的媒礼在内，让我十两罢。"贾婆道："也不为大事，你且说合起来。"张婆道："老媳妇如今先去回复知县相公。若讲得成时，一手交钱，一手就要交货的。"贾婆道："你今晚还来不？"张婆道："今晚还要与外甥商量，来不及了，明日早来回话。多分两个都要成的。"说罢别去，不在话下。

却说大尹钟离义到任有一年零三个月了。前任马公，是顶那石大尹的缺。马公升任去后，钟离义又是顶马公的缺。钟离大尹与德安高大尹原是个同乡。高大尹生下二子，长曰高登，年十八岁；次曰高升，年十六岁。这高登便是钟离公的女婿。自来钟离公未曾有子，止生此女，小字瑞枝，年方一十七岁，选定本年十月望日出嫁。此时九月下旬，吉期将近。钟离公吩咐张婆，急切要寻个陪嫁。张婆得了贾家这头门路，就去回复大尹。大尹道："若是人物好时，就是五十两也不多。明日库上来领价，晚上就要过门的。"张婆道："领相公钧旨。"当晚回家，与外甥赵二商议，有这相应的亲事，要与他完婚，赵二先欢喜了一夜。次早，赵二便去整理衣褶，准备做新郎。张婆在家中，先凑足了二十两身价，随即到县取知县相公钧帖，到库上兑了五十两银子，来到贾家，把这两项银子交付与贾婆，分疏得明明白白。贾婆都收下了。少顷，县中差两名皂隶，两个轿夫，抬着一顶小轿，到贾家门首停下。贾家初时都不通月香晓得，临期竟打发他上轿。月香正不知教他哪里去，和养娘两个，叫天叫地，放声大哭。贾婆不管三七二十一，和张婆两个，你一推，我一搦，搦他出了大门。张婆方才说明："小娘子不要啼哭了。你家主母，将你卖与本县知县相公处做小姐的陪嫁，此去好不富贵！官府衙门，不是要处，事到其间，哭也无益。"月香只得收泪，上轿而去。轿夫抬进后堂，月香见了钟离义，还只万福。张婆在旁道："这就是老爷了，须下个大礼。"月香只得磕头，立起身来，不觉泪珠满面。张婆教他拭干了泪眼，引入私衙，见了夫人和瑞枝小姐。问其小名，对以"月香"。夫人道："好个'月香'二字！不必更改，就发他服侍小姐。"钟离公厚赏张婆，不在话下。

> 可怜宦室娇香女，权作闺中使令人。

张婆出衙，已是酉牌时分，再到贾家，只见那养娘正思想小姐，在厨下痛哭。贾婆对他说道："我今把你嫁与张妈妈的外甥，一夫一妇，比月香倒胜几分，莫要悲伤了。"张婆也劝慰了一番。赵二在混堂内洗了个净浴，打扮得帽儿光光，衣衫簇簇，自家提一碗灯笼前来接亲。张婆就教养娘拜别了贾婆。那养娘原是个大脚，张婆扶着步行到家，与外甥成亲。

话休絮烦。再说月香小姐自那日进了钟离相公衙内，次日，夫人吩咐新来婢子，将中堂打扫。月香领命，携帚而去。钟离义梳洗已毕，打点早衙理事，步

出中堂，只见新来婢子呆呆的把着一把扫帚，立于庭中。钟离公暗暗称怪，悄地上前看时，原来庭中有一个土穴，月香对了那穴，汪汪流泪。钟离公不解其故，走入中堂，唤月香上来，问其缘故。月香愈加哀泣，口称不敢。钟离公再三诘问，月香方才收泪而言道：“贱妾幼时，父亲曾于此地教妾蹴球为戏，误落球于此穴。父亲问妾道：‘你可有计较，使球自出于穴，不须拾取？’贱妾答云：‘有计。’即遣养娘取水灌之，水满球浮，自出穴外。父亲谓妾聪明，不胜之喜。今虽年久，尚然记忆，睹物伤情，不觉哀泣。愿相公俯赐矜怜，勿加罪责！”钟离公大惊道：“汝父姓甚名谁？你幼时如何得到此地？须细细说与我知。”月香道：“妾父姓石名璧，六年前在此做县尹。只为天火烧仓，朝廷将父革职，勒令赔偿，父亲病郁而死。有司将妾和养娘官卖到本县贾公家。贾公向被冤系，感我父活命之恩，故将贱妾甚相看待，抚养至今。因贾公出外为商，其妻不能相容，将妾转卖于此。只此实情，并无欺隐。”

今朝诉出衷肠事，铁石人知也泪垂。

钟离公听罢，正是兔死狐悲，物伤其类。“我与石璧一般是个县尹，他只为遭时不幸，遇了天灾，亲生女儿就沦于下贱。我若不闻不见，倒也罢了，天教他到我衙里，我若不扶持他，同官体面何存！石公在九泉之下，以我为何如人！"当下请夫人上堂，就把月香的来历细细叙明。夫人道："似这等说，他也是个县令之女，岂可贱婢相看。目今女孩儿嫁期又逼，相公何以处之？"钟离公道："今后不要月香服役，可与女孩儿姊妹相称。下官自有处置。"即时修书一封，差人送到亲家高大尹处。高大尹拆书观看，原来是求宽嫁娶之期。书上写道：

> 婚男嫁女，虽父母之心；舍己成人，乃高明之事。近因小女出阁，预置媵婢月香。见其颜色端丽，举止安详，心窃异之。细访来历，乃知即两任前石县令之女。石公廉吏，因仓火失官丧躯，女亦官卖，转展售于寒家。同官之女，犹吾女也。此女年已及笄，不惟不可屈为媵婢，且不可使吾女先此女而嫁。仆今急为此女择婿，将以小女薄奁嫁之。令郎姻期，少待改卜。特此拜恳，伏惟情谅。钟离义顿首。

高大尹看了道："原来如此！此长者之事，吾奈何使钟离公独擅其美！"即时回书云：

> 鸾凤之配，虽有佳期；狐兔之悲，岂无同志。在亲翁既以同官之女为女，在不佞宁不以亲翁之心为心？三复示言，令人悲恻。此女廉吏血胤，无惭阀阅，愿亲家即赐为儿妇，以践始期。令爱别选高

门，庶几两便。昔蘧伯玉耻独为君子，仆今者愿分亲翁之谊。高原顿首。

使者将回书呈与钟离公看了。钟离公道："高亲家愿娶孤女，虽然义举，但吾女他儿，久已聘定，岂可更改？还是从容待我嫁了石家小姐，然后另备妆奁，以完吾女之事。"当下又写书一封，差人再达高亲家。高公开书读道：

> 娶无依之女，虽属高情；更已定之婚，终乖正道。小女与令郎，久谐凤卜，准拟鸾鸣。在令郎停妻而娶妻，已违古礼；使小女舍婿而求婿，难免人非。请君三思，必从前议。义惶恐再拜。

高公读毕，叹道："我一时思之不熟，今闻钟离公之言，惭愧无地。我如今有个两尽之道，使钟离公得行其志，而吾亦同享其名。万世而下，以为美谈。"即时复书云：

> 以女易女，仆之慕谊虽殷；停妻娶妻，君之引礼甚正。仆之次男高升，年方十七，尚未缔姻。令爱归我长儿，石女属我次子，佳儿佳妇，两对良姻。一死一生，千秋高谊。妆奁不须求备，时日且喜和同。伏冀俯从，不须改卜。原惶恐再拜。

钟离公得书，大喜道："如此处分，方为双美。高公义气，真不愧古人，吾当拜其下风矣。"当下即与夫人

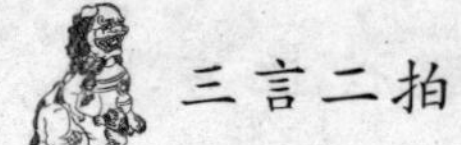

说知，将一副妆奁，剖为两份，衣服首饰，稍稍增添，二女一般，并无厚薄。到十月望前两日，高公安排两乘花花细轿，笙箫鼓吹，迎接两位新人。钟离公先发了嫁妆去后，随唤出瑞枝、月香两个女儿，教夫人吩咐他为妇之道，二女拜别而行。月香感念钟离公夫妇恩德，十分难舍，号哭上轿。一路趱行，自不必说。到了县中，恰好凑着吉日良时，两对小夫妻，如花如锦，拜堂合卺。高公夫妇欢喜无限。正是：

百年好事从今定，一对姻缘天上来。

再说钟离公嫁女三日之后，夜间忽得一梦，梦见一位官人，幞头象简，立于面前，说道："吾乃月香之父石璧是也。生前为此县大尹，因仓粮失火，赔偿无措，郁郁而亡。上帝察其清廉，悯其无罪，敕封吾为本县城隍之神。月香吾之爱女，蒙君高谊，拔之泥中，成其美眷，此乃阴德之事，吾已奏闻上帝。君命中本无子嗣，上帝以公行善，赐公一子，昌大其门。君当致身高位，安享遐龄。邻县高公与君同心，愿娶孤女，上帝嘉悦，亦赐二子高官厚禄，以酬其德。君当传与世人，广行方便，切不可凌弱暴寡，利己损人。天道昭昭，纤毫洞察！"说罢，再拜。钟离公答拜起身，忽然踏了衣服前幅，跌上一交，猛然惊醒，乃是一梦。即时说与夫人知道，夫人亦嗟呀不已。待等天明，钟离公打轿到城隍

庙中焚香作礼，捐出俸资百两，命道士重新庙宇，将此事勒碑，广谕众人。又将此梦备细写书报与高公知道，高公把书与两个儿子看了，各各惊讶。钟离夫人年过四十，忽然得孕生子，取名天赐。后来钟离义归宋，仕至龙图阁大学士，寿享九旬。子天赐，为大宋状元。高登、高升俱仕宋朝，官至卿宰。此是后话。

且说贾昌在客中，不久回来，不见了月香小姐和那养娘，询知其故，与婆娘大闹几场。后来知得钟离相公将月香为女，一同小姐嫁与高门，贾昌无处用情，把银二十两，要赎养娘送还石小姐。那赵二恩爱夫妻，不忍分拆，情愿做一对投靠，张婆也禁他不住。贾昌领了赵二夫妻，直到德安县，禀知大尹高公。高公问了备细，进衙又问媳妇月香，所言相同。遂将赵二夫妻收留，以金帛厚酬贾昌，贾昌不受而归。从此贾昌恼恨老婆无义，立誓不与他相处，另招一婢，生下两男。此亦作善之报也！后人有诗叹云：

人家嫁娶择高门，谁肯周全孤女婚？

试看两公阴德报，皇天不负好心人。

第二卷　三孝廉让产立高名

紫荆枝下还家日，花萼楼中合被时。

同气从来兄与弟，千秋羞咏《豆萁诗》。

这首诗，为劝人兄弟和顺而作。用着三个故事，看官听在下一一分剖。

第一句说："紫荆枝下还家日。"昔时有田氏兄弟三人，从小同居合爨。长的娶妻叫田大嫂，次的娶妻叫田二嫂，妯娌和睦，并无闲言。惟第三的年小，随着哥嫂过日。后来长大娶妻，叫田三嫂。那田三嫂为人不贤，恃着自己有些妆奁，看见夫家一锅里煮饭，一桌上吃食，不用私钱，不动私秤，便私房要吃些东西，也不方便，日夜在丈夫面前撺掇："公堂钱库田产，都是伯伯们掌管，一出一入，你全不知道。他是亮里，你

是暗里，用一说十，用十说百，哪里晓得？目今虽说同居，到底有个散场。若还家道消乏下来，只苦得你年幼的。依我说，不如早早分析，将财产三分拨开，各人自去营运，不好么？"田三一时被妻言所惑，认为有理，央亲戚对哥哥说，要分析而居。田大、田二初时不肯，被田三夫妇内外连连催逼，只得依允，将所有房产钱谷之类，三分拨开，分毫不多，分毫不少。只有庭前一棵大紫荆树，积祖传下，极其茂盛，既要析居，这树归着那一个？可惜正在开花之际，也说不得了。田大至公无私，议将此树砍倒，将粗本分为三截，每人各得一截，其余零枝碎叶，论秤分开。商议已妥，只待来日动手。次日天明，田大唤了两个兄弟，同去砍树。到得树边看时，枝枯叶萎，全无生气。田大把手一推，其树应手而倒，根芽俱露。田大住手，向树大哭。两个兄弟道："此树值得甚么？兄长何必如此痛惜。"田大道："吾非哭此树也。思我兄弟三人，产于一姓，同爷合母，比这树枝枝叶叶，连根而生，分开不得。根生本，本生枝，枝生叶，所以荣盛。昨日议将此树分为三截，树不忍活活分离，一夜自家枯死。我兄弟三人若分离了，亦如此树枯死，岂有荣盛之日，吾所以悲哀耳！"田二、田三闻哥哥所言，至情感动："可以人而不如树乎？"遂相抱做一堆，痛哭不已。大家不忍分析，情愿依旧同居合爨。三房妻子听得堂前哭声，出来看时，方知其故。大嫂、二嫂各各欢喜，惟三嫂不愿，口出怨言，田三要将妻逐出，两个哥哥再三劝住。三嫂羞惭，还房自缢而死，此乃自作孽不可活。这话搁过不提。再说田大可惜那棵紫荆树，再来看时其树无人整理，自然端正，枝枯再活，花萎重新，比前更加烂熳。田大唤两个兄弟来看了，各人嗟呀不已。自此田氏累世同居。有诗为证：

紫荆花下说三田，人合人离花亦然。

同气连枝原不解，家中莫听妇人言。

第二句说："花萼楼中合被时。"那花萼楼在陕西长安城中，大唐玄宗皇帝所建。玄宗皇帝就是唐明皇，他原是唐家宗室，因为韦氏乱政，武三思专权，明皇起兵诛之，遂即帝位。有五个兄弟，皆封王爵，时号"五王"。明皇友爱甚笃，起一座大楼，取《诗经·棠棣》之义，名曰花萼，时时召五王登楼欢宴。又制成大幔，名为"五王帐"。帐中长枕大被，明皇和五王时常同寝其中。有诗为证：

羯鼓频敲玉笛催，朱楼宴罢夕阳微。

宫人秉烛通宵坐，不信君王夜不归。

第四句说："千秋羞咏《豆萁诗》"。后汉魏王曹操长子曹丕，篡汉称帝。有弟曹植，字子建，聪明绝世，操生时最所宠爱，几遍欲立为嗣而不果。曹丕衔其旧恨，欲寻事而杀之。一日，召子建问曰："先帝每夸汝诗才敏捷，朕未曾面试。今限汝七步之内，成诗一首。如若不成，当坐汝欺诳之罪。"子建未及七步，其诗已成，中寓规讽之意。诗曰：

煮豆燃豆萁，豆在釜中泣。

本是同根生，相煎何太急。

曹丕见诗感泣，遂释前恨。后人有诗为证：

从来宠贵起猜疑，七步诗成亦可为。

堪叹釜萁仇未已，六朝骨肉尽诛夷。

说话的，为何今日讲这两三个故事？只为自家要说那三孝廉让产立高名。这段话文不比曹丕忌刻，也没子建风流，胜如紫荆花下三田，花萼楼中诸李。随你不和顺的弟兄，听着在下讲这节故事，都要学好起来。正是：

要知天下事，须读古人书。

　　这故事出在东汉光武年间，那时天下乂安，万民乐业，朝有梧凤之鸣，野无谷驹之叹。原来汉朝取士之法，不比今时，他不以科目取士，惟凭州郡选举。虽则有博学宏词、贤良方正等科，惟以孝廉为重。孝者，孝弟；廉者，廉洁。孝则忠君，廉则爱民。但是举了孝廉，便得出身做官。若依了今日的事势，州县考个童生，还有几十封荐书。若是举孝廉时，不知多少份上钻刺，依旧是富贵子弟钻去了。孤寒的便有曾参之孝，伯夷之廉，休想扬名显姓。只是汉时法度甚妙，但是举过某人孝廉，其人若果然有才有德，不拘资格，骤然升擢，连举主俱纪录受赏；若所举不得其人，后日或贪财坏法，轻则罪黜，重则抄没，连举主一同受罪。那荐人的，与所荐之人休戚相关，不敢胡乱。所以公道大明，朝班清肃。不在话下。

　　且说会稽郡阳羡县，有一人姓许，名武，字长文。十五岁上，父母双亡，虽然遗下些田产童仆，奈门户单微，无人帮助。更兼有两个兄弟，一名许晏，年方九岁，一名许普，年方七岁，都则幼小无知，终日赶着哥哥啼哭。那许武日则躬率童仆，耕田种圃，夜则挑灯读书。但是耕种时，二弟虽未胜耰锄，必使从旁观看。但是读书时，把两小兄弟，坐于案旁，将句读亲口传授，细细讲解，教以礼让之节，成人之道。稍不率教，辄跪于家庙之前，痛自督责，说自己德行不足，不能化诲，愿父母有灵，启牖二弟，涕泣不已。直待兄弟号泣请罪，方才起身，并不以疾言倨色相加也。室中只用铺陈一副，兄弟三人同睡。如此数年，二弟俱已长成，家事亦渐丰盛。有人劝许武娶妻，许武答道："若娶妻，便当与二弟别居。笃夫妇之爱，而忘手足之情，吾不忍也。"由是昼则同耕，夜则同读，食必同器，宿必同床。乡里传出个大名，都称为"孝悌许武"。又传出几句口号，道是：

阳羡许季长，耕读昼夜忙。

教诲二弟俱成行，不是长兄是父娘。

时州牧郡守，俱闻其名，交章荐举，朝廷征为议郎。下诏会稽郡，太守奉旨，檄下县令，刻日劝驾。许武迫于君命，料难推阻，吩咐两个兄弟："在家躬耕力学，一如我在家之时，不可懈惰废业，有负先人遗训。"又嘱咐奴仆："俱要小心安分，听两个家主役使，早起夜眠，共扶家业。"嘱咐已毕，收拾行装，不用官府车辆，自己雇了脚力登车，只带一个童儿，望长安进发。

不一日，到京朝见受职。长安城中，闻得孝悌许武之名，争来拜访识荆，此时望重朝班，名闻四野。朝中大臣探听得许武尚未婚娶，多欲以女妻之者。许武心下想道："我兄弟三人，年皆强壮，皆未有妻。我若先娶，殊非为兄之道。况我家世耕读，侥幸备员朝署，便与缙绅大家为婚，那女子自恃家门，未免娇贵之气。不惟坏了我儒素门风，异日我两个兄弟娶了贫贱人家女子，妯娌之间，怎生相处？从来兄弟不睦，多因妇人而起，我不可不防其渐也。"腹中虽如此踌论，却是说不出的话。只得权辞以对，说家中已定下糟糠之妇，不敢停妻再娶，恐被宋弘所笑。众人闻之，愈加敬重。况许武精于经术，朝廷有大政事，公卿不能决，往往来请教他。他引古证今，议论悉中窾要。但是许武所议，众人皆以为确不可易，公卿倚之为重。不数年间，累迁至御史大夫之职。忽一日，思想二弟在家，力学多年，不见州郡荐举，诚恐怠荒失业，意欲还家省视。遂上疏，其略云：

> 臣以菲才，遭逢圣代，致位通显，未谋报称，敢图暇逸？但古人云："人生百行，孝弟为先。""不孝有三，无后为大。"先父母早背，域兆未修；臣

弟二人，学业未立；臣三十未娶。五伦之中，乃缺其三。愿赐臣假，暂归乡里。倘念臣犬马之力，尚可鞭笞，奔驰有日。

天子览奏，准给假暂归，命乘传衣锦还乡，复赐黄金二十斤为婚礼之费。许武谢恩辞朝，百官俱于郊外送行。正是：

报道锦衣归故里，争夸白屋出公卿。

许武既归，省视先茔已毕，便乃纳还官诰，只推有病，不愿为官。过了些时，从容召二弟至前，询其学业之进退。许晏、许普应答如流，理明词畅，许武心中大喜。再稽查田宅之数，比前恢廓数倍，皆二弟勤俭之所积也。武于是遍访里中良家女子，先与两个兄弟定亲，自己方才娶妻，续又与二弟婚配。约莫数月，忽然对二弟说："吾闻兄弟有析居之义。今吾与汝，皆已娶妇，田产不薄，理宜各立门户。"二弟唯唯惟命。乃择日治酒，遍召里中父老，三爵已过，乃告以析居之事。因悉召僮仆至前，将所有家财，一一分剖。首取广宅自予，说道："吾位为贵臣，门宜荣戟，体面不可不肃。汝辈力田耕作，得竹庐茅舍足矣。"又阅田地之籍，凡良田悉归之己，将硗薄者量给二弟，说道："我宾客众盛，交游日广，非此不足以供吾用。汝辈数口之家，但能力作，只此可无冻馁，吾不欲汝多财以损德也。"又悉取奴仆之壮健伶俐者，说道："吾出入跟随，非此不足以给使令。汝辈合力耕作，正须此愚蠢者作伴，老弱馈食足矣，不须多人费汝衣食也。"众父老一向知许武是个孝弟之人，这番分财，定然辞多就少，不想他般般件件，自占便宜，两个小兄弟所得，不及他十分之五，全无谦让之心，大有欺凌之意。众人心中甚是不平。有几个刚直老人气忿不过，竟自去了。有个心直口快的，便想要开口，说公道话，与两个小兄弟做乔主张。其中又有个老成的，背地里捏手捏脚，教他莫说，以此罢了。那教他莫说的，也有些见识，他道："富贵的人，与贫贱的人，不是一般肚肠。许武已做了显官，不得当初了。常言道：疏不间亲。你我终是外人，怎管得他家事？就是好言相劝，料未必听从，枉费了唇舌，倒挑拨他兄弟不和。倘或做兄弟的肯让哥哥，十分之美，你我又呕这闲气则甚？若做兄弟的心上不甘，必然争论。等他争论时节，我们替他做个主张，却不是好！"正是：

> 事非干己休多管，话不投机莫强言。

　　原来许晏、许普，自从蒙哥哥教诲，知书达礼，全以孝悌为重。见哥哥如此分析，以为理之当然，绝无几微不平的意思。许武分拨已定，众人皆散。许武居中住了正房，其左右小房，许晏、许普各住一边，每日率领家奴下田耕种，暇则读书，时时将疑义叩问哥哥，以此为常。妯娌之间，也学他兄弟三人一般和顺。从此里中父老，人人薄许武之所为，都可怜他两个兄弟，私下议论道："许武是个假孝廉，许晏、许普才是个真孝廉。他思念父母面上，一体同气，听其教诲，唯唯诺诺，并不违拗，岂不是孝？他又重义轻财，任分多分少，全不争论，岂不是廉？"起初里中传个好名，叫做"孝悌许武"，如今抹落了武字，改做"孝悌许家"，把许晏、许普弄出一个大名来。那汉朝清议极重，又传出几句口号，道是：

　　假孝廉，做官员；真孝廉，出口钱。假孝廉，据高轩；真孝廉，守茅檐。假孝廉，富田园；真孝廉，执锄镰。真为玉，假为瓦；瓦为厦，玉抛野。不宜真，只宜假。

　　那时明帝即位，下诏求贤，令有司访问笃行有学之士，登门礼聘，传驿至京。诏书到会稽郡，郡守分谕各县。县令平昔已知许晏、许普让产不争之事，又值父老公举他真孝真廉，行过其兄，就把二人申报本郡。郡守和州牧皆素闻其名，一同举荐。县令亲到其门，下车投谒，手捧玄纁束帛，备陈天子求贤之意。许晏、许普，谦让不已。许武道："幼学壮行，君子本分之事。吾弟不可固辞。"二人只得应诏，别了哥嫂，乘传到于长安，朝见天子。拜舞已毕，天子金口玉言，问道："卿是许武之弟乎？"晏、普叩头应诏。天子又道："闻卿家有孝悌之名。卿之廉让，有过于兄，朕心嘉悦。"晏、普叩头道："圣运龙兴，辟门访落，此乃帝王盛典。郡县不以臣晏、臣普为不肖，有溷圣聪。臣幼失怙恃，承兄武教训，兢兢自守，耕耘诵读之外，别无他长。臣等何能及兄武之万一。"天子闻对，嘉其谦德，即日俱拜为内史。不五年间，皆至九卿之位。居官虽不如乃兄赫赫之名，然满朝称为廉让。

忽一日，许武致家书于二弟。二弟拆开看之，书曰：

匹夫而膺辟召，仕宦而至九卿，此亦人生之极荣也。二疏有言："知足不辱，知止不殆。"既无出类拔萃之才，宜急流勇退，以避贤路。

　　晏、普得书，即日同上疏辞官，天子不许。疏三上，天子问宰相宋均道："许晏、许普壮年入仕，备位九卿，朕待之不薄，而屡屡求退，何也？"宋均奏道："晏、普兄弟二人，天性孝友。今许武久居林下，而晏、普并驾天衢，其心或有未安。"天子道："朕并召许武，使兄弟三人同朝辅政何如？"宋均道："臣察晏、普之意，出于至诚。陛下不若姑从所请，以遂其高，异日更下诏征之。或访先朝故事，就近与一大郡，以展其未尽之才，因使便道归省，则陛下好贤之诚，与晏、普友爱之义，两得之矣！"天子准奏，即拜许晏为丹阳郡太守，许普为吴郡太守，各赐黄金二十斤，宽假三月，以尽兄弟之情。许晏、许普谢恩辞朝，公卿俱出郭，到十里长亭，相饯而别。晏、普二人，星夜回到阳羡，拜见了哥哥，将朝廷所赐黄金，尽数献出。许武道："这是圣上恩赐，吾何敢当！"教二弟各自收去。次日，许武备下三牲祭礼，率领二弟到父母坟茔拜奠了毕，随即设宴遍召里中父老。许氏三兄弟，都做了大官，虽然他不以富贵骄人，自然声势赫奕，闻他呼唤，尚不敢不来，况且加个"请"字，那时众父老来得愈加整齐。许武手捧酒卮，亲自劝酒。众人都道："长文公与二哥三

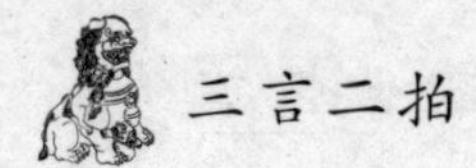

哥接风之酒，老汉辈安敢僭先！"比时风俗淳厚，乡党序齿，许武出仕已久，还叫一句"长文公"，那两个兄弟，又下一辈了，虽是九卿之贵，乡尊故旧，依旧称"哥"。许武道："下官此席，专屈诸乡亲下降，有句肺腑之言奉告。必须满饮三杯，方敢奉闻。"众人被劝，只得吃了。许武教两个兄弟次第把盏，各敬一杯。众人饮罢，齐声道："老汉辈承贤昆玉厚爱，借花献佛，也要奉敬。"许武等三人，亦各饮讫。众人道："适才长文公所论金玉之言，老汉辈恭听已久，愿得示下。"许武叠两个指头，说将出来。言无数句，使听者毛骨耸然。正是：

> 斥鷃不知大鹏，河伯不知海若。
>
> 圣贤一段苦心，庸夫岂能测度。

许武当时未曾开谈，先流下泪来。吓得众人惊惶无措，两个兄弟慌忙跪下，问道："哥哥何事悲伤？"许武道："我的心事，藏之数年，今日不得不言。"指着晏、普道："只因为你两个名誉未成，使我做违心之事，冒不韪之名，有玷于祖宗，贻笑于乡里，所以流泪。"遂取出一卷册籍，把与众人观看：原来是田地屋宅及历年收敛米粟布帛之数。众人还未晓其意。许武又道："我当

初教育两个兄弟，原要他立身修道，扬名显亲。不想我虚名早著，遂先显达。二弟在家，躬耕力学，不得州郡征辟。我欲效古人祁大夫内举不避亲，诚恐不知二弟之学行者，说他因兄而得官，误了终身名节。我故倡为析居之议，将大宅良田，强奴巧婢，悉据为己有。度吾弟素敦爱敬，决不争竞。吾暂冒贪饕之迹，吾弟方有廉让之名。果蒙乡里公评，荣膺征聘。今位列公卿，官常无玷，吾志已遂矣。这些田房奴婢，都是公共之物，吾岂可一人独享！这几年以来，所收米谷布帛，分毫不敢妄用，尽数开载在那册籍上。今日交付二弟，表为兄的向来心迹，也教众乡尊得知。"众父老到此，方知许武先年析产一片苦心，自愧见识低微，不能窥测，齐声称叹不已。只有许晏、许普哭倒在地，道："做兄弟的蒙哥哥教训成人，侥幸得有今日。谁知哥哥如此用心！是弟辈不肖，不能自致青云之上，有累兄长。今日若非兄长自说，弟辈都在梦中。兄长盛德，从古未有。只是弟辈不肖之罪，万分难赎。这些小家财，原是兄长苦挣来的，合该兄长管业。弟辈衣食自足，不消兄长挂念。"许武道："做哥的力田有年，颇知生殖。况且宦情已淡，便当老于耰锄，以终天年。二弟年富力强，方司民社，宜资庄产，以终廉节。”晏、普又道：“哥哥为弟辈而自污。弟辈既得名，又欲得利，是天下第一等贪夫了，不惟玷辱了祖宗，亦且玷辱了哥哥。万望哥哥收回册籍，聊减弟辈万一之罪！”

众父老见他兄弟三人交相推让，你不收，我不受，一齐向前劝道：“贤昆玉所言，都则一般道理。长文公若独得了这田产，不见得向来成全两位这一段苦心。两位若径受了，又负了令兄长文公这一段美意。依老汉辈愚见，宜作三股均分，无厚无薄，这才见兄友弟恭，各尽其道。”他三个兀自你推我让。那父老中有前番那几个刚直的，挺身向前，厉声说道：“吾等适才处分，甚得中正之道，若再推逊，便是矫情沽誉了。把这册籍来，待老汉与你分剖！”许武弟兄三人，更不敢多言，只得凭他主张。当时将田产配搭三股分开，各自管业。中间大宅，仍旧许武居住。左右屋宇窄狭，以所在粟帛之数补偿晏、普，他日自行改造。其僮婢，亦皆分派。众父老都称为公平。许武等三人施礼作谢，邀入正席饮酒，尽欢而散。许武心中终以前番析产之事为歉，欲将所得良田之半，立为义庄，以赡乡里。许晏、许普闻知，亦各出己产相助。里中人人叹服。又传出几句口号来，道是：

> 真孝廉，惟许武；谁继之？晏与普。弟不争，
> 兄不取。作义庄，赡乡里。呜呼孝廉谁可比！

晏、普感兄之义，又将朝廷所赐黄金，大市牛酒，日日邀里中父老与哥哥会饮。如此三月，假期已满，晏、普不忍与哥哥分别，各要纳还官诰。许武再三劝谕，责以大义，二人只得听从，各携妻小赴任。却说里中父老，将许武一门孝悌之事，备细申闻郡县，郡县为之奏闻。圣旨命有司旌表其门，称其里为孝悌里。后来三公九卿，交章荐许武德行绝伦，不宜逸之田野。累诏起用，许武只不奉诏。有人问其缘故，许武道："两弟在朝居位之时，吾曾讽以知足知止。我若今日复出应诏，是自食其言了。况方今朝廷之上，是非相激，势利相倾，恐非缙绅之福，不如躬耕乐道之为愈耳！"人皆服其高见。再说晏、普到任，守其乃兄之教，各以清节自励，大有政声。后闻其兄高致，不肯出山，弟兄相约，各将印绶纳还，奔回田里，日奉其兄为山水之游，尽老百年而终。许氏子孙昌茂，累代衣冠不绝，至今称为"孝弟许家"云。后人作歌叹道：

> 今人兄弟多分产，古人兄弟亦分产。

古人分产成弟名，今人分产但嚣争。

古人自污为孝义，今人自污争微利。

孝义名高身并荣，微利相争家共倾。

安得尽居孝弟里，却把阅墙人愧死。